KB144206

아름답고 위대한 근심

아름답고 위대한 근심

초판 1쇄 인쇄 2019년 10월 23일
초판 1쇄 발행 2019년 10월 30일
지은이 박호영

펴낸이 김양수
디자인·편집 이정은
교정교열 박순옥

펴낸곳 도서출판 맑은샘
출판등록 제2012-000035
주소 경기도 고양시 일산서구 중앙로 1456(주엽동) 서현프라자 604호
전화 031) 906-5006
팩스 031) 906-5079
홈페이지 www.booksam.kr
블로그 http://blog.naver.com/okbook1234
포스트 http://naver.me/GOjsbqes
이메일 okbook1234@naver.com

ISBN 979-11-89254-29-2 (03800)

* 이 책의 국립중앙도서관 출판시도서목록은 서지정보유통지원시스템 홈페이지(http://seoji.nl.go.kr)와 국가자료종합목록 구축시스템(http://kolis-net.nl.go.kr)에서 이용하실 수 있습니다.
(CIP제어번호 : CIP2019042521)

* 파손된 책은 구입처에서 교환해 드립니다. * 책값은 뒤표지에 있습니다.

아름답고 위대한 근심

월요일마다
직원들에게 띄우는
소통과 공감의 메시지

박호영 지음

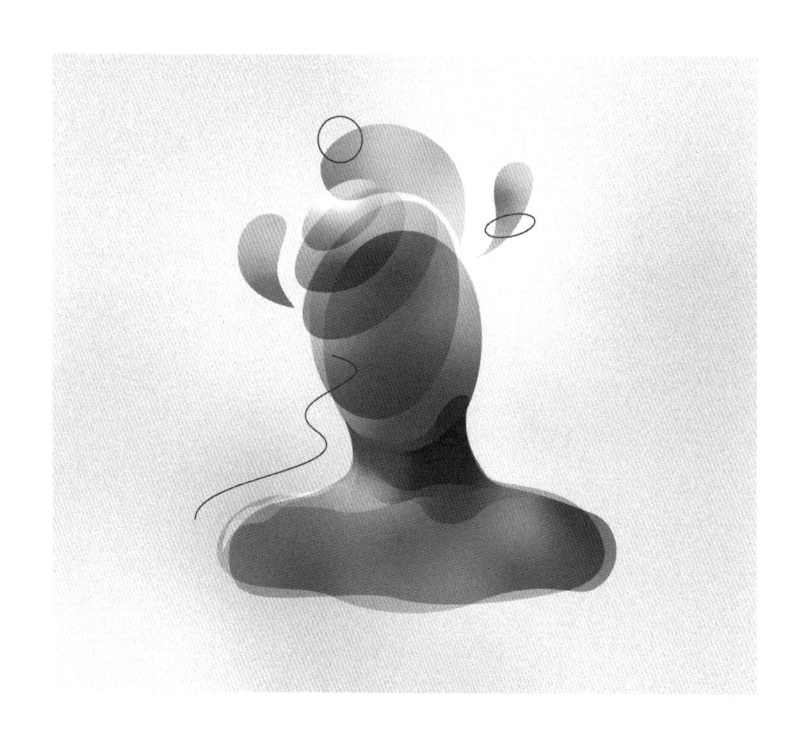

휴앤스토리

▷ 제가 아는 저자는 말을 참 재미있고 전달력 있게 잘하는 소통의 달인이다. 그 많은 배경지식, 노래, 글귀, 에피소드, 사자성어 등에 늘 감탄했으며 많은 사람이 그 이야기에 빠져들었다. 책을 출판한다고 해서 재미진 책을 만날 줄 알았는데, 묵직한 인생 성찰을 만나게 되었다. 33년간 일과 삶을 통해 채워진 저자의 식견과 문화적 풍요함이 많은 분께 좋은 여운으로 남으리라 기대하며, 특히 인생 2막을 펼치는 분들께 새로운 힘과 용기를 전하리라 믿는다.

이지윤, 서울시설공단 이사장

▷ 2014년, 서울시립대학교 공기업 경영 석사 과정 30여 명의 학생과 교수진이 함께 스페인으로 해외 연수를 갔다. 마드리드의 어느 작은 소극장에서 현란한 플라멩코 공연을 보던 날, 그 누구보다 아낌없는 찬사를 표현하고 호응을 주도하던 박호영 본부장의 모습이 눈에 선하다. 함께 간 우리는 물론, 스페인 청중까지도 휘어잡던 그의 유쾌한 활달함과 친화력에 무희가 감동의 감사를 보냈더랬다. 이 에세이집에는 그날 저녁 여과 없이 발휘되었던 박호영 본부장만의 '사람다움'이 장마다 깊게 묻어 있다. 직원들에게 전달할 월요편지를 쓰기 위해 혹자는 휴식을 취할 일요일 저녁부터 책상 앞에 앉아 고심하며 펜을 들었을 그의 모습을 그려본다. 그의 십여 년의 편지들이 모여 고목에 깊게 새겨진 나이테 같은 에세이집 출간되었다. 책장을 넘기다 보니 변화와 상실의 시대에 사는

우리에게 그가 외치는 공감과 소통의 의미가 유독 따뜻하게 전해져 온다. 이 수상집은 직장을 준비하는, 직장에 몸담은, 그리고 직장을 내려놓는 모두에게 한 사람의 삶을 솔직하게 보여줄 뿐만 아니라 자신의 삶의 방향성과 정체성을 되돌아보게 하는 심심한 기회를 제공할 것이다.

박광훈, 서울시립대학교 경영대학 교수

▷ 30여 년을 같이 보낸 시간을 되돌아보면 박호영 본부장님은 언제나 주변 사람들에게 유쾌함을 선사하였다. 그리고 탐구하고 배우는 자세는 우리의 귀감이었다. 특히 도산서원의 퇴계 선생님의 쇠락한 묘역을 먼 길을 마다치 않고 자원봉사로 정비한 일화는 아름다운 추억으로 남아있다. 틈틈이 적은 주옥같은 글들이 상처받은 이들에게 작은 위로가 되길 바란다.

김윤기, 영등포구시설관리공단 이사장

▷ 설파 박호영 회장이 마이크를 잡으면 모두가 집중한다. 어떤 상황에서도 인생의 지혜가 압축된 표현으로 쏟아진다. 드디어 의문이 풀렸다. 매주 이렇게 고민을 쌓아온 시간 덕이다.

정광필, 50플러스 인생학교 학장

▷ 오랜 공직 생활을 열정으로 마무리하면서 소통과 공감의 의미를 스스로 실천하고, 이런 멋진 책을 출간해 독자들에게 해박한 지식을 공유해 주시는 모습에 갈채를 보낸다.

황유섭, 서울시립대학교 경영대학 교수

▷ 긴 세월 공단에 함께 근무하며 늘 생각과 마음을 같이하면서 공감대를 형성했던 열정적인 달변의 저자는 항상 새로운 소재로 분위기를 좌지우지한 조직의 분위기 메이커였다. 그 다양한 얘기가 책이란 발자취로 세상에 나오게 됨을 축하하고, 이 저서에 많은 독자가 공감했으면 한다.

박관선, 서울시설공단 경영전략본부장

▷ '**박**수를 치며 기쁜 마음으로, **호**형호제하며 정겹게, **영**원히 인연을 이어가고 싶은 분!'

이분께서 함께하는 자리마다 긍정과 환희의 에너지가 생성되는 것을 본다. 마음을 다하여 사람을 대하고 세심한 배려에서부터 큰 그림에 이르기까지 정성을 다하는 박호영 회장님의 삶의 모습은 가히 50플러스의 어깨에 자부심을 선사한다. 책을 출간하신다니 이 또한 많은 후배와 벗들에게 의미와 가치와 즐거움을 더해주시려는 배려로 여겨진다.

구민정, 50플러스 인생학교 부학장

▷ 함께하는 모든 사람을 항상 재미있고 유쾌하게 만드는 재주가 있는 열정과 긍정의 아이콘! 저자가 팔을 걷어붙이고 열심히 노력하여 성공한 직장생활의 소중한 노하우를 모은 서적을 출간하심에 진심으로 박수를 보낸다.

김덕자, 서울교통공사 처장

▷ 이 책은 저자가 12년 전부터 직원들에게 보내기 시작한 '월요편지'를 독자를 수신인으로 바꿔 새로 다듬고 고쳐 쓴 책이다. 일상생활에서 흔히 들으면서도 그냥 지나치기 일쑤였던 어원과 고사성어에서부터 인간관계에 이르기까지 삶에 녹아있는 재미와 지혜를 함께 전해준다. 곁에 두고 언제든지 꺼내 읽고 싶은 마음이 드는 그런 책이다.

박일호, 인문낭독극연구소 소장

▷ 2년여 매주 월요일 마침마다 만났던 꿀물 같은 삶의 지혜와 비타민을 다시 책으로 만났다.

류장훈, 서울시설공단

조금은 다른 삶에 도전하는 용기를 가지려 합니다

이제 33년의 서울시설공단 직장생활을 마무리하려고 합니다. 돌이켜보면 ROTC 장교로 전역한 후 제약 회사에서 몇 년 근무하다가 29세 젊은 나이인 1987년에 서울시설공단에 입사하여, 6급 신입 말단으로 금화 터널에서 첫 근무를 시작해서 본부장에 이르렀습니다.

2007년도 첫 부서장을 맡으면서 많은 직원과 업무적으로나 시간적으로 소통과 공감이 필요함을 절실히 느꼈습니다. 그래서 매주 월요일은 직원들에게 '월요 편지'를 써야겠다고 결심했습니다. 이후 매주 월요일이면 업무와 관련한 여러 가지 내용으로 어김없이 한 쪽의 편지를 썼습니다. 이 편지로 감동과 위로를 받았다는 반응을 접하고 보람을 느꼈습니다. 그 편지 중에서 우선 공감과 소통을 불러일으켰던 90여 편을 골라 새롭게 고치고 다듬어 책으로 출간하게 되었습니다.

이 책이 나오기까지 많은 분의 도움을 받았습니다. 이날까지 자애와 훈육으로 길러주신 의성 시골에 계시는 연로한 아버지 박상규 님과 어머니 마점란 님께 이 책을 바칩니다. 그리고 묵묵히 남편의 모습을 응원하고 지원해준 사랑하는 아내 서운택과 뷰티 크리에이터로 활동하는 예쁜 딸 수혜(씬님), 그리고 든든한 아들 규진(박피디)이 큰 힘이 되었습니다.

공단 생활을 명예롭게 마무리할 수 있도록 도와주신 우시언 이사장님, 이지윤 이사장님, 본부장님, 그리고 공단 직원 여러분에게도 감사의 말씀을 드립니다. 또한 서울시립대 샘바(SEMBA)에서 공부하며 많은 관심과 조언을 주신 박광훈 경영대학원장님, 황유섭 교수님과 샘바 9기 김덕자 회장, 류장훈 총무와 동기들에게도 감사의 마음을 드립니다.

조금은 다른 삶에 도전하는 용기를 심어준 서울시 50+인생학교 정광필 학장님과 구민정 부학장님, 그리고 인생 후반전을 새롭게 시작하기 위한 경험과 지혜를 함께 나눈 서부 캠퍼스 5기 동기들께 감사드립니다. 특히 원고 정리에 도움을 준 날꽃빽드 허성희 회장님과 책 출간과 관련하여 여러 조언을 해준 50+막독극 박일호 회장님께도 감사한 마음을 전합니다. 또한 처음으로 책을 출간하는데 진심 어린 조언과 여러 가지 도움을 주신 도서출판 맑은샘 김양수 대표님과 관계 직원들에게도 정말 감사드립니다.

처음에는 너무 뜨거워서 못 마시겠더니 마실만하니 식어 버린 커피 한 잔처럼, 인생도 열정이 있을 때가 좋았습니다. 열정이 식고 나면 이미 늦어 버립니다.

불만은 위를 보고 아래를 보지 못한 탓이고, 오만은 아래를 보고 위를 보지 못한 탓이라고 했습니다. 그동안 바쁜 업무로 찌들고 지쳐서 가끔은 뒷걸음치기도 했지만, 이제 불만과 오만을 벗어버리고 공직 생활을 마무리하면서 비울 것은 비우고 버릴 것은 버리려고 합니다. 큰 욕심 없이 또 다른 열정을 가지고 인생 2막의 새로운 장을 열고자 합니다.

'천하막무료 무한불성(天下莫無料 無汗不成)'이라는 말을 좋아합니다. '천하에 무료(공짜)는 없다. 땀을 흘리지 않으면 아무것도 이룰 수 없다.'라는 뜻으로, 자기가 노력한 만큼 결과를 얻는다는 말입니다. 많은 것에서 부족한 사람으로, 인생을 살아가는 데 중요한 것은 자신을 믿고 사랑하는 것입니다. 이러한 진리를 가슴에 담고 후회 없는 삶을 살아갈 것을 다짐해 봅니다.

2019년 8월

공단 을지로 훈련원 집무실에서 박호영

차례

2장 | 아름답고 위대한 근심

– 문화 이야기

3장 | 나무의 성실함이 열매를 만든다

– 어원 이야기

4장 | 인연은 오고 간다

– 인간관계 이야기

1장

이청득심(以聽得心)의 지혜

고사성어 이야기

등 굽은 소나무가 선산을 지킨다

우리 속담에 "등 굽은 못난 소나무가 선산 지킨다."라는 말이 있습니다. 같은 소나무라도 선산의 토질 좋은 곳에 심은 소나무는 비바람을 덜 받아 반듯하고 수려하게 자랍니다. 올곧게 뻗은 이 소나무는 일찌감치 사람들의 눈에 들어 재목으로 쓰이기 위해 베어집니다. 또한, 괴상하면서도 특이한 모양의 소나무는 분재용으로 송두리째 뽑힙니다. 하지만 같은 땅이라도 척박한 곳에 뿌리를 내린 못난 소나무는 모진 비바람을 맞으며 구부러져 자랍니다. 등 굽은 못난 소나무는 크게 자란다 해도 쓸모가 없어 누구도 눈길조차 주지 않고 거들떠보지도 않습니다. 결국, 그 못난 소나무는 산에 남아 선산을 지킵니다. 그 덕분에 후손들이 선산을 찾아왔을 때 등 굽은 못난 소나무는 그늘을 만들어 주고 선산의 부모님 산소를 지키며 풍치도 살려줍니다. 즉 고향을 지키는 것입니다.

어려운 형편에 자식들을 좋은 대학에 진학시켜서 큰아들은 현재 미국에서 대학교수로 있고, 작은아들은 서울에서 대기업의 임원으로 있는데, 정작 그 어머니는 시골에서 혼자 쓸쓸히 지내고 있는 분의 얘기를 들은 적이 있습니다. 그래서 자식을 아주 잘 키우면 나라의 자식이 되고, 그다음으로 잘 키우면 사돈 자식이 되고, 적당히 잘 키우면 내 자식이 된다는 얘기도 있습니다. 웃자고 하는 얘기이지만 곰곰이 생각해보면 틀린 얘기는 아닌 것 같습니다.

자식이 가까이 있으면 집에 하수도가 막혀도 "○○아! 하수도가 막혔다. 얼른 와서 좀 고쳐라." 하고 편하게 부를 수 있고, 방안의 전구를 바꿀 때도 "○○야! 얼른 와서 전구 좀 바꿔라." 하고 말할 수 있으니까요. 하수도가 막혔다고, 전구가 나갔다고, 미국에 있는 아들을 부를 수 없고 서울에 있는 아들을 부를 수도 없기 때문입니다.

추사 김정희의 세한도에 "세한연후 지송백지후조야(歲寒然後 知松柏之後彫也), 추운 겨울이 와야 소나무와 잣나무의 푸르름을 알게 된다."라는 글이 있습니다. 어려울 때 그 사람의 진가를 알 수 있다는 얘기입니다. 일 년에 겨우 한두 번 볼까 말까 하는 아들이 내 아들이라고 할 수 없고, 평생에 한두 번 볼 수 있고 사진을 통해서나 겨우 만날 수 있는 손자들이 내 손자라고 말할 수는 없기 때문입니다.

과거 우리 부모들은 어려운 살림에도 소 팔고 논밭 팔아 잘난 자식을 대학 보내고 취직시켜서 장가갈 때까지 헌신적으로 뒷받침했습니다. 그런데도 정작 그 잘난 자식은 제가 잘나서 성공하고 출세한 줄로 알고, 후에 늙고 무식하고 병든 부모를 거추장스러운 존재로 여기고 전화 한 번 하지 않습니다. 해외에 나가 있는 자식은 멀다는 핑계로 아예 선산은 물론이고 부모, 형제마저 외면하고 살아갑니다.

그러나 돈이 없어 대학도 못 가고 부모 밑에서 농사나 거들던 가장 못난 자식은 끝까지 부모를 봉양하며 함께 삽니다. 그 자식이 부모 임종도 지켜보며 선산을 지키는 것입니다. 그렇게 가장 못난 소나무는 산을 지키면서 씨를 뿌려 자손을 번성케 하고, 산이 훼손되지 않도록 산을 보존합니다. 잘난 소나무가 멋지게 자라서 재목이 될 수 있는 것도 못난 소나무가 산을 정성스럽게 지켜준 덕분입니다. 그런데 정작 우리는 이 못난 소나무를 쉽게 여기는 경우가 많습니다.

우리 대부분은 못난 소나무입니다. 못난 소나무이면서 서로 비난하고, 너는 나를 우습게 알고 나도 너를 우습게 생각합니다. 어쩌면 우리가 지금까지 살아온 행태가 그러했습니다. 남 잘되는 꼴은 못 보면서 잘난 소나무만 바라보며 그를 우러러봅니다. 그런데 그 못난 소나무가 부모에게 효도하고, 우리 산소를 지키고 고향을 지키고 있습니다.

못난 소나무에게 더 많은 관심과 애정을 가져야 합니다. 잘난 소나무는 잘난 소나무대로 열심히 키워야 하겠지만, 평생 고향을 지키게 될 못난 소나무를 쉽게 생각하고 소외해서는 안 되겠습니다. 못난 소나무도 함께 모이면 울창한 숲이 됩니다. 서로 지지하고 응원하는 못난 소나무가 우리였으면 좋겠습니다.

귀 기울이는 성인(聖人)

2017년 4월에 안동 도산서원 선비수련원에서 간부 연수가 있었습니다. 수련원 김병일 이사장님의 특강 중에 '聖(성)' 자의 의미에 대한 설명이 있었습니다. '聖(거룩할 성)' 자는 耳(귀 이), 口(입 구), 王(임금 왕)의 3요소가 합해진 글자로, 그 뜻은

'듣고(耳) 말하는(口) 일에 있어서 으뜸(王)이 된다.'라는 것입니다. 그런데 한자체를 자세히 보면 귀 이(耳) 자가 입 구(口) 자보다 좀 크다는 것을 알 수 있습니다. 이는 귀를 더 크게 해서 많이 듣고, 말을 적게 하라는 의미가 있다고 했는데, 참으로 깊은 뜻입니다.

'성(聖)'은 인간이 도달할 수 있는 최고의 경지입니다. 음악의 최고 경지는 악성(樂聖)이고, 시의 최고 경지는 시성(詩聖)이고, 글의 최고 경지는 서성(書聖)이고, 바둑의 최고 경지는 기성(棋聖)이라고 합니다. 성(聖) 자는 성인, 성군, 성자 등과 같이 최고의 경지에 달한 사람에게 붙일 수 있습니다.

조선말에 천주교가 전래하였는데, 그 시대에는 천주교의 용어에도 한자어가 많을 수밖에 없었습니다. 그 많은 한자 중에 가장 많이 쓰이는 글자가 바로 거룩할 '성(聖)' 자였습니다. 성은 '거룩하다', '착하다', '지극하다' 등의 다양한 뜻으로 쓰였으나 천주교에서는 '거룩하다'라는 의미로 주로 쓰였습니다. 가장 거룩하신 분은 하나님이시기에 하나님과 관련된 말에 '성'을 붙여 썼기 때문입니다.

원래 이 '성' 자는 본래 성군 등 임금(왕)과 관련된 말에 많이 쓰였습니다. 예수님도 왕으로 오셨기에 임금에 쓰이던 '성' 자를 쓰지 않을 수 없었을 것입니다. 선교 때에 세속의 왕은 백성들 위에 군림하여 지배하고 착취하였으나 예수님은 왕이지만 봉사하고 섬기는 왕으로서 백성을 구원하기 위해 십자가에서 죽으셨기에 가장 성스러운 왕이라고 하였지요. '성' 자가 붙어 쓰인 천주교 용어들을 보면 성당, 성부, 성자, 성령, 성경, 성전, 성가, 성수, 성모, 성탄, 성체, 성지, 성찬 등등 상당히 많습니다.

이처럼 '성' 자가 들어가는 사람은 남의 이야기를 깊이 이해하기 위한 많은 지혜와 체험과 사색이 필요합니다. 이것이 부족한 사람은 피상적으로 듣고 느낄 뿐입니다. 귀가 있다고 들리는 것이 아니라 들을 줄 아는 귀를 갖고 있어야 들리는 것입니다. 문맹이 글을 못 보고 색맹이 빛깔을 분간하지 못하듯, 지혜와 체험과 사색이 모자라면 깊은 소리를 듣지 못합니다.

'공자'는 나이 60세가 되어 비로소 귀가 순해지는 이순(耳順)의 경지에 도달한다고 했습니다. 이순은 남의 이야기가 귀에 거슬리지 않는 경지요, 무슨 이야기를 들어도 깊이 이해하는 경지요, 너그러운 마음으로 모든 것을 관용하는 경지입니다. 아직 들리는 것이 귀에 거슬린다면 인격 수양이 부족한 게 아닌가 생각해 볼 필요가 있습니다.

『사기』에 보면 "양약고구이어병 충언역이이어행(良藥苦口利於病 忠言逆耳利於行), 좋은 약은 입에 쓰나 병에 이롭고, 충고의 말은 귀에 거슬리나 행실에 이롭게 한다."라는 말이 있습니다. 살다 보면 귀를 즐겁게 하는 말들보다는 귀에 거슬리는 말들이 더 많습니다. 때로는 귀를 의심케 하는 황당무계한 소리도 들리고, 차마 입에 올리기도 부끄러운 소리도 들립니다. 더구나 요즘은 인터넷이라는 문명의 발달로 인하여, SNS라는 의사소통 체제를 통한 온갖 악담과 독설이 난무하곤 합니다.

귀는 소리를 여과할 수 있는 기능이 없으므로 귀를 통해 들려오는 모든 소리를 판단하는 일은 자신의 몫입니다. 귀로 들려오는 모든 소리를 취사선택하여 새겨들을 수 있는 지혜가 필요합니다.

말을 배우는 데는 2년이 걸리나 듣는 것을 배우는 데는 60년이 걸린다고 했습니다. 귀로 듣는 것은 통제할 수는 없지만, 말하는 것은 본인의 의지에 따라 얼마든지 통제할 수 있습니다. 사회생활에서 대개는 말을 자제하지 못하여 화를 입고, 잘못 말하여 후회하는 일들이 얼마나 많습니까? 자신의 귀(耳)와 입(口)을 잘 다스릴 줄 안다면 성인이 될 수 있다고 합니다. 이번 주도 성스러운 한 주 되길 바랍니다.

이청득심(以聽得心)의 지혜

나이가 들면서 말을 적게 하라고 하는데, 다른 사람의 말을 끝까지 귀 기울여 들어주는 것이 갈수록 어렵습니다. 상대의 말을 듣기보다는 자신의 의견을 주장하는 일에 더 몰두하게 됩니다. 마음의 문을 열고 상대의 말을 받아들이기보다는 아집과 편견으로 상대의 말을 끊어버리는 일이 더 자주 일어납니다. 우리 속담에 "열 길 물속은 알아도 한 길 사람 속은 모른다."라는 말이 있지요. 사람의 마음은 너무나 변화무쌍해서 현대 첨단 과학으로도 어찌해볼 도리가 없습니다.

사람의 마음을 제대로 읽고 진정한 교감을 위해 한 걸음 더 가까이 다가가려면 어떻게 해야 할까요?

'이청득심(以聽得心)'이란 말이 있습니다. "귀 기울여 들어야 사람의 마음을 얻을 수 있다."라는 호암 이병철 회장의 경영 철학이기도 합니다. 즉 '듣는 것만으로도 사람 마음을 얻을 수 있다.'라는 의미입니다. 남의 말을 잘 들어 주기만 해도 마음을 얻을 수 있다는데 안 들어 줄 이유가 없습니다. 우리가 타인과 원활한 대화를 나누지 못하는 것은 올바른 경청을 하지 않기 때문입니다. 대인관계에 있어서 어려움을 겪는 사람은 대부분 그 원인이 자신이 말을 잘못하기 때문이라고 생각합니다. 하지만 그보다 소통이 잘 이루어지지 않는 근본적인 이유는 말을 잘 듣지 못하는 것, 즉 경청하지 않기 때문입니다.

경청에는 2가지가 있습니다. 우선 경청(傾聽)이란 단어는 '기울 경(傾)'과 '들을 청(聽)'으로 이루어졌습니다. 주의를 기울여 열심히 듣는다는 뜻입니다. 귀 기울여 경청하는 일은 사람의 마음을 얻는 최고의 지혜라는 것입니다. 남이 말을 할 때는 몸을 약간 기울여 주의 깊게 들어야 한다는 뜻입니다. 傾(기울 경) 자는 사람 人(인) 변에 머리 삐뚤어진 경(頃) 자를 합하여 머리를 기울인다는 뜻입니다.

또 하나의 敬聽(경청)은 '공경할 경(敬)' 자를 씁니다. 다른 사람의 말을 들을 때는 그 사람을 恭敬(공경)하는 태도로 새겨가며 들어야 한다는 것입니다. 자신이 대우를 받으려면 먼저 성의를 다해 남을 공경해야 한다는 의미이기도 합니다. 즉 듣는다는 것의 경청(傾聽)과 경청(敬聽)은 '귀 기울여 공경하며 들어야 한다.'라는 것이며, 이것은 우리 삶의 기본 덕목입니다.

'聽(청)'이라는 한자를 보면 그 깊은 의미를 제대로 파악할 수 있습니다. 쓰기 어렵다고 하는 聽(청) 자의 하나하나를 분리해 보면, 귀 이(耳), 임금 왕(王), 열 십(十), 눈 목(目), 하나 일(一), 마음 심(心)으로 되어 있습니다. 그대로 해석한다면 '귀를 왕처럼 크게 하고 열 개의 눈으로 하나의 마음을 본다.'라는 의미가 내포된 것이지요. 경청은 타인에 대한 이해와 관심과 사랑의 표현이며 긴밀한 유대감과 우정, 존중의 능력까지 발휘할 수 있게 해 줍니다.

가까운 지인이나 가족, 그리고 친구와 만나서 어려운 일을 서로 얘기하고 들어주다 보면 "나의 고민을 들어줘서 고맙다.", "친구가 나의 이야기를 들어준다는 사실만으로 힘이 난다."라고 합니다. 또한 "얘기하고 나니 속이 풀렸다"며 기뻐하는 모습을 본 적이 있을 것입니다. 상대방의 이야기를 비판하지 않고 공감하면서, 끊지도 않으며 있는 그대로 진솔하게 들어준다면 상대와 좋은 관계를 형성할 수 있습니다.

아울러 상대방의 이야기를 끝까지 들어줄 수 있는 '침묵(沈默)'을 배우는 것 또한 중요합니다. 침묵은 봄에 밭을 갈고 씨앗을 뿌려 새싹이 돋아나기를 기다리는 농부의 기다림과 같다고 옛 어른들이 말했습니다. "사람이 태어나서 말을 배우는 기간은 2년이지만, 침묵을 배우기 위해서는 60년이 걸린다."라는 교훈의 의미를 알 수 있습니다. 조직이나 사회에서 누구든 남의 말을 제대로 들어 주는 것은 결코 쉬운 일이 아닙니다. 그래서 잘 듣는 것은 인격적 완성의 조건입니다. 나이가 들어가면서 귀와 마음의 문을 더욱 활짝 열고, 상대방의 말에 귀 기울이고 공경할 줄 아는 이청득심(以聽得心)의 지혜를 실천할 수 있으면 좋겠습니다.

다람쥐의 어리숙함이 도토리나무 숲을 만든다

지금 가을산에는 울긋불긋 단풍이 들고 도토리, 밤 등이 떨어지고 설치동물인 다람쥐가 겨울 양식을 부지런히 모으고 있습니다. 설치류의 다람쥐과인 다람쥐는 겨울잠을 자는 포유동물로 젖을 먹고 자라는 동물 가운데 그 종류와 수가 가장 많습니다. 설치(齧齒)란 '앞니가 계속 자라서 단단한 것을 계속 갉아서 닳게 하는 동물'을 부르는 말입니다. 다람쥐는 나무 열매를 즐겨 먹는데 도토리와 밤을 가장 좋아하며 계절에 따라 새싹이나 곡식의 낟알, 풀씨, 곤충 등을 먹습니다.

다람쥐는, 작은 동물이 대부분 그렇듯이 경계심이 많고 보호색을 띠고 있어서 얼핏 지나치면 보기 힘듭니다. 그러나 사실은 동네 뒷산에만 가도 보일 정도로 널리고 널린 동물입니다. 단독 생활을 하는 동물이므로 한 케이지에 한 마리씩 키워야 합니다. 애완용으로 키워보면 경계심이 많고 스트레스를 잘 받아서 키우기 까다로우며 무엇보다 독립성이 높아서 사람을 별로 좋아하지 않습니다.

다람쥐는 사는 곳도 땅 위, 나무 위 등 여러 곳에 살고 있으며 그들이 먹이를 얻는 방법도 각기 다릅니다. 또한 먹이 저장을 잘하는데, 주로 겨울 동안 먹고 지낼 양식을 둥지나 땅속 등에 쌓거나 묻어둡니다. 그래서 다람쥐는 가을이 오면 겨울에 먹을 도토리를 부지런히 여러 곳의 땅에 묻어둡니다.

그런데 다람쥐는 묻은 장소를 다 기억하지 못한다고 합니다. 결국 다람쥐의 먹이가 되지 못한 도토리는 나중에 싹이 나서 도토리나무가 되어 다시 다람쥐에게 도토리를 선물합니다. 다람쥐가 기억력이 아주 좋아서 묻어둔 도토리를 전부 찾아 먹어버렸다면, 산속에 도토리나무는 점점 줄어들었을 것입니다. 이러한 다람쥐의 어리숙함 때문에 또 다른 많은 식량(도토리)을 받게 되는 것이지요.

요즘 세상에는 어리석은 사람 찾기가 정말 힘듭니다. 모두 영리하고 똑똑하고 계산이 빠르며 사리에도 밝고, 영리하다 못해 영악하기까지 합니다.

옛말에 '우직야(愚直也)'란 말이 있는데, 이는 '어리석은 것이 곧다.', '어리석으면 꾀가 없다.'라는 말입니다. 또한 '기지가급(基知可及) 또는 기우불가급(基愚不可及)' 즉 '꾀는 차라리 흉내 낼 수 있어도 어리석은 것은 흉내 낼 수 없다.'라는 말도 있습니다. 어리석을 정도의 성실함과 순전한 삶의 태도는 흉내 내지 못할 만큼의 큰 힘을 갖고 있다는 것입니다. 영악한 사람은 다른 사람에게 상처를 줄 수 있지만, 어리석은 사람은 사랑을 받을 수 있습니다.

서로의 모자람을 채워주고 어리석음을 감싸주고 미숙함을 배려해 주는 것이 좋은 인간관계를 형성합니다. 너무 똑똑하여 남에게 배울 게 없다면 그 사람은 고독한 시간을 많이 보내게 됩니다. 남이 다가가지 않기 때문입니다. "수지청즉무어(水至淸則無魚) 물이 너무 맑으면 물고기가 없다."라는 말과 같습니다. 이는 '사람이 너무 야박하거나 지나치게 똑똑하면 다른 사람들이 그를 두려워하고 피하여 벗을 사귀지 못함을 비유하는 말'로 쓰입니다. 가끔은 일부러라도 모르는 척, 어리석은 척, 못난 척하며 사는 것이 오히려 도움될 때가 있습니다.

노자는『도덕경』에서 아는 것과 모르는 것의 차이를 이렇게 구별했습니다. '지부지상 부지지병(知不知上 不知知病), 알면서 모르는 것이 최상이요, 모르면서 안다 함이 병이다.' 우리가 아는 것은 마치 희미한 거울을 통해 보듯이 어렴풋이 아는 것이지, 속속들이 확실하게 알 수는 없습니다.

부부간 아내나 남편은 오랫동안 함께 살았기에 서로를 다 아는 것 같지만 실제로는 아는 게 별로 없습니다. 우리 인간이 안다고 하는 것이 다 그렇고 그렇습니다. 모르면서 안다 함이 병이라는 말은 바로 그런 뜻입니다.

애플의 창업자인 스티브 잡스(Steve Jobs)는 2005년에 스탠퍼드 대학의 졸업식 축사 끝에 이런 말을 했습니다.

"Stay hungry. Stay foolish."

계속해서 갈망하고 항상 우직하라는 뜻입니다. 부족한 것을 알아야 뭔가를 바꿔볼 생각을 한다는 것을 이렇게 말했는데, 어쩌면 이것이 애플사의 정신이 아닐까 생각합니다. 남을 속이는 것이 아니라면, 가끔은 어리석은 척하며 살아봅시다. 내가 부족하고 모자란다고 하니 남들과 분쟁도 없을 것이요, 도리어 남들이 내게 도움을 주려고 할 것입니다. 이번 주도 내가 어리석고 부족하다는 사실을 아는 날들이 되었으면 합니다.

참는 것이 덕이다

우리나라는 화가 나거나 답답해도 참는 것을 미덕으로 여깁니다. 하지만 쌓여가는 화를 방치하면 단순히 답답하고 울화가 치미는 감정뿐 아니라 신체적 증상까지 유발한다고 합니다. 해소하지 못하고 쌓이면 '화병'으로 이어질 가능성이 큽니다. '화병(火病)'은 마음속의 분노, 울분을 억제해서 생기는 통증, 피로, 불면증 등 다양한 병증을 통칭하는 말입니다. 치미는 울화를 발산하지 못해 생기는 병으로 '울화병'이라고도 합니다. 세계적 정신질환 진단의 교범 역할을 하는 미국 정신의학회는 1994년 펴낸 『정신장애 진단 통계 편람』에서 '화병(Wha-byung)'을 '한국인의 독특한 정신 질환'이라며 문화 관련 증후군의 하나로 한글 발음 그대로 실었다고 합니다.

세상을 살아가면서 부딪치는 여러 현상이 순풍에 돛단배같이 술술 잘 풀리는 것만은 아닙니다. 사회생활에는 그날의 기분에 따라 기쁜 일, 슬픈 일, 불쾌한 일, 언짢은 일 등등 여러 가지 많은 일이 생깁니다. 가정생활에서는 부부간, 부모 간, 자녀 간, 고부간 등에 갈등이 있을 수 있고, 직장에서는 동료 간, 상사와 부하 직원 간, 고객과의 사이에서 자신의 이익과 상충하는 일이 생길 수 있습니다. 인간사가 항상 좋을 수는 없습니다. 어떻게 하면 이러한 갈등을 슬기롭고 지혜롭게 극복해 가느냐에 인생살이의 성패가 달렸습니다.

그런데 우리 조상들은 '참는 것'이 삶의 진정한 가치에서 가장 중요한 덕목이라고 했습니다. 참는 동안은 수모를 당한 것처럼 느낄지 모르나 시간이 흐를수록 승리자가 되는 것이 대부분입니다.

순간을 참지 못해서 큰일을 저지른 사례가 우리 주변에 많습니다. 요즘 도로에서 참지 못하고 보복 운전을 하는 실태가 언론 방송에 보도되고 있습니다. 보복 운전이란 운전 중에 차량을 이용해 상해와 폭행, 협박, 손괴 등을 가하는 행위입니다. 차량으로 뒤따라가면서 추월해 상대 차량 앞에서 감속 또는 급제동해 협박하는 행위, 급차선 변경을 통해 다른 차량을 중앙선이나 갓길 쪽으로 밀어붙이는 행위 등이 있다고 합니다.

2017년 상반기에만 보복 운전으로 1,100여 명이 적발됐고, 이 가운데 5명이 구속되었다고 합니다. 이에 경찰청에서는 심각성을 인지하여 보복 운전을 뿌리 뽑겠다는 취지로 보복 운전자의 면허 정지, 취소, 처분 등을 골자로 한 도로교통법을 개정하겠다고 밝혔습니다. 현재 보복 운전은 특수상해, 특수협박, 특수폭행, 특수손괴 등의 형법으로 처벌하고 운전면허는 유지하도록 했습니다. 그러나 개정안은 보복 운전으로 구속되면 면허 취소, 불구속 입건되면 100일간 면허 정지로 정했다고 합니다. 보복 운전은 순간의 분노를 참지 못하여 대형 교통사고로 직결되므로 본인은 물론이지만, 타인의 삶에도 막대한 지장을 초래합니다.

'인지위덕(忍之爲德)'이라는 고사성어가 있는데 이는 '참는 것이 덕이 된다.'라는 뜻입니다. 참고 배려하고 양보하는 아름다운 교통 문화가 우리 사회에 정착되었으면 합니다. 인지위덕은 '참는 것(忍之)'으로 인하여 '덕을 이룬다(爲德)'는 뜻으로 요즘 시대에 필요한 고사성어가 아닐까 싶습니다.

어느 순간부터 참으면 바보로 취급받는 시대가 온 것 같아 마음이 씁쓸할 때가 있습니다. 세계적 베스트셀러라고 하는 성경에도 "참는 자에게 복이 있다."라는 말이 있고, "노(怒)하기를 속히 하는 자는 어리석은 일을 행하고, 악한 계교를 꾀하는 자는 미움을 받는다."라고도 했습니다. 사람은 약하고 완전하지 않기 때문에 사소한 충동을 억제하지 못할 때도 많습니다. 그러나 노(怒)한 감정대로 말하고 행동한다면 그 책임은 누구에게 돌아갈까요? 자신을 화나게 한 대상에게 자제심을 잃고 복수를 했을 때 그 행위로 인한 화가 결국 자신에게로 돌아온다는 것을 명심해야 합니다. 참을 때는 끝까지 참아야 합니다.

어떤 일이든지 참지 못하고 성급하게 결정하면 실수할 확률이 높습니다. 전후 사정을 잘 알아보고 행동하고 결정하는 것이 중요합니다. 서로가 참고 상대방을 배려할 때 우리 사회가 더 좋은 사회로 발전하지 않을까 생각해 봅니다. 우리 직원들도 '인지위덕'하여 서로가 참(忍)으며 상호 덕(德)을 쌓는 동료가 되었으면 합니다.

모든 것은 마음먹기에 달렸다

얼마 전 법륜스님을 초청하여 장충체육관에서 가진 즉문즉설에 우리 직원들과 참여하여 많은 고민과 명쾌한 해답을 들어봤습니다. 그 후 법륜스님 유튜브 영상을 자주 보곤 합니다. 어떤 영상에서 부인이 남편에 대한 고민을 얘기했는데, 스님은 만사가 일체유심조(一切唯心造)라며 '모든 것이 마음먹기에 달렸다'고 하면서 고민에 대한 답을 주는데, 정말 마음에 와 닿는 해답이었습니다.

'一(한 일), 切(모두 체), 唯(오직 유), 心(마음 심), 造(지을 조)'는 불교에서 나온 말로 "모든 것이 마음먹기에 달렸다." 보통 이렇게 이해하고 있습니다. "어떤 일이든 마음먹기에 따라 이루어진다."라는 뉘앙스로 들립니다.

일체유심조란 원효대사가 깨달음을 얻은 불교의 사상으로 "세상 모든 일체를 오직 마음이 만든다."라는 뜻입니다. 엄격히 말하면 "세상은 마음먹은 대로 된다."라는 의미가 아니라는 것입니다.

일체유심조와 관련해 자주 인용하는 것이 신라의 고승 원효의 얘기입니다. 원효는 어릴 때 황룡사로 들어가 머리를 깎고 승려가 되었는데, 34세가 되던 661년(문무왕 1년), 8살 아래인 의상과 함께 공부를 좀 더 하기 위해 당나라 유학길에 올랐습니다. 당항성에 이르러 날이 저물어 어느 무덤 앞에서 잠을 잤습니다. 한밤중에 목이 너무 말라 물을 찾다가 옆에 바가지에 있는 물을 아주 맛있게 마시고 다시 잠이 들었습니다. 아침에 일어나 보니, 간밤에 마신 물은 해골에 고인 물이었습니다. 원효는 너무 놀랍고 역겨운 나머지 구역질을 하였고, 그 순간 '모든 것은 마음이 지어낸다.'라는 깨달음을 얻게 되었다고 합니다.

해골에 담긴 물은 어젯밤 달게 마실 때나 오늘 구역질이 날 때나 아무것도 달라지지 않았지만, '어제와 오늘 달라진 것은 자신의 마음'이라는 것을 깨닫고 "마음이 생겨나므로 모든 것이 생긴다."라고 읊었다고 합니다.

사물 자체에는 정(淨)도 부정(不淨)도 없으며 모든 것은 오로지 마음에 달렸음을 알고 원효는 그 길로 유학을 포기하고 신라로 돌아왔습니다. 깨끗한 것과 더러운 것, 좋은 것과 싫은 것, 선한 것과 악한 것 등의 모든 분별은 자기의 마음으로부터 우러나오는 것이지 물질 그 자체에는 깨끗함도 더러움도 없는 것임을 깨달았습니다.

만약 간밤에 마신 해골물이 본래 그 자체가 더러운 물이었다면 그 때 이미 토했을 것인데, 그것을 냉수라고 믿었기 때문에 시원하고 맛 좋은 냉수가 된 것입니다. 그러나 아침에 와서는 그것을 더러운 송장에서 나온 물이라고 생각했기 때문에 오장이 뒤집혀 구역질했습니다. 해골물이 더럽다고 생각하면 그것이 더러운 것이 되고, 깨끗하다고 생각하면 깨끗한 것이 되는 것입니다.

원효는 모든 것이 외부의 물질에 있는 것이 아니고 내 마음속에 있다는 것을 크게 깨달았습니다. 인간만사 모든 일은 사람의 마음에 따라 바뀐다는 뜻으로, 마음에서 길흉화복(吉凶禍福), 흥망성쇠(興亡盛衰), 희로애락(喜怒哀樂) 등이 결정되는데, 인간의 마음이 그렇게 만든다는 것입니다.

어떤 일이 좋은 일과 선한 일일 수도 있고, 나쁜 일과 악한 일일 수도 있습니다. 마음먹기에 따라서 세상일이 행복하다고 생각하면 행복해 보이고 불행하다고 생각하면 불행한 것이 아닐까요? 내 마음이 머물러 있는 곳을 긍정적으로 생각하면 삶이 편할 것입니다. 어차피 오늘도 하루의 삶을 산다면 불평을 감사로, 부정을 긍정으로, 절망을 희망으로 바꾸어 봅시다.지금 나 자신의 모습은 나 자신의 생각에서 비롯된 것입니다. 좋은 생각, 바른 행동, 매사 발전적인 생각으로 나 자신을 좋은 사람으로 만들어 보세요. 모든 것이 마음먹기에 따라 이 세상이 천국이 될 수도 있고 지옥이 될 수도 있습니다.

양반 물고기 문어

아버지는 문어를 정말 좋아하시는데, 문어 다리를 살짝 데쳐서 초고추장에 찍어 드십니다. 사는 곳이 내륙 지역이어서 냉동 문어지만 제사를 지낼 때는 꼭 문어를 제사상에 올리고 있습니다.

문어는 '글을 아는 생선'이라고 해서 '문어(文魚)'라 하고, 원래 한자어로는 '8개 꼬리가 있는 고기'라 하여 팔초어(八梢魚)라고 합니다. 영어로는 옥토푸스(octopus)로 옥토(Octo)는 8에서 나온 말이고, 푸스(Pus)는 발이라는 뜻이니, 다리 8개 달린 연체동물이라는 뜻입니다. 동양에서 문어의 지적 능력을 중시해서 이름을 지은 것과 달리 서양에서는 겉모습에 초점을 맞춰 작명했습니다.

우리와 일본에서 문어는 한자로 문어(文魚)라고 쓰고, 중국에서는 장어(章魚)라고 부릅니다. 우리 선조들이 문어를 文魚(글월 문, 고기 어)라고 부르게 된 것은 문어가 먹물을 내뿜어 글자를 아는 양반 물고기라고 생각했기 때문입니다. 그러니까 문어는 사람의 머리를 닮아 글을 아는 사람처럼 똑똑하고 머릿속에 먹물이 들었다고 해서 붙여진 이름입니다.

그렇다면 역시 먹물을 뿜는 낙지와 주꾸미는 왜 문어라고 부르지 않고 다른 이름을 붙였을까요? 낙지와 주꾸미는 문어와 마찬가지로 다리가 8개 달린 연체동물이고, 역시 먹물도 내뿜지만 사람의 머리라고 하기에는 너무나 작습니다. 그리고 다리가 10개인 오징어와 꼴뚜기는 사람 머리와 전혀 닮지 않았으니 문어라는 이름을 얻을 자격이 없었던 것입니다.

실제로 문어는 물고기 중에서 지적 능력이 뛰어난 동물이라고 합니다. 그저 본능에 따라 움직이는 다른 물고기와는 달리 학습 능력도 있고, 기억력까지 있으니 문어라는 이름이 진짜 어울립니다.

방송 보도에도 나왔지만, 2010년 남아공 월드컵에서 신통력을 지닌 점쟁이 문어가 화제였습니다. 독일 오베르하우젠 수족관의 '파울'이라는 문어는 스페인 우승을 비롯해 무려 8경기의 승자를 예언해 맞춘 영험한 문어였습니다. 아무리 우연의 일치라지만 문어의 똑똑함에 놀라게 된 것은 사실입니다.

파울의 신통력에 대해서는 여러 가지 반론도 많았으며, 훈련했을 가능성 등 조작 의혹들이 제기되기도 했습니다. 상반된 얘기지만 조작을 했다면 용의자가 둘 있습니다. 오베르하우젠 수족관과 FIFA입니다. 독일의 그 수족관은 파울을 계기로 세계 최고의 관심을 받게 되었고, 엄청난 홍보가 되어서 한동안 방문객이 폭주했습니다. 또 하나는 FIFA인데, 남아공 월드컵은 대규모 공석 사태가 발생했고 입장권 판매가 극도로 부진했습니다. 이때 갑자기 문어라는 족집게가 등장하여 월드컵 뉴스에 대한 세계인들의 관심을 끌었습니다. 사람들의 관심거리가 많아지면 그만큼 월드컵 홍보가 더 많이 되기 때문에 FIFA가 문어 덕을 톡톡히 봤습니다.우리나라에서는 문어가 부정적 이미지로 인용되기도 합니다. 문어의 8개 발을 보고는 탐욕과 욕심의 화신으로 생각하는 경우가 가끔 있습니다. 재벌이 부도덕하게 사업

영역을 확장하는 것을 보고 '문어발식 확장, 문어발 경영'이라고 하면서 오명을 씌우기도 합니다. 또한 문어는 갑각류와 패류, 어류 등 가리지 않고 잡아먹는데, 심지어 먹잇감이 없는 경우는 다른 문어를 잡아먹거나 스스로 자기 다리를 잘라서 먹기도 합니다.

그처럼 먹성이 좋기 때문인지 문어는 두뇌 발달에 좋은 성분이 많아 영양가 높은 식품으로 인정받고 있습니다. 이런 성분은 기억력 향상과 신체 기능 발달에도 도움이 되어 성장기 어린이, 수험생뿐 아니라 치매를 예방해야 하는 노인에게도 좋다고 합니다. 예로부터 문어는 노인이나 병후 환자의 보신용으로 효과가 좋은 음식으로 알려졌습니다.

우리 옛이야기에 보면 문어가 글자를 아는 양반 물고기이면서 오늘날의 엿이나 찹쌀떡과 같이 찰싹 잘 달라붙는다고 해서 과거시험 볼 때 먹었다고 합니다. 그래서 문어를 가장 즐겨 먹는 지역이 선비들이 많았던 안동, 영주, 의성 등 경북 내륙 지역인데, 아직도 그 지역에서는 제사상에 문어를 꼭 올리고 있습니다. 반대로 문어의 사촌격인 '낙지'는 과거를 준비하는 선비들에게 기피의 대상이었답니다. 이유는 그 이름이 '낙제'와 비슷한 이름이었기 때문입니다.

입시 시험을 준비하는 자녀에게 엿이나 찹쌀떡보다 이제는 문어를 많이 먹여야겠습니다.

예수님도 초등학교를 나오지 않았습니다

사람 중에는 잘나갈 때 그 순간만 보는 사람이 있고, 몇 년 뒤를 더 내다보는 사람이 있습니다. 한 분야에서 성공했다고 인정받는 사람들은 대부분 멀리 내다보는 안목을 가지고 있습니다.

미국의 투자 귀재 워런 버핏에게 돈을 많이 벌게 된 이유를 물었습니다. 멀리 내다보는 것, 그것 하나 때문에 가장 큰 부자가 되었다고 말했습니다. 그는 세상 사람들의 안목이 너무 근시안적이기 때문에 돈을 못 번다고 말했습니다.

돈이 있을 때 다 써버리면 정작 사야 할 것이 있을 때는 사지 못합니다. 보험을 드는 것도 마찬가지겠지만, 무슨 일이 생길지 모르기 때문에 저축하고 아껴 써야 합니다. 개인이나 사회가 불안하면 현재 지향적이 되고, 확실한 미래가 있으면 다 쓰지 않고 현재의 즐거움을 참고 미래를 위해 준비합니다. 어떠한 것이든 "10년간 보유할 생각이 없다면 단 10분도 보유하지 마라."라고 충고합니다. 보통 사람들이 10분 앞을 볼 때 성공한 이들은 10년 앞을 내다봅니다.

미국의 루스벨트, 링컨, 헬렌 켈러, 라이트 형제 등은 훌륭한 일을 하여 역사에 기록된 인물들입니다. 이처럼 위인들은 대부분 역경을 딛고 일어나 대단한 성취를 이룬 입지전적 인물을 말합니다.

미국의 제17대 대통령 앤드루 존슨(Andrew Johnson, 1808~1875)도

재단사 출신으로 크게 성공한 긍정의 힘을 발휘했던 대표적인 위인입니다. 그는 초등학교도 못 나왔지만 긍정적인 생각과 미래에 대한 안목을 가지고 열심히 노력해 대통령에 오른 인물입니다.

그는 1808년 노스캐롤라이나 주의 찢어지게 가난한 집에서 태어났습니다. 설상가상으로 3살 때 아버지를 여읜 후 책 사볼 돈도, 글씨 공부할 노트도 살 수 없었습니다. 너무 가난해 학교 문턱에도 가보지 못했으며, 어릴 때 그의 소원은 배부르게 실컷 한 번 먹어보는 것이었다고 합니다. 하지만 절망하거나 포기하지 않았습니다.

존슨은 13살에 양복점에 들어가 재단사로 성실하게 일했습니다. 17살에 양복점을 차려 돈을 벌면서 구두 수선공의 딸과 결혼한 후 아내에게 처음 글을 쓰고 읽는 법을 배웠다고 합니다. 이후 공부에 취미를 붙여 다방면에 교양을 쌓은 그는 정치에 뛰어들어 테네시 주지사, 상원의원이 된 후에 링컨 대통령(16대)을 보좌하는 부통령이 되었습니다. 그리고 또한 링컨 대통령의 유명한 게티즈버그 연설문의 초안도 그가 작성했다고 합니다.

남북전쟁(1861~1865) 말에 링컨 대통령이 암살당한 후, 미국 17대 대통령 후보에 출마하지만 상대편으로부터 맹렬한 공격을 받습니다.

“한 나라를 이끌어가는 대통령이 초등학교도 못 나온 양복쟁이 출신이라는 것이 말이 됩니까?”

그러자 존슨은 침착하게 “여러분, 저는 지금까지 예수 그리스도가 초등학교에 다녔다는 말을 들어 본 적이 없습니다. 예수님은 초등학교도 못 나오셨지만 전 세계를 구원의 길로 이끌고 계십니다. 이 나라를 이끄는 힘은 학력이 아니라 긍정적 의지요, 미국 국민의 적극적 지지입니다."라는 대답으로 상황을 역전시켜 버렸습니다. 그는 재임 기간 중 탁월한 능력을 발휘해 대통령직을 성공적으로 수행하였습니다. 그 가운데 백미는 1867년 러시아(구소련)로부터 알래스카를 단돈 720만 불(80억 원)에 매입한 것입니다. 미국의 단일 주 중에서 가장 크며 한반도의 7배이고 남한의 15배 면적이라고 합니다. 그 당시 상하원에서는 알래스카를 사들이는 것을 미친 짓이라고 하며 "얼음 가득하고 궤짝이나 다름없는 땅을 왜 사야 하는가?"라며 반대했다고 합니다. 이런 욕을 먹으면서도 그는 "그 땅은 감추어진 무한한 보고(寶庫)이기에 다음 세대를 위하여 사야 합니다."라며 의회와 국민을 설득해 매입하였습니다.

매입한 지 얼마 지나지 않아 그 땅속에서는 황금이 봇물 터지듯 터져 나왔고, 석유가 펑펑 쏟아져 나와 러시아는 땅을 치며 후회하고 있습니다. 오늘날 알래스카는 미국의 주요한 군사적 요충지이며 천연가스, 석유, 금 등의 천연자연이 풍부해 미국의 국익에 엄청난 도움을 주고 있습니다. 미래를 내다보는 높은 안목과 긍정적인 힘이 있었기에 가능했습니다.

성공과 행복은 현상을 어떻게 바라보느냐의 관점과 높은 안목, 그리고 긍정의 마인드에 있습니다. 앤드루 존슨 대통령을 보더라도 학력은 성공에 있어 절대 장벽이 아닙니다. 우리 속에 있는 학력, 외모, 지연 등 스스로 쌓아놓은 성벽을 빨리 무너뜨려야 합니다. 살면서 긍정적인 생각이 없으면 우리는 어느 한순간도 행복해질 수 없으므로,

각자 긍정의 마인드를 쌓아가는 날들이 되었으면 합니다.

발까지 차는 만족

사회의 어떤 조직이나 한 개인을 만족시키기는 정말 어렵습니다. 그래서 고객만족도 조사 등 여러 가지 방법으로 만족시킬 수 있는 해법을 찾고 연구하고 있습니다. 그런데 우리 회사는 직원 만족도가 많이 떨어집니다.

사람의 모든 행위는 어쩌면 자신의 만족을 위해 사는 것이라고 할 수 있습니다. '滿足(찰 만, 발 족)'이란 한자를 보면 '발까지 가득 찼다.'라는 뜻인데, 물이 발까지만 찼는데도 왜 모자라지 않고 마음이 흡족하다고 하는지에 대해 궁금해졌습니다.

만족(滿足)하다고 쓸 때, 왜 '발 족(足)' 자를 쓸까 생각해 보았는데, 2가지 의미가 있습니다. 첫째는, 두 발(足)로 서서 다니는 것으로도 만족할 줄 알아야 세상을 즐겁고 행복하게 살 수 있다는 의미가 있습니다. 두 발이 없는 장애인, 로봇 다리 수영 선수 김세진은 두 의족이 2천만 원이 넘고 여기에 들어간 돈만 1억이 넘는다고 했습니다. 그렇지만 엄마와 행복하게 만족하며 산다고 했습니다. 둘째는, 우리가 바라고 원하는 정도가 발(足)까지만 차도 행복할 수 있다는 뜻입니다. 주변에 보면 차고 넘치는, 즉 과한 욕심을 부리다가 발을 덮고 있는 행복까지 잃어버리는 경우가 많습니다. 진짜 만족은 큰 것이 아니고 의외로 소박하고 작고 가까운 곳에 있다는 말입니다.

만족은 행복을 만드는 최고의 기술이라고 합니다. 만족은 마음이 흡족하여 부족이 없는 상태로서 만족하고 행복하려면 진심, 감사, 긍정의 정신이 필요합니다. 진심의 마음은 자신을 만족시키고, 감사의 마음은 상대까지 만족하게 하며, 긍정의 마음은 고통도 만족과 행복으로 바꾼다고 합니다.

세상 살아가면서 크고 작고, 많고 적음의 차이를 따지는 경우가 많은데 그것은 그리 중요하지 않습니다. 옷을 지을 때는 작은 바늘 하나면 충분하고, 봄비를 피할 때는 우산 하나면 되니 굳이 큰 것을 구하려고 애쓸 필요가 없습니다. 크다고 해서 힘자랑할 것도 아니며, 작다고 해서 하찮게 치부하지도 않을 것이니 저마다 자기 몫에 따라 가치가 결정되는 것이 삶입니다. 길다면 길고 짧다면 짧은 인생인데 맡은 소임에 만족하며 책임지며 사는 것이 정말 중요합니다.

'수분지족(守分知足)'이란 말이 있습니다. '자기 분수를 알고 만족하는 사람이 되어야 한다.'라는 뜻입니다. '지족(知足)'이라는 단어는 명나라의 학자 홍자성이 쓴 『채근담』이란 책에 나오는 글귀입니다. 그 책에 보면 '지족자선경(知足者仙境) 부지족자범경(不知足者凡境)'이라는 글이 있습니다. '만족할 줄 아는 사람(知足者)은 어떠한 환경도 신선이 사는 것처럼 즐겁고, 만족할 줄 모르는 사람(不知足者)은 아무리 좋은 환경일지라도 미혹된 삶으로밖에 느낄 수 없다.'라는 뜻입니다. 정말 새겨봐야 할 말입니다. 일상사에서 모든 일에 만족할 수만 있다면 그 인생은 선경의 삶이 될 수 있습니다.

행복의 실현은 욕망을 적게 하고 거기서 만족을 느끼려는 수분지족 속에 있습니다. 자기 분수를 알고 지키며 스스로 만족할 줄 아는 데서 행복이 있다는 의미입니다. 오유지족(五唯知足)은 석가모니의 『유교경』에 있는 말로 '나는 스스로 오직 만족함을 안다'라는 뜻입니다. 이는 남과 비교하지 말고 오직 자신에 대해 만족하라는 가르침이 담긴 말로서 쓸데없는 욕심을 가지지 말라는 교훈입니다.

조선 시대 구봉 송익필은 "족(足)하면서도 부족하다고 느끼면 부족한 것이요, 부족하면서도 족(足)하다고 느끼면 족(足)한 것이다."라고 했습니다. 자기만족이야말로 가장 훌륭한 재산이기 때문입니다.

조선의 선비들이 강조한 철학이 분수를 지키고 만족할 줄 알라는 것입니다. 그리스 철학자인 소크라테스도 "너 자신을 알라"라는 말이 매우 좋아서 철학의 표어로 삼았고, 그리스 사람들은 이 말을 아폴로 신전의 정면 하얀 대리석에 새기고 생활신조로, 행동의 길잡이로 삼았습니다. 인간이 어찌 매사에 만족할 수 있겠습니까?

오늘도 남을 탓하기 전에 자기 자신을 돌아봅시다. 자신의 얼굴에 덧씌워진 남을 속이는 가면을 걷어냅시다. 우리 직원들은 여건과 능력에 맞게 수분지족하며 살 수 있기를 기대해 봅니다.

개구리는 어리석지 않았다

한국의 대표적 놀이문화의 하나인 화투(花鬪)! 우리 고유의 것이 아니라 일본에서 들어온 것입니다. 19세기 말에 대마도(쓰시마섬) 상인들에 의해 부산 지방에 처음 들어와 '화투'라는 이름을 얻은 것으로 추정됩니다. 화투는 한국에 들어온 후 1970년대부터 급속히 전파되어 오늘날 가장 대중적으로 이용되는 놀이이자 도박의 도구가 되었습니다. 저도 어릴 때 할아버지 혼자서 하는 화투놀이가 신기해서 몰래 해본 적이 있습니다.

정작 일본에서는 없어진 놀이인데 한국에서는 어떻습니까? 명절 때는 물론, 요즘 많이 사라졌지만, 상가(喪家) 등 사람이 모이는 곳에서는 판이 벌어져 한때는 고스톱 공화국이라고도 불릴 정도였습니다.

화투는 솔, 매화, 벚꽃, 싸리, 난초, 모란, 국화, 단풍, 오동 등 1년(1~12월)에 해당하는 12가지의 특징적인 그림들이 4장씩 쌍을 이루고 있습니다. 게다가 한국인의 독창성으로 여러 가지 '고스톱' 방법과 종류를 만들어냈습니다. 놀이의 종류는 민화투, 육백, 나이롱뽕, 고스톱, 섰다, 짓고땡, 구삐 등이 있지요. 알다시피 기본 놀이 인원수는 3명이며 6장의 패를 뒤집어 놓고 각각 7장의 패를 가지고 순서에 따라 그림을 맞추어 가는 놀이입니다. 또한 혼자서 하는 오락으로는 그림을 맞추거나, 숫자를 맞추면서 운수나 재수를 점치는 놀이도 있습니다.

화투(花鬪) 중에 '비광(雨光)'이 있는데, 그 그림 속에는 의미 있는 사건이 있습니다. 그림의 위쪽 검은 것은 버들가지, 가운데 파란 것은 냇물, 왼쪽 아래 구석의 노란 것은 개구리이고, 가운데 우산을 쓰고 있는 사람은 일본의 유명한 학자이자 서예가인 오노노 미치카제(小野道風)입니다. 이 그림에는 의미 있는 이야기가 숨어 있다고 합니다.

비가 추적추적 내리는 어느 날, 극심한 슬럼프에 빠진 미치카제가 우산을 쓰고 냇가를 거닐다가 무심코 발밑을 보니 개구리 한 마리가 장마에 불어난 물에 쓸려가지 않으려고 늘어진 버들가지를 향해 온 힘을 다해 점프하고 있었습니다. 하지만 안타깝게도 버들가지가 높아 아무리 애를 써도 잡히지 않았습니다. 이런 개구리를 보고 미치카제는 코웃음을 치며 '어리석은 개구리 같으니라고 노력할 걸 노력해야지….'라고 생각했는데, 그때 강한 바람이 휘몰아치며 버들가지가 휙 하고 개구리가 있는 쪽으로 휘어졌습니다. 이때를 이용하여 개구리는 마침내 버들가지를 붙들고는 조금씩 올라갔습니다. 순간, 미치카제는 중요한 것을 깨달았다고 합니다.

"아! 어리석은 건 개구리가 아니라, 바로 나로구나! 한낱 미물에 불과한 개구리도 목숨을 다해 노력한 끝에 한 번의 우연한 기회를 자기 행운으로 바꾸었거늘, 나는 저 개구리처럼 노력도 해보지 않고 이제

껏 어찌 불만만 가득했단 말인가!" 하고 탄식했습니다.

'운도 실력의 일부'라는 말이 있습니다. 노력하는 사람에게는 행운이 따라옵니다. 남의 행운을 부러워만 할 게 아니라 기회가 왔을 때 단번에 잡을 수 있도록 평소 실력을 쌓으라는 뜻입니다. 우리 한글의 '운' 자를 거꾸로 뒤집어 보면 '공' 자가 됩니다. 공을 들이면 성공하는 운이 따릅니다.

미국의 영화감독 우디 앨런이 말한 것처럼 '가끔 실패하지 않는다면 그것은 안이하게 산다는 증거'인 것입니다. 도전이 없으면 실패도 없다는 말이 있는데, 실패를 가혹하게 처벌하는 조직에서는 조직원이 모험을 하지 않는다고 합니다. 그저 현상 유지만 할 뿐 새로운 도전을 하지 않으며 창의적 발상의 힘이 발휘될 여지가 없다고 합니다.

노력 없이 그냥 잘되기란 쉽지 않습니다. 열심히 노력하고 내면을 쌓으면 언젠가 기회가 찾아왔을 때 잡을 힘이 생기겠지요. 부지런하고 적극적인 사람은 운도 함께 하는 것 같습니다. 이번 주도 목표를 향해 도전하는 즐거운 하루 되시고, 행운이 함께하시길 응원합니다.

영광 불갑사에 상사화가 피었습니다

몇 해 전 9월 말쯤 우리나라 대표적 굴비의 생산지 영광의 불갑산(불갑사)에 등산을 갔습니다. 그런데 불갑사 입구부터 붉은 융단을 깔아놓은 듯 '꽃의 바다'를 이루며 여느 수채화보다도 화사하게 대자연의 예술이 펼쳐졌습니다. 온통 빨간 꽃으로 장사진을 이루며 관광버스 등 차량과 사람이 엉키고 엉켜 인산인해를 이루었습니다. 그 빨간 꽃은 상사화(相思花)로 일명 '꽃무릇'이라고도 합니다. 전국 최대 상사화 군락지가 있는 영광 불갑사 일대는 매년 상사화 축제가 열립니다.

상사화는 사백합목 수선화과의 구근식물로 석산, 동설란 등으로 불리고 있습니다. 가느다란 꽃줄기 위로 여섯 장의 빨간 잎이 한데 모여 말아 올려진 모양이 무척이나 별난 모양으로 꽃무릇만이 간직한 자태입니다.

서로를 그리워하지만 만날 수 없는 숨바꼭질 같은 사랑을 '상사화' 사랑이라고 합니다. 우리가 흔히 말하는 상사병(相思病)이 상사화에서 유래된 것입니다. '전설의 고향'이라는 TV 사극에서 "누가 뉘 집 규수를 보고 그날부터 상사병에 걸려서 식음을 전폐하고…."라는 내용을 기억하시는 분들이 많을 것입니다. 상사병은 의학 사전에 나오지 않은 심리적 증세로서 사랑하는 사람을 보고 싶어 하고 그리워함을 나타내기에 그만큼 애틋한 증상이라고 합니다.

상사화란 '화엽불상견상사화(花葉不相見相思花)'에서 나온 말로 "꽃과 잎은 서로 만나지 못하지만 서로 끝없이 생각한다."라는 뜻입니다.

상사화는 그 이름만으로도 몇 가지 전설이 있습니다. 어느 스님이 세속의 처녀를 사랑하여 가슴만 태우며 시름시름 앓다가 입적한 후 그 자리에 피어났다는 설이 있고, 그 반대로 스님을 사모하여 불가로 출가하겠다는 딸을 억지로 결혼시켜 마음에도 없는 사람과 살게 해 이루지 못하는 사랑에 홀로 애태우다 죽은 여인의 넋이 꽃이 되었다는 설이 있습니다.

또한 옛날 어떤 처녀가 수행하는 어느 스님을 사모하였지만, 그 사랑을 전하지 못하고 시들시들 앓다가 눈을 감고 말았는데, 어느 날 그 스님 방 앞에 이름 모를 꽃이 피자 사람들은 상사병으로 죽은 처녀의 넋이 꽃이 되었다고 믿었다는 설 등의 이야기가 있습니다. 그 어느 쪽이 맞는 말인지는 모르겠지만 '한결같이 이루지 못한 사랑의 애절함'을 표현해 '상사화(相思花), 즉 서로를 그리워하는 꽃'이라고 이름 지었음은 틀림없습니다.

이러한 전설이 대부분 스님과 관련성이 있어서인지 영광 불갑사, 고창 선운사, 함평 용천사 등 사찰에 가면 상사화가 있는 곳이 많습니다.

상사화는 한국, 중국, 일본에 자생하는 동아시아 식물이며, 우리나라에서는 중부 이남의 남서부 지역에 주로 자생하는데 전남, 전북 및 경남에 큰 군락지가 있습니다.

상사화는 양지바르고 배수가 잘되는 토양에서 잘 자랍니다. 60㎝ 정도 자라며 5월경에 잎이 먼저 나오기 시작하여 6월이면 형체도 없이 잎은 시들고 석 달 열흘을 보냅니다. 서늘한 기운의 바람이 부는 9월이 되면 언제 그랬냐는 듯 잎이 죽었던 자리에 꽃대만 솟아 꽃을 피웁니다. 잎이 달려 있을 때는 꽃이 없고, 꽃이 필 때는 잎이 없어서 '꽃과 잎이 서로 그리워한다.'라는 의미의 상사화라는 이름이 붙었다고 전해집니다.

상사화는 절 주위에서 많이 볼 수 있는데, 그 이유는 상사화의 특별한 성분 때문이라고 합니다. 예로부터 제지술, 표구술이 발달한 곳이 사찰이라고 하는데, 스님들이 탱화나 고승들의 영정을 그릴 때 이 꽃을 말려 물감을 만들고, 뿌리는 즙을 내어 칠하면 좀이 슬지 않고 색도 바래지 않기 때문이라고 합니다.

상사화 비늘줄기에서 전분을 뽑아 만든 풀을 이용하여 표구하면 수천 년이 지나도 좀이 슬지 않는다고 합니다. 그래서 스님들의 필요로 절 주변에 상사화를 많이 심었다고 합니다. 가을에 시간이 되면 가족과 상사화 군락지가 있는 곳으로 나들이 다녀오는 것도 의미 있는 여행이 될 것입니다.

당신 자리 옆에는 어떤 좌우명이 붙어있습니까

사람마다 각자 본인만의 신념에 따른 좌우명을 마음속에 새기고 삽니다. 좌우명은 어떠한 힘든 일이 닥쳐도 자신이 그 신념에 따라 행동하고 헤쳐나갈 수 있는 기반이 됩니다. 흔히 좌우를 '왼쪽(左)과 오른쪽(右)'을 가리키는 말로 잘못 알고 있는 사람들이 의외로 많은데, 이는 '앉은 자리의 옆'이라는 뜻으로 쓴 좌우(座右)가 맞습니다.

한문의 음과 뜻을 보면 座(자리 좌), 右(오른쪽 우), 銘(새길 명)인데, 굳게 믿어 지키고 있는 생각, 또는 반성의 자료로 삼는 격언이나 경구를 말합니다. 즉 늘 생각하고 되새기며 가르침으로 삼는 말을 '좌우명(座右銘)'이라고 합니다.

"오늘 할 일을 내일로 미루지 말자.", "모르는 것은 반드시 알아내자." 등등을 책상 앞에 써 붙여 놓고 늘 되새기는 사람이 많습니다. 이처럼 좌우명이란 자리(의자) 오른쪽에 붙여 놓고 반성의 자료로 삼는 것을 말하는데, 그 유래는 원래 어떠한 문구가 아니라 술독 사용에서 나왔다고 합니다.

중국 제나라는 춘추오패(춘추시대 패권을 잡았던 5명의 제후)의 하나였던 환공이 죽자 묘당을 세우고 각종 제기를 진열해 놓았는데 그중 하나가 이상한 술독이었다고 합니다. 텅 비어있을 때는 기울어져 있다가도 술을 반쯤 담으면 바로 섰다가, 가득 채우면 다시 엎어지는 술독이었습니다. 제자들과 함께 그 묘당을 찾은 박식했던 공자도 그 술독의 의미를 알 수 없었는데, 이 이야기를 담당 관리에게 듣고 나서 그는 무릎을 탁 쳤다고 합니다. "아! 저것이 그 옛날 제환공이 의자 오른쪽에 두고 가득 차는 것을 경계했던 바로 그 술독이로구나!"

그는 제자들에게 물을 길어와 그 술독을 채워보라고 했습니다. 비스듬히 세워져 있던 술독이 물이 차오름에 따라 바로 서더니만 나중에는 다시 쓰러지는 것을 보고 "공부도 이와 같은 것이다. 다 배웠다고(가득 찼다고) 교만을 부리는 자는 반드시 화를 당하게 되는 법이니라."라고 공자가 말했습니다. 집에 돌아온 그는 똑같은 술독을 만들어 의자 오른쪽에 두고는 스스로를 가다듬었다고 합니다.

이 술독은 텅 비면 기울어지고, 가득 채우면 엎어지고, 중간 정도 채우면 반듯해지는 그릇입니다. 어쩌면 계영배(戒盈杯)도 같은 의미라 할 수 있습니다. 조선 후기 도공 우명옥이 만들었다는 계영배는 사이펀(siphon)의 원리를 이용하여 과음을 경계하기 위해 잔에 술이 가득 차면 저절로 모두 새어나가도록 하고, 70%만 채웠을 때 제 기능을 하는 술잔인데, 더 채우려고 해도 도저히 채울 수 없는 신비의 잔입니다.

역사 속의 위인이나 유명 인사는 저마다 개인적인 신념과 훌륭한 좌우명을 가지고 있었습니다. 그들이 늘 마음속에 두고 가르침으로 삼은 몇몇 좌우명을 살펴보겠습니다.

안중근은 "하루라도 책을 읽지 않으면 입안에 가시가 돋는다.", 공자는 "아는 사람은 좋아하는 사람만 못하고, 좋아하는 사람은 즐기는 사람만 못하다.", 에디슨은 "실패는 성공의 어머니이다.", 현 미국 대통령 도널드 트럼프는 "학벌이나 경력이 아닌 태도를 먼저 보라.", 할랜드 샌더스(KFC 창업자)는 "거절당할 것을 미리부터 두려워 말라."라는 좌우명을 갖고 있었습니다.

나의 좌우명은 '진인사대천명(盡人事待天命)', 즉 "사람이 할 수 있는 일을 다 하고 하늘의 뜻을 기다린다."입니다. 이 문구는 '승리를 위해 최선을 다하고 결과에 승복할 줄 아는 사회를 만들기 위해'라는 수년 전 모 TV 방송 프로그램 마지막 코멘트와 같은 말입니다. 나는 이것을 현수막으로 만들어 사무실 전면 오른쪽 위에 붙여 놓고 항상 마음속으로 새기고 있습니다.

우리 본부 직위자들은 어떤 좌우명을 가지고 있습니까? 각자의 신념에 따라 의미 있는 좋은 좌우명을 만들어 늘 생각하고 되새기며 성공하는 삶을 살아갔으면 합니다.

야호와 요강

등산이 취미인 나는 수년 전만 해도 산에 오르면 정상에서 "야호~" 하며 다 함께 외치고, 다시 들려오는 메아리를 들었습니다. 큰 의미 없이 "야호"라고 했는데, 야호의 의미가 궁금해졌습니다. 조선 시대에 나무꾼이 나무를 하다가 호랑이가 나타나면 "야호(野虎)~"라고 외치며 도망쳐 왔다는 설과 몽골이 고려를 침략하고 정찰병에게 "산 위에 가도 좋은가?"라고 소리쳤는데, '야호'가 몽골어로 "가도 좋은가?"라는 말이라는 데서 나왔다는 설, 독일 알프스 산림지대에서 고립됐을 때 자신의 위치를 알리는 조난 신호로 흔히 쓰던 'johoo'란 의성어가 '야호'의 유래라고 하는 설이 있습니다.

중요한 것은 원래 '야호'라는 말은 외국 산악인들에게는 조난 시에 자신의 위치를 알리는 '조난 신호'라는 것입니다. 우리나라에는 20세기 들어와 '야호'란 구호가 등산객 사이에서 유행하면서 산에 올라가 기쁨에 흥겨워 스트레스를 푸는 데 사용되었습니다. 그러나 그 흥이 넘쳐 때로는 소리를 크게 내지르는 "야호~"는 다른 등산객에게도 폐가 되었습니다. 또한 산에서 쉬고 있는 동물과 식물에게 스트레스를 준다고 합니다. 집에서 낮잠을 달콤하게 자고 있는데 누군가가 내는 큰 소리로 인해 잠을 깬다고 생각해 보면 됩니다.

외국의 어느 산을 다녀보아도 한국 사람처럼 산에서 야호라고 마구 고함을 지르는 경우는 없고, 진짜 조난 시만 '야호'를 외친다고 합니다. 지리산에 풀어준 반달곰은 '야호'에 스트레스를 받아 인적이 드문 곳으로 숨어다니고 있으며, 설악산 깊은 곳에서 명맥을 유지했던 산양도 등산객들의 고함에 종적을 감추었다고 합니다. 많은 캠페인으로 최근에는 '야호'라고 고함치는 등산객은 이제 사라졌습니다.

두 번째 재미있는 얘기로, 옛날에 '야호(夜壺)'라는 것은 밤 야(夜), 단지 호(壺), 즉 옛날 '요강'을 말합니다. 나도 어릴 때 어머니가 밤에 방안 윗목에 요강을 두고 사용했던 기억이 생생합니다. 기성세대는 요강이라는 것을 잘 알지만, 요즘 젊은 세대들은 무엇에 쓰는 물건인지 대부분 잘 모를 것입니다. 그러나 '야호', 즉 요강은 그냥 '밤에 오줌을 누는 단지'라는 차원을 넘는 깊은 의미가 있습니다.

남자들은 특성상 무릎을 꿇고 볼일을 봐야 해서 어두운 밤중에 요강 밖으로 소변을 흘리는 경우가 많아 어머니한테 혼나곤 합니다. 우리 집은 하얀 도자기 요강이었는데, 요강의 재질은 자기, 목칠기, 도기, 유기 등 다양한 편이고, 크기도 조금씩 차이가 났습니다. 특히 조선 시대는 여성이 가마로 이동할 때 휴대용으로 꼭 가지고 다녔습니다. 우리 조상들은 야호를 아주 소중하게 여겨서 딸을 시집보낼 때, 야호 한가득 쌀을 담거나 곡식이나 과일을 담아 가마에 함께 실어 보내면서 한없이 눈물을 흘렸다고 합니다.

야호의 필요성과 편리함은 한둘이 아니었습니다. 우리나라 옛말에 "처가와 뒷간(화장실)은 멀어야 좋다."라는 말이 있어서, 아주 한적한 곳에 뒷간을 만들었습니다. 한적한 곳에 있는 뒷간을 매번 이용한다는 것이 그리 쉬운 것이 아니었습니다. 전기가 들어오지 않았기 때문에 어둡기도 했지만, 뒷간에 얽힌 귀신 이야기들이 너무 많아 야간에 한 번 뒷간을 가려면 등골이 오싹할 정도로 무서웠기 때문에 야호를 편하게 방안에 둔 것입니다.

좀 우스운 얘기지만, 우리 조상들의 지혜를 엿볼 수 있는 면으로, 야호가 방안의 수분을 조절하는 가습기 기능을 했다고 합니다. 온돌방이 좀 뜨거운 경우가 많다 보니 습기가 부족하여 감기에 걸리거나 목이 아프기 쉬웠는데, 그것을 해결해 주는 일등공신이 바로 야호였습니다.

언제부터인지 모르지만 시대가 바뀌고 편리함을 추구하면서 요강은 이제 사용하는 사람들이 거의 없고, 박물관에나 가야 볼 수 있습니다. 그리고 과거와 달리 "처가와 화장실은 가까워야 좋다."라는 말이 통용되는 시대로 바뀌었습니다. 맞벌이 시대이다 보니 처가에 아이를 맡기고 모든 음식은 처가에서 다 가져옵니다. 또한 방마다 화장실을 만들어 놓고 수세식으로 깨끗하게 해결합니다. 우리 조상들이 그렇게 소중히 여겼던 야호 정신은 이제 점차 퇴색되고 있습니다. 야호의 두 가지 의미를 새겨보는 좋은 하루 되었으면 합니다.

절차탁마해야 옥(玉)의 가치가 살아난다

5월 들어서는 시간이 어떻게나 빨리 지나갔는지 기억이 나지 않습니다. 남들은 징검다리 연휴에 하루 이틀 휴가 내어 가족과 길게 여행을 하는 등 좋은 시간을 보냈다고 합니다. 그런데 나는 휴일에도 출근하며 정신없이 살아가느라 시간이 어떻게 지나갔는지 모르겠습니다. 지난 5월 12일은 안동에 있는 도산서원 선비수련원과 MOU을 맺고 퇴계 묘소 정비 봉사를 했는데, 벌써 5월의 반이 지나갔습니다.

우리 조직의 1년 농사라고 할 수 있는 경영 평가가 다가오고 있습니다. 그동안 절차탁마하는 정신으로 차근차근 준비해 왔지만, 5월

25~26일 경영 평가 준비와 수감에 차질이 없도록 해야겠습니다. 또한 금년도 주요 사업 11가지와 기타 분야별 예산 집행과 사업 계획 수립이 제대로 되었는지 점검해야 합니다. 기준과 원칙에 따라 업무를 제대로 수행하고 목표 달성을 위해 더 큰 노력을 해야 하겠습니다. 로마 제국이 하루아침에 이루어지지 않았듯이, 세상의 모든 일이 하루아침에 이루어지지 않습니다.

신라 등 옛 고분 발굴에서 옥 종류의 유물이 많이 출토되고 있습니다. 옥(玉)은 옛사람들이 아끼고 애용한 것인데, 천지의 정수이며 음양에 있어 지극히 순결한 것으로 생각하고 대지의 정물(精物)로 여겨왔다고 합니다. 또한, 옥을 품에 지니고 장식하면 약효가 나타나고 잡귀를 물리칠 수 있다고 믿었습니다. 그런데 이 좋은 옥도 하루아침에 절대 만들어지지 않습니다. 원석의 옥이 최고의 옥이 되려면 순서대로 여러 과정을 거쳐야 가치 있는 옥으로 탄생하는 것입니다.

우리가 자주 쓰는 용어 중에 '절차탁마(切磋琢磨)'라는 말이 있습니다. 원래 '절차탁마'는 최초 『시경』에 나왔고 그 이후 『논어』의 학이편에서 나왔습니다. '옥돌을 자르고 줄로 썰고 끌로 쪼고 갈아 빛을 내다'라는 뜻으로 '열심히 노력하고 목표를 향해 쉬지 않고 달려가야 한다.'라는 의미입니다.

우리 주변에 성공한 사람들은 분명한 목표를 가지고 그 목표를 달성하기 위해 과정마다 큰 노력을 한 사람들입니다. 하루도 거르지 않고 꿈과 희망을 향하여 정진해 가야 비로소 꿈을 이룰 수 있습니다.

사람이 학문이나 어떤 일에 성취가 있으려면 뼈나 상아나 옥과 같이 절차탁마해야 합니다. 학문이나 도덕, 기예 등을 열심히 배우고 익혀 수련함을 비유적으로 이르는 말입니다.

'절차탁마(切磋琢磨)'라는 고사성어를 정확히 알려면 고대 중국의 옥(玉)을 가공하는 기술을 알아야 합니다. 옥의 원석을 구해서 원 모양의 옥을 만드는 과정은 크게 4가지로 구분합니다.

첫 단계는 옥을 원석에서 분리하여 자르는 과정인데, 자른다는 뜻의 절(切)입니다. 두 번째 과정은 썬다는 뜻의 차(磋)로, 내가 원하는 모양대로 썰어내는 과정입니다. 세 번째 과정은 쫀다는 뜻의 탁(琢)으로, 연장이나 도구를 가지고 옥을 모양대로 쪼는 과정입니다. 네 번째 과정은 갈아낸다는 뜻의 마(磨)로, 완성된 옥을 최고의 가치를 위해 갈고 닦는 과정입니다.

좋은 옥은 절대 하루아침에 만들어지지 않고 모든 것이 절차와 과정이 있어야 합니다. 이러한 과정과 절차를 무시하다가는 쓸모없는 옥이 나오게 됩니다.

우리는 일상의 업무에서도 절차와 과정을 무시하고 오로지 결과만 좋으면 된다는 생각을 많이 가지고 있습니다. 잠깐의 성과는 있을 수 있지만 오래가지 못하고 엉터리 성과, 즉 실패라는 결과를 가져옵니다. 정말 크고 좋은 성과는 그 과정과 절차가 얼마나 반듯하고 확실한가에 달려 있음을 알아야 합니다.

절차탁마 정신은 아름다운 인생을 확실하고 반듯하게 만드는 비밀이라고 할 수 있습니다. 모든 것이 바쁘고 빠르게 진행되는 현대를 사는 우리에게 많은 것을 돌아보게 합니다. 절차탁마 정신이 없으므로 편법이 생기고, 부정이 생기고, 부패가 생기는 것이 아닐까 생각해 봅니다. 올해 경영 평가 등 여러 가지 평가를 앞두고 우리 부서 분야별 업무에 절차와 과정을 반드시 지켜서 나 하나만이 아닌 부서 전체에 미칠 영향을 생각하고 추진하여 좋은 결과가 나오도록 노력했으면 합니다.

입추의 여지가 없다고?

방송에서 보면 아침 시간의 구로역이나 신도림역의 지하철 안은 "출근하는 사람들로 입추의 여지가 없다."라고 합니다. 또한 2018년 가을 극장 상영 영화 중 500만을 돌파한 『보헤미안 랩소디』 상영 극장 안은 관람 인파로 "입추의 여지가 없었다."라고 보도가 되었습니다. 이럴 때 '입추의 여지가 없다'는 말의 '입추'는 24절기의 하나인 가을이 시작되는 입추(立秋)와는 전혀 관계가 없습니다. 이 말은 '많은 사람이 꽉 들어차 발 들여놓을 데도 없이 매우 비좁음'을 의미하는 말로서, 바꿔 쓸 수 있는 말로는 '발 디딜 틈이 없다'입니다. 이것이 바로 '입추의 여지가 없다'는 뜻입니다.

여기에서 입추(立錐)란 '세울 입(立)' 자에 '송곳 추(錐)' 자를 써서 '송곳을 세운다'는 뜻을 지닌 말입니다. 즉 송곳조차 세울 틈이 없을 정도로 빽빽하게 들어차 있다는 뜻입니다.

이 말은 중국의 역사책 『사기』에 '입추지지(立錐之地)'라는 말에서 비롯되었다고 하는데, 『사기』의 '골계열전' 편에 이런 이야기가 있습니다. 중국 초나라 때 우맹이라는 악사가 있었는데, 그는 매우 현명하고 재주 많은 사람이어서 당시 초나라 재상이던 손숙오는 우맹의 현명함을 높이 평가했습니다. 재상 손숙오는 왕을 도와서 정치를 잘했지만 청렴결백한 성품 때문에 별다른 재산이 없었다고 합니다.

그런 손숙오가 큰 병에 걸려 죽게 되자 "내가 죽으면 집안이 몹시 가난해질 것이다. 그러면 우맹을 찾아서 '제가 손숙오의 아들'이라고 말하여라."라고 아들에게 유언을 남겼습니다. 손숙오가 죽고 난 뒤, 왕은 그가 세운 공을 까맣게 잊어버리고 가족들에게 어떤 배려도 해 주지 않았습니다. 손숙오의 아들은 땔감 장사를 해 겨우 입에 풀칠하며 살았지요.

어느 날 손숙오의 아들이 길거리에서 우연히 우맹을 만나 아버지의 유언을 전했습니다. 그러자 우맹은 그 후 손숙오의 옷을 입고, 말투와 몸짓도 똑같이 흉내 내고 다녔습니다. 그렇게 한해 지나자 모두 손숙오가 살아 있는 것처럼 착각할 정도였습니다.

어느 날 궁중에서 잔치가 벌어졌습니다. 손숙오로 꾸민 우맹도 그 자리에 가서 왕의 장수를 빌었고, 왕은 손숙오가 다시 살아온 듯 여기며 우맹을 반겼습니다. 그리고 현명한 우맹에게 재상 자리를 내리려고 하지만, 우맹은 아내와 의논해 보겠다는 답변을 미루다가 사흘 뒤에 왕을 만나 이렇게 말했습니다.

"아내가 말하기를, 초나라의 재상은 할 자리가 아니라고 했습니다. 일찍이 손숙오는 충성스럽고 청렴결백하게 나라를 다스렸지만 세상을 떠나고 나니, 그 아들은 '송곳을 꽂을 만한 땅'도 없이 땔감 장사로 생계를 잇고 있다고 합니다. 만약 손숙오 대감처럼 된다면 차라리 죽는 편이 나을 것입니다."

왕은 비로소 크게 깨닫고 손숙오의 아들을 불러 많은 땅을 주면서 위로하고 아버지의 제사를 모시게 했다고 합니다.

이 이야기에서 우맹이 말한 '송곳을 꽂을 만한 땅'이 바로 '입추지지'입니다. 한자 쓰기를 좋아하는 사람들이 이 말을 끌어다 자꾸 쓰다 보니 '입추의 여지가 없다'는 말이 나오게 되었습니다.

입추의 여지가 없다는 말이 우리나라에서 쓰이기 시작한 것은 고려 말이라는 주장이 있습니다. 당시 권문세족이 온갖 편법으로 많은 땅을 차지하는 바람에 정작 농민들은 송곳을 꽂을 만한 땅도 없다는 데서 비롯되었다는 설도 전해 오고 있습니다.

'입추의 여지가 없다'는 어원대로라면 '부쳐 먹을 땅이 없다'는 말로, '먹고살 만한 방도가 없다'로 사용되어야 합니다. 그런데 우리는 지금 빼곡히 사람이 들어찬 모습의 표현으로 사용합니다. 송곳이 사람으로 바뀌어 원래의 뜻과 달라진 것입니다. 우리가 쓰는 단어의 뜻을 정확히 알면서 사용하는 의식 있는 직원들이 되었으면 합니다.

오
마이 갓

2017년도에 회사 전 간부들이 안동 도산서원 선비수련원에서 1박 2일간 선비 정신에 대해 교육받은 적이 있습니다. 그때 선비의 표상인 퇴계 이황 선생의 묘소를 참배하러 갔는데, 봉분 잔디 훼손 등 안타까운 마음에서 공단과 선비수련원이 MOU을 맺었습니다. 이에 매년 묘소 정비 등을 해오고 있는데, 올해는 퇴계 선생의 며느리 묘소를 정비했습니다. 선비는 신분적 존재가 아니라 인격의 모범이며 선비 정신은 시대 사회의 양심으로 인간의 도덕성을 개인의 내면이나 사회질서 속에서 확립하는 원천입니다.

선비 하면 청빈과 머리에 쓰는 검은 갓이 떠오르는데, 그 갓에는 선비의 정신이 담겨 있습니다. 갓은 말총으로 엮어 만든 것인데, 추위를 막는 모자나 장식용 모자와 다릅니다. 그것을 쓴 사람의 인격이나 정신을 나타내는 상징적인 표상이라 할 수 있습니다. 갓의 빳빳하고 곧은 재료는 선비의 지조와 절개인 곧은 정신을, 또한 가볍고 부드러운 질감은 무(武)보다는 문(文)을 숭상한 정신을, 물들일 수 없는 검은 빛은 선비의 엄격함을 나타냅니다.

옛 조선 말기 기독교 선교 활동으로 조선에 온 미국인 선교사가 보니 양반들은 모두 머리에 희한한 검은 모자 같은 것을 쓰고 있었는데, 그 모습이 하도 신기하여 한 유식한 양반에게 물어보았습니다.

"그 머리에 쓴 것이 무엇이오?"

양반 왈,

"갓이요."

"아니 갓이라니! 갓(God)이면 하나님인데, 조선 사람들은 머리에 하나님을 모시고 다니니 하나님의 영이 이미 그들에게 임했다는 것 아닌가?"선교사가 또 물었습니다.

"그러면 이 나라 이름이 무엇이오."

양반은 한자로 글자를 쓰며 대답했습니다.

"조선(朝鮮)이요! 그 뜻은 아침 朝, 깨끗할 鮮 이렇게 씁니다."라고 대답하며 글자를 써 보였습니다. 그 선교사는 더욱 깜짝 놀라 "고요한 아침의 나라, Morning calm의 나라란 말이 맞는구나."라고 말하고는 조선의 '朝(조)' 자를 풀이해 달라고 하였습니다. 양반은 천천히 글자를 쓰면서 대답했습니다. 먼저 열 十(십) 자를 쓰고, 그 밑에 낮이라는 뜻의 날 日(일) 자를 쓰고, 또 열 十(십) 자를 쓰고, 그 곁에 밤이라는 뜻의 달 月(월) 자를 썼습니다. 이렇게요. '십자가 十, 날 일(日), 십자가 十, 달 월(月)' 선교사는 놀라서 중얼거렸습니다.

"낮(日)에도 십자가(十) 밤(月)에도 십자가(十), 온종일 십자가라는 뜻이구나!"

"조선이라는 나라는 이미 낮(日)이나 밤(月)이나 십자가(十)만 바라보니 어찌 복음이 들어올 예비 된 나라가 아닌가?"라며 또 물었습니다.

"鮮(선) 자도 풀이해 주십시오."

"물고기 魚(어) 자 옆에 양 羊(양) 자를 씁니다. 이렇게요."

선교사가 한참 생각한 뒤. "물고기(魚)는 초대 교회의 상징 '익투스'

아닌가? 또 양(羊)은 하나님의 어린양이니, 이 글자는 '예수+그리스도+하나님+아들로 완전히 신앙 고백의 글자가 아닌가!"

선교사는 감탄하여 말했습니다.

"朝鮮(조선)이라는 나라는 이름부터가 낮이나 밤이나 십자가만 바라보며 예수 그리스도는 하나님의 아들이요, 우리의 구주이신 어린양이라는 신앙 고백적 이름을 가지고 있지 아니한가! 조선은 하나님께서 예비해 두신 복음의 나라로다."

선교사가 감탄하며 또 질문하였습니다.

"마지막으로 조선 사람을 영어로는 어떻게 쓰나요?"

"Chosen People이라고 씁니다."

"와우! Chosen People? 조선은 과연 동방의 선민(選民, Chosen People)입네다!"라고 감탄했다는 일화가 있습니다.

일반적으로 서양 사람들은 모자가 아무리 중요하더라도 높은 사람 앞에 나설 때는 반드시 모자를 벗는 것이 예의입니다. 그러나 조선에서는 갓을 벗기는커녕 도리어 벗어지지 않게 더 단단히 턱 끈을 묶고 나아가는 것을 예절로 여겼고, 임금 앞에서도 갓을 벗지 않고 갓을 쓴 채 엎드려 절하였습니다.

우리나라는 예로부터 유교의 영향으로 '동방예의지국'이라 하여 의관을 매우 중요하게 여겼으므로 사용하지 않을 때는 갓 통에 넣어 보관하였습니다. 갓은 도포와 함께 선비 기질의 정신적 면모를 가장 잘 나타내고 있는 의관이며, 예를 중시했던 선비에게 있어서 갓은 머리에 쓰는 단순한 용도를 넘어 인격의 상징이었습니다. 선비 정신과 갓의 정신을 생각하는 한 주가 되었으면 합니다.

달걀 속에 숨은 화합과 상생

세상이 하도 시끄럽고 어수선하고, 별의별 일을 다 겪다 보니 '사상 최악'이라고 하지 않으면 대수롭지 않게 들리기도 합니다. 2016년 말경 고병원성 전염병인 AI(조류 인플루엔자) 사태가 그렇습니다. 역대 최악인 재앙 수준으로 최단시간에 최대 마릿수인 닭 3천만 마리를 살처분했다고 합니다. AI로 산란 닭 중 1/4 정도가 살처분된 것입니다. 그 때문에 전국적인 달걀 부족으로, 특히 달걀로 사업하는 제빵계, 식품업계 등에 피해가 크다고 합니다.

가정에서 달걀은 다양하게 요리해서 즐겨 먹는 반찬이기도 하고, 삶아서 먹는 간식이기도 합니다. 달걀은 두뇌 발달, 면역력 증강, 눈 건강, 다이어트, 콜레스테롤 수치 조절 등 좋은 효능을 갖춘 온 가족이 즐겨 먹는 정말 효자 식품이기도 합니다. 이 달걀이 한 판에 무려 1만 원대까지 오르고 있으며, 마트 식품코너에서는 '달걀 1인 한 판' 이라는 문구도 걸려있습니다. 이제 정부에서는 어쩔 수 없이 달걀을 수입한다고 합니다.

전자결재 그룹웨어 저의 사내 메일 하단에 '좋/은/하/루…줄탁동시

(啐啄同時)'라는 맺음말을 상시 표출하고 있습니다. 그 이유는 달걀 부화에 관한 얘기로 조직에서 어떤 일을 할 때 혼자가 아닌 함께하자는 의미가 내포되어 있습니다.

달걀은 껍데기가 다른 사람의 손에 의해서 깨지면 '후라이'가 되고, 생명체가 껍데기를 깨고 나오지 않으면 '곪아 썩어' 버리고, 껍데기를 스스로 깨고 나오면 생명체인 '병아리'가 됩니다.

어미가 20일 정도 알을 품으면 알 속에서 조금씩 자란 생명체인 병아리는 세상 밖으로 나와야 합니다. 그런데 어린 병아리 입장에서는 알껍데기는 단단하기만 합니다. 병아리는 나름대로 공략 부위를 정해 안에서 '톡톡' 쪼기 시작하나 힘이 부족합니다. 이때 귀를 세우고 그 소리를 기다려온 어미 닭은 그 부위를 밖에서 같이 '탁탁' 쪼아 줍니다. 이때 답답한 알 속에서 사투를 벌이던 병아리는 비로소 세상 밖으로 나오게 됩니다.

이처럼 병아리가 안에서 쪼는 것을 '啐(부를 줄)'이라 하고, 또한 밖에서 어미 닭이 그 소리를 듣고 화답하는 것을 '啄(쫄 탁)'이라 합니다. 그리고 이 일이 同(한가지 동)時(때 시)에 발생해야 어떤 일이 완성된다는 것이 한자성어로 '줄탁동시(啐啄同時)'입니다. 이는 화합과 상생의 중요성을 나타내는 것입니다. 참으로 우리가 세상을 살아가는 데 꼭 필요한 가르침이자 매력적인 이치가 아닐 수 없습니다.

행복한 가정은 부부(夫婦)가 줄탁동시 할 때 이루어지고, 훌륭한 인재는 사제(師弟)가 줄탁동시 할 때 탄생하며, 좋은 회사나 큰 기업은 노사(勞使)가 줄탁동시 할 때 가능합니다. 몇 년 전 삼성 경제연구소가 경영자 307명을 대상으로 '어려움을 극복하는 방법'을 어떤 사자성어로 하면 좋을까 하는 질문을 했습니다. 그런데 응답자의 5명 중 1명인 21.6%가 '줄탁동시'를 답했다고 합니다. 어려움을 극복하는 방법의 사자성어 '줄탁동시', 이것이야말로 모든 사원이 화합하고 상생하여 우리에게 닥쳐오는 모든 어려움을 극복해 내는 최고의 가치가 아닐까요?

2017 올해 우리 부서가 추진하는 여러 가지 주요 사업과 안과 밖, 명과 암, 나와 너 모두 새롭게 변화하고 있습니다. 합심하여 우리가 나아갈 방향을 잡고 각자의 에너지를 축적하여 열정으로 새롭게 시작합시다. 우리 직원 모두가 이 '줄탁동시'로 세상 사는 법을 한 번 더 생각해 보는 올해가 되었으면 합니다.

쉽게 판단하지 맙시다

사람을 볼 때 그 사람의 진면목을 보라는 얘기를 많이 듣습니다. 사람의 진면목은 오래 만나고 같이 산다고 해서 저절로 보이지 않으며, 찾으려고 끊임없이 애쓰고 노력하지 않으면 절대로 안 보인다고 합니다. 그 사람의 진면목은 함께 여행하고, 식사하고, 도박을 해보면, 위기 상황이 닥치거나 실익의 문제가 눈앞에 있을 때 더욱 더 잘 보인다고 합니다. 그때의 모습이 그의 평소 모습이라고 할 수 있습니다.

진면목(眞面目)이란 그대로의 참된 모습이나 내용이라는 뜻입니다. 이 말의 유래는 풍광이 좋기로 유명한 중국의 여산(廬山)을 찾는 시인 묵객들이 산을 둘러본 후에 그 경치의 아름다움을 시나 글로 표현한 데서 유래되었다고 합니다.

여산은 중국 강서성에 있는 기(奇), 수(秀), 험(險), 웅(雄)의 특징을 가진 아름답고 신비하기로 유명한 산으로 1996년 세계 문화유산에 등록되었습니다. 여산은 삼면이 물로 싸여 있고 보는 방향에 따라 다르게 보이는 데다 늘 구름에 가려져 있다고 합니다. 일찍이 송(宋)나라의 대문호인 소동파(蘇東坡)는 이 산을 유람하면서 그 아름다움과 신비로움에 매혹되어 제서림벽(題西林壁)이라는 제목의 시 한 수를 남겼는데, 그 시에서 진면목이란 말이 유래되었습니다. 좀처럼 본 모습을 볼 수 없다는 데서 유래하여 '무릇 사물의 정체를 알아채기 힘들거나 어떤 사람의 태도가 그다지 명확하지 않은 경우'를 가리켜 불식여산진면목(不識廬山眞面目)이라 하는데, 여기에서 진면목이 나왔습니다.

횡간성령측성봉(橫看成嶺側成峰)

가로로 보면 고개로 보이더니 옆에서 보면 봉우리라

원근고저각부동(遠近高低各不同)

멀고 가깝고 높고 낮음에 따라 각기 그 모습이 다르구나

불식여산진면목(不識廬山眞面目)

여산의 참 모습을 알지 못하는 까닭은

지연신재차산중(只緣身在此山中)

단지 내 몸만이 이 산속에 들어있기 때문이라네

한 사찰 스님이 하루는 동네로 탁발을 나가서 쌀도 받고, 돈도 받고, 하물며 잡다한 음식까지 보시를 받아서 암자에 힘들게 올라오고 있었습니다. 그런데 오는 길에 남녀가 해괴한 짓을 하는 장면을 보게 되어 고개를 돌렸습니다. 여자는 누워있고 남자가 여자의 입술을 빨고 있었습니다. "이게 무슨 일이냐? 대낮에 다 보이는 데서 이 무슨 해괴한 짓들이냐?"라고 중얼거리며 스님은 불쾌한 표정으로 발길을 재촉했습니다.

암자에 돌아온 스님은 그 장면에 대한 잡생각을 버리려고 부처님께 정성껏 염불 공양을 올리고 있었습니다. 평소에 암자 청소도 해주고 김치도 갖다 주는 여신도 보살들이 대여섯 명이 왔습니다. 그런데 한 신도가 하는 말인즉, "스님! 금방 암자 밑에 부부 등산객이 가다가 여자가 탈진하여 쓰러져 남편이 인공호흡을 시켜서 업고 내려갔는데, 별일 없는지 모르겠네요?"라고 했습니다. 그 순간 스님은 탁자를 치면서 "이런, 내가 삼십 년을 헛공부했구나."라고 탄식하고 말았습니다.

사람은 자기 눈으로 보고도 잘못 보는 수가 있습니다. 잘못 보고도 제대로 본 듯 쉽게 판단하는 어리석음을 일깨우는 교훈입니다. 우리는 가끔 빙산의 일각처럼 "열 길 물속은 알아도 한 길 사람 속은 모른다."라는 말을 쓰는데, 이는 외부로 보이는 것이 전부가 아니라는 의미입니다. 그럼, 사람을 아는 방법은 없을까요? 사람의 의식은 그 사람의 얼굴뿐만 아니라 말, 자세, 태도, 행동을 통해 드러납니다. 그것도 그 사람의 모든 것을 보여주는 것이 아닌, 아주 일부분만 보여줍니다.

사람이 눈에 보이는 모습뿐만 아니라 내면의 '진면목'을 볼 줄 알아야 진정 그 사람을 알 수 있습니다. 이때 물론 어떤 사람에 대해서 안다는 것은 그 사람이 아닌 자신의 입장에서 안다는 것입니다. '물은 건너봐야 알고 사람은 겪어봐야 안다'라고 하지요. 사람은 겪어봐야 알 수 있다는 말은, 그 사람을 겪어보지 않고 제삼자에게 듣고 그 사람에 관해서 얘기하는 오류는 하지 말아야 한다는 뜻입니다.

직장에서도 모든 일과 관계에서 그 사람의 단면만 보고 쉽게 판단하지 말아야 합니다. 우리 직원들은 옆 동료의 진면목을 보는 눈을 가졌으면 합니다. 추계 체련 대회가 있는 이번 주도 즐겁고 행복하게 파이팅합시다.

참을 인(忍) 자 3번

속담 중에 "인내는 쓰다 그 열매는 달다"라는 말이 있습니다. 인내란 괴로움이나 어려움 따위를 참고 견디는 것을 말하는데, 참을 '忍(인)'의 한자는 심장(心)에 칼날(刃)이 박힌 모습을 본뜬 글자입니다. 즉 심장을 칼로 도려내는 고통을 참아내는 것이 바로 인내(忍耐)라는 말입니다. 우리 속담에 고진감래(苦盡甘來), 즉 쓴 것이 다하면 단 것이 온다는 뜻으로, 고생 끝에 즐거움이 온다는 말이 있습니다. '참자, 인내하자'는 의미로 많이 쓰는 고사성어입니다.

"忍(참을 인) 자 세 번이면 살인도 면한다."라는 말이 있습니다.

조선 명종 때 홍계관은 널리 알려진 점쟁이인데 점술이 너무나 신통방통했습니다. 홍계관은 맹인 점술가로서 태어날 때부터 맹인이라 걱정을 많이 했으나, 점술이 알려지면서 집안에 돈도 많이 들어오게 되었습니다. 신수점(身數占)이 너무나 유명하여 1년의 운수, 길흉화복의 판단에서 짧게는 몇 년 길게는 수십 년 뒤의 일까지 꿰뚫어 보았다고 합니다.

한 선비가 장차 운수를 보러 찾아왔을 때 "천하에 이름을 크게 떨칠 부귀할 상이오. 그런데 자칫 실수로 사람을 죽이고 평생을 망칠 수도 있소."라고 하였습니다. 그러자 선비가 "그럼 피할 방법은 무엇이요?"라고 물으니 "방법이 한 가지 있으니 집에 가거든 보이는 곳마다 '참을 인(忍)' 자를 많이 써 붙이시오."라고 했습니다. 그 선비는 집에 돌아와서 대문에, 안방에, 마루에, 부엌에, 기둥에 어디든 많이 써 붙였습니다.

어느 날 술에 취해 집에 돌아와 보니 마누라가 어느 상투 튼 남자와 자는 것이 보였습니다. 분을 못 이겨 부엌으로 가서 식칼을 집어 들고서 나오는데 '참을 인(忍)' 자가 보였습니다. 그래도 분을 못 이기는

데 마루 기둥에 또 '참을 인(忍)' 자를 보았습니다. 잠시 망설이다가 칼을 들고 안방 문을 열려는 순간 또 '참을 인(忍)' 자가 보여 아주 짧은 순간 '인(忍)' 자의 의미를 되새겨 보았습니다.

그때 선비의 아내가 인기척을 듣고서 방문을 열며 "여보, 죄송해요. 먼저 잠이 들어서."라고 하였습니다. 선비가 씩씩대며 "옆에 상투 튼 놈은 누구요?"라고 하니 부인은 "상투라니요?" 하면서 옆에 잠자는 사람을 깨웠습니다. 눈을 비비며 "형부 오셨어요? 죄송해요, 이런 모습이라." 하고 말하는데 보니 놀러 온 처제였습니다. 머리를 감고 젖은 머리를 뒤로 움켜 맨 채 잠들었던 것이었습니다. 그것을 상투로 착각하고 큰일을 낼 뻔한 선비는 식은땀이 등줄기에 흘러내렸습니다.

정신을 차리니 '인(忍)' 자 덕분에 큰 화를 면하게 된 것을 알고 선비는 홍계관의 예지력에 감탄했습니다. 훗날 정승이 된 선비는 자손에게 그 얘기를 전해주며 "어떤 경우도 화내기 전에 참으며 먼저 상황을 파악하라."라고 훈계했다고 합니다. 그래서 "참을 인(忍) 자 세 번이면 살인도 면한다."라는 말이 생겨난 것입니다.

'참는 자가 복이 있다.'라는 말도 있고, '인내는 쓰고 열매는 달다.'라는 말도 많이 들어 봤을 것입니다. 달고 좋은 열매가 맺어지기 위해서는 다른 많은 열매가 떨어진다고 합니다. 그러나 잘 익은 열매가 되기까지의 과정을 참아낸 열매의 값은 그야말로 금값이라고 할 수 있습니다. 잘 익은 열매, 잘 익은 벼는 어떠한 환경에서도 포기하지 않는 인내가 있었으며, 아울러 잘 익은 열매와 잘 익은 벼는 알이 차고 익을수록 고개를 숙이는 법입니다.

인생을 살다 보면 낙심할 때도 있고, 포기하고 싶을 때도 있고, 게을러질 때도 있습니다. 미국의 사업가 강철왕 카네기는 승부를 가리는 데 있어서 가장 중요한 것은 '인내'라고 말했습니다. 그는 또한 "참고 있으면 반드시 기회가 생긴다."라고 했습니다. 생존 경쟁에서 남보다 앞서기 위해서는 무엇보다 인내가 필요합니다.

대부분 성공하는 사람들을 보면 남다른 재주나 특별한 능력이 있어서라기보다는 뛰어난 인내력이 있는 경우가 많습니다. 많은 사람이 너무 쉽게 포기하며, 재능이 있어도 그 재능을 다 발휘하지 못합니다. 그래서 오늘날은 재능이 많은 것만으로는 성공하지 못합니다. 훌륭한 교육을 받았고 용기가 있는 것만으로도 성공하지 못합니다. 인내, 즉 참을성이 없기 때문입니다. 모두 도중에 포기하기 때문에 성공하지 못하는데, 이런 이들에게 정말로 필요한 것이 '인내'입니다.

풀을 묶어
보답하는 은혜

충북 보은군(報恩郡)은 고사성어인 결초보은과 어떤 관계가 있을까요? 보은은 대추가 주 특산물이고, 2018년 6월에 세계문화유산위원회에서 '산사(山寺), 한국의 산지승원'이라는 이름으로 1천 년 넘게 우리 불교문화를 계승한 속리산 법주사가 있는 곳입니다. 세계문화유산위원회는 이 사찰의 문화적 가치를 인정해 한국의 13번째 유네스코 세계문화유산으로 등재했습니다.

고사성어로 자주 인용되는 '結草報恩(결초보은)'이라는 단어는 실제 보은과 관계없지만 그 브랜드는 보은만이 사용할 수 있습니다. 고유 명사형 네이밍으로 '시간이 지나도 변하지 않는다(죽어서라도 은혜를 갚는다)'라는 의미로 보은군을 홍보하고 이미지를 각인시키는 것은 좋은 전략이라 생각됩니다.

結(맺을 결), 草(풀 초), 報(갚을 보), 恩(은혜 은)은 한자 그대로 직역하면 '풀을 맺(묶)어서 은혜를 갚는다'는 뜻입니다. 보통 '죽은 뒤에도 은혜를 잊지 않고 갚는다'는 뜻 정도는 대부분 알고 있는데, 풀을 묶는 의미까지는 잘 모르는 사람이 많습니다. '결초보은' 고사성어의 자세한 유래는 중국 최초 역사책이라 할 수 있는『춘추좌전』에 나옵니다.

중국 춘추시대, 진나라에 '위무자'라는 장군이 있었는데, 그에게 아끼는 예쁜 첩(조희)이 있었으나 둘 사이에 자식은 없었습니다. 위무자가 병이 들자 본처의 아들인 '위과'에게 "조희가 아직 젊으니 내가 죽거든 다른 곳에 시집 보내도록 해라."라고 말했다고 합니다. 그런데 병이 더 깊어지자 "나를 묻을 때 조희도 함께 묻어라."라고 말을 바꾸었습니다.

그런데 아버지가 돌아가시자 위과는 참으로 난감했다고 합니다. 처음에는 시집보내라고 했다가 다시 자신과 함께 묻으라고, 즉 순장(殉葬)하라는 유언으로 바꿨기 때문이죠. 한동안 고민하던 그는 결국 첩을 다른 곳으로 시집보냈습니다. 동네 사람들이 그 이유를 묻자 이렇게 대답했습니다.

“병이 깊어지면 생각이 흐려지기 마련이오. 정신이 맑을 때 아버지가 처음 남긴 유언을 따르는 게 옳다고 생각하오.”그 뒤 진나라가 다른 나라에 침략당하자 위과는 군대를 거느리고 전쟁터로 나갔습니다. 그런데 위과의 군대가 적군의 공격에 몰려 위태로운 처지에 빠지게 되었습니다. 힘겹게 양측이 싸움을 벌일 때 이상한 일이 일어났습니다.

새벽녘 흐릿한 안개 속에 한 노인이 나타나 무성하게 자란 풀들을 잡아매어 온 들판에 매듭을 만들어 놓았습니다. 잠시 후 적군들은 말을 타고 공격해 오다 매듭에 걸려 넘어져 이리저리 나뒹굴었습니다. 그 틈을 타서 위과는 적을 공격하여 손쉽게 승리를 거둘 수 있었고 적의 용맹한 장수도 사로잡았습니다.

위과는 그 노인이 누구인지 궁금했지만 어디론가 홀연히 사라져 알 수가 없었습니다. 그날 밤, 위과의 꿈속에 그 노인이 나타나 “나는 그대가 시집보내 준 여자(조희)의 친정아버지요. 그대가 그대 아버지 위무자의 첫 번째 유언대로 내 딸을 살려 주어 그 은혜에 보답했다오.”라고 말했습니다. 이 이야기에서 결초보은(結草報恩)이 유래했으며, 그 뜻은 ‘풀을 묶어 은혜를 갚는다.’라는 것입니다.

우리 속담에 “뿌린 대로 거둔다.”라는 말이 있습니다. 이처럼 위과는 자신이 은혜를 베풀었기 때문에 훗날 그 대가를 받았으며, 반대로 노인은 죽어서까지 그 은혜를 잊지 않고 갚았습니다. 우리에게 이 고사성어는 은혜를 베푼 사람이나 받은 사람 모두에게 본보기가 될 만하다고 하겠습니다.

죽어서도 혼백으로 전장에서 풀을 묶어 딸에 대한 은혜에 보답했다는 말은 사실 믿기 힘든 말입니다. 그러나 자신의 올바른 행동이 언젠가 자신에게 돌아올 수도 있다는 맥락은 삶의 행동을 조심하게 합니다. 선악은 반드시 뿌린 대로 거두는 것입니다. 선을 행하고 뿌리면 행운이 뒤따라오지만, 은혜를 잊거나 보답을 악으로 행하면 큰 불행이 옵니다. 매사에 은혜와 보답을 생각하며 하늘을 우러러 한 점 부끄러움 없는 삶을 살아야겠습니다.

한국인의 숫자 3

세상의 모든 것은 숫자에 의하여 지배되고 좌우된다고 해도 과언이 아닙니다. 우리 인간은 숫자를 만들었으며 숫자의 지배자이면서 또한 영원한 숫자의 노예라고 할 수 있습니다. 우리가 태어나서 죽을 때까지 숫자 속에서 생활하다가 숫자의 변화에 의해 생을 마감합니다. 몇 년 몇 월 몇 시에 태어나 쭉 숫자 속에 살다가 몇 년 몇 월 몇 시에 사망하게 된다는 것입니다.

개인이나 나라마다 좋아하는 숫자가 있습니다. 사람의 입에 오르내리는 숫자 가운데 가장 빈도가 높은 숫자를 꼽으라면, 미국인은 럭키세븐(lucky seven)이라 해서 칠(7)을, 중국인은 사주팔자를 좋아하여 팔(8)을 지목할 것입니다. 하지만 한국인들이라면 삼세번의 '삼(3)'을 꼽을 것입니다. 숫자 3은 두 개의 산봉우리(M)를 형상으로 한 숫자라고도 하고, 바다 위를 나는 갈매기의 날갯짓에서 창안된 숫자라고도 하는데, 눈부신 아침 바다 위를 비상하는 힘찬 몸짓이니 생명력이 가득 찬 숫자입니다.

어떤 내기나 놀이를 할 때 불리해지면 떼를 쓰면서 하는 말이 '삼세번' 혹은 '삼세판'입니다. 우리 한민족의 역사에서 숫자 3을 빼놓고 얘기하긴 어렵습니다. 원래 3이란 숫자는 동서양을 막론하고 '완결과 안정'을 의미하는데, 이 말은 중국의 『삼국지』에 나오는 '삼고초려'에서 유래되었다는 설도 있습니다.

한민족 탄생의 기원인 단군신화에서 3이란 숫자는 매우 중요한 숫자로 나옵니다. 단군신화에는 삼위태백, 천부인 3개, 무리 3,000명, 3신(풍백, 우사, 운사), 360여 가지 일, 삼칠일 간의 금기까지 이 신화에는 3이란 숫자가 무수히 많이 등장합니다. 환인, 환웅, 단군의 3대로 이뤄지는 '삼신' 체계가 우리의 고대 신화의 원형을 이루었습니다. 고대 동방의 삼재설의 '天(천), 地(지), 人(인)' 개념은 훈민정음의 창제 원리로도 작용했으며, 세상은 하늘, 땅, 인간 3가지로 이루어진다고 합니다.

조선의 정치 구도도 삼정승(영의정, 좌의정, 우의정)으로 되어있으며, 한국을 비롯해 중국과 동양 문화에서 3은 늘 완벽을 상징하는 고귀한 숫자였습니다. 우리 고대 문화 속의 3자뿐만 아니라 모든 일상생활에서도 여전히 3은 중요하게 작용합니다. 작심삼일, 삼진아웃, 스리

쿠션, 서론 · 본론 · 결론, 과거 · 현재 · 미래, 초성 · 중성 · 종성, 가위 · 바위 · 보, 삼시 세끼(아침 · 점심 · 저녁), 만세 삼창, 수염이 석 자라도 먹어야 양반이다, 세 살 버릇 여든까지 간다 등 은연중에 우리는 3을 마무리하고 완결짓는 기준점으로 생각해오고 있습니다.

인도는 33을 신성한 숫자로 여기고 있으며, 맹자의 군자 3락, 독립선언문 33인, 앙코르와트 33개의 탑 등 3은 신뢰성과 안정감을 주는 숫자입니다. 서양 사람은 7을 좋아하지만, 3을 중시하는 문화는 서양도 마찬가지입니다. 서구의 3에 대한 신성함이 가장 잘 드러나는 것은 기독교의 삼위일체(성부 · 성자 · 성령) 개념입니다. 성경에 의하면 예수님 탄생을 경배한 동방박사도 3인이었고, 베드로가 예수를 모르는 사람이라고 부인한 것도 3번입니다. 또한, 우리가 지각하는 세계인 3차원, 색채 혼합의 기본인 빨강 · 파랑 · 노랑 3원색도 그렇습니다. 이처럼 서양에서도 3은 늘 완벽, 신성, 최고를 의미했습니다.

미국 스탠퍼드 대학의 스탠리 밀그램(Stanley Milgram)이라는 심리학자는 3의 법칙을 만들었습니다. 그는 "최소 3명이 생기면 집단의 개념이 생기고 집단의 행동은 사회적 규범이 된다."라고 했습니다. 최소한 3명이 모이면 움직임이 되어 세상을 바꿀 수 있다는 의미입니다. 우리 비극의 역사지만 박정희 대통령 시해 사건 때 김재규도 "똑똑한 놈 3명만 있으면 된다."라고 했다고 하니 3의 의미는 대단한 것 같습니다.

2018년 제23회 평창 동계올림픽도 우리나라가 3수 끝에 유치하여 성공한 올림픽으로, 88 서울올림픽 이후 30년 만에 열리는 전 세계적인 이벤트였습니다. 삼세번 도전하는 우리의 문화가 없었더라면 평창올림픽 유치가 두 번째로 실패했을 때 과연 어떤 선택을 했을까요? 주요 외신은 이때 우리나라의 3번째 도전을 '포기하지 않는 인내', '끈질긴 도전에 대한 긍정적 평가'의 결과라고 극찬했습니다. 조직의 업무나 개인적인 일에서 한두 번 도전하다가 실패하면 그만두는 경우가 종종 있는데, 삼세번 정도는 도전하는 끈기와 인내로 인생에 후회 없는 결실을 보았으면 합니다.

한참과 한창

언제인가 K 방송사의 '진품명품'이라는 프로그램에서 어떤 의뢰인이 가지고 나온 고지도를 한 전문가가 감정하면서 지도를 설명하다가 '한참'의 의미에 관해서 설명했습니다.

'한참'과 '한창'의 쓰임에 대해 정확히 알고 있습니까? '한참' 대신 '한창'을 쓰는 경우는 거의 없지만, '한창'을 써야 할 때 '한참'을 쓰는 경우는 꽤 있습니다.

'한참'은 시간이 상당히 지나는 동안을 말합니다. '친구를 한참 기다렸다.', '그는 한참이나 말이 없었다.', '화장실 가서 한참 동안 나오지 않았다.' 등으로 씁니다. 그런데 '한창'은 어떤 일이 가장 활기 있고 왕성하게 일어나는 때, 또는 그런 모양을 가리키는 말입니다. '요즘 시장에 가면 수박과 참외가 한창이다.', '주말에 봄꽃이 한창인 어린이대공원을 찾았다.', '학교 옆에서 공사가 한창이라 몹시 시끄럽다.' 등으로 쓰입니다.

몇 가지 헷갈리기 쉬운 현상을 예로 들어 보겠습니다.

한참 붐빌 시간인데 비가 와서 그런지 한산하다. (×)
▸ 한창 붐빌 시간인데 비가 와서 그런지 한산하다. (○)
드라마가 한참 재미있을 때 끝나서 아쉽다. (×)
▸ 드라마가 한창 재미있을 때 끝나서 아쉽다. (○)
한참 수업 중에 교실 문이 갑자기 열렸다. (×)
▸ 한창 수업 중에 교실 문이 갑자기 열렸다. (○)

'한참(一站)'의 음과 뜻은 一(한 일) 站(역참 참, 역마을 참)인데, 실제 이 뜻은 한 역참에서부터 다음 역참까지 달려가는 시간을 말합니다. 그렇다면 이 한참이란 말은 어디에서 유래가 되었을까요?

예전에는 마땅한 통신시설이 없었던 이유로 적의 침입 같은 소식을 먼 곳까지 알리기 위해, 봉수대에 불을 피워 낮에는 연기로 밤에는 불빛을 신호로 알렸습니다. 그러나 자세한 이야기는 아무래도 사람이 직접 글이나 말로 알려야 했는데 이것이 역참제도입니다. 보통 한양을 중심으로 파발마가 달려서 하루에 갈 수 있는 거리마다 역을 세워 두고 이것을 역참이라고 했습니다. 요즘처럼 교통수단이 발달하기 전에는 관가 등에서 먼 지방에 공문을 전하거나 할 때에 주로 말을 이용했는데, 이때에 일정한 거리마다 세워져 지친 말을 갈아타는 곳이었습니다. 각 역참에 머물면서 공문(公文)을 갖고 역참 사이를 나르는 사람을 파발(擺撥)꾼이라고 했으며, 파발꾼이 타는 말을 파발마(擺撥馬)라고 했습니다. 또한 파발로 공무 출장 가는 사람들의 숙식을 접대하는 '원(院)'이라는 제도도 있었습니다. 당시 파발로를 따라 촌락이 형성되었는데 이태원, 퇴계원, 장호원, 조치원 등의 지명이 남아 있는 곳이 원이 있던 지역입니다.

파발의 종류에는 말을 타고 전송하는 기발(騎撥)도 있고, 사람의 속보로 전달하는 보발(步撥)도 있는데, 역참 간의 거리는 그 시대 단위로 대략 15~30리(6~12㎞) 정도입니다. 이 거리는 걷기도 하고 말을 타고 달리기도 하는데, 걸어간다면 최소한 반나절 정도인 3~4시간이 걸렸으며, 말을 타고 달리면 30분 이상 걸리는 거리를 말합니다. 구파발, 역삼동, 역촌동, 말죽거리 등의 지명은 이 역참제도에서 나왔습니다. 한 역참과 다른 역참 사이의 거리인 약 40㎞ 정도를 '한참'이라고 하였는데, 여기에서 오늘의 '한참'이라는 말이 유래가 되었습니다.

'한참'이라는 말은 본래 역참과 역참 사이의 거리가 멀기 때문에 그 사이를 오가는 시간이 오래 걸린다는 '한참 거리'라는 뜻입니다. 즉 공간적 언어가 시간적 언어로 의미 변화를 가져온 셈입니다. 그리고 '한참'에서 파생된 '새참'이나 '밤참', '야참'의 '참(站)'도 역참에서 나온 것입니다.

현대 시대에는 사회생활하면서 하는 많은 시간 약속이 우리 삶의 모든 것입니다. 그래서 누군가가 약속한 시간을 30분 이상 기다린다면 '한참 기다리게 하는 것'이라고 할 수 있습니다. 생활하면서 많은 약속을 하는데 상대방이 한참이나 기다리게 하지 않도록 에티켓을 지키는 배려심도 가져야 하겠습니다.

분위기를 만드는 술잔 이야기

매년 연말연시가 되면 송년회, 신년회 등 회식이 자주 열립니다. 그런 자리에 없어서는 안 되는 것이 술인데, 술을 먹으려면 술을 먹는 도구인 술잔이 필요합니다. 술잔은 모양이 다양해 우리 생활에 멋을 더해 주는 장식물로 인식되기도 합니다. 또한 서로의 마음 문을 열어 주는 상징물로 여겨진다면 술자리가 더욱 푸근할 것입니다. 나는 과거 가방에 특수한 술잔을 1~2개(금잔, 막걸릿잔)를 항상 가지고 다녔습니다. 혹여 갑자기 술자리가 생기면 그 술잔을 꺼내서 분위기를 바꾸곤 했습니다.

동서양을 막론하고 사람들이 모여 축제를 벌일 때는 항상 술이 곁들여집니다. 모인 사람들은 술잔에 술을 가득 따르고 다 같이 축배를 듭니다. '잔(盞)'이나 '배(盃)'라는 말은 '술 따르는 그릇'이라기보다 술

그 자체를 의미하게 되었는데 “한잔하러 가자.”라고 하면 “술을 마시러 가자.”라는 뜻입니다.

술의 역사와 함께 술잔은 맛과 향을 돋우면서 그 술의 종류에 따라 이미지를 표현하는 도구였습니다. 소주는 소주잔에, 맥주는 맥주잔에, 와인은 와인글라스에 마셔야 제격이며 청주, 양주 등 대부분 모든 술은 모두 제 잔을 가지고 있습니다. 그런데 이상하게도 과거 막걸리만 제 잔이 없었다고 합니다. 예전부터 막걸리는 양은대접, 스테인리스 그릇, 플라스틱 그릇, 옹기, 백자 사발도 좋고, 심지어 가정에서는 밥그릇, 국그릇을 잔으로 대용했던 만큼 정말 서민적이고 대중적인 술이었습니다. 그래서 2010년 정부(농수산식품부)에서 우리 막걸리 술을 대중화하고 세계적인 술로 인정하기 위해 막걸릿잔을 공모하여 현재와 같은 막걸릿잔이 탄생하게 되었다고 합니다.

오늘날에는 거의 자취를 감추었지만 그릇이 귀하던 옛날에 술잔은 소뿔이나 조롱박 등 자연에서 나는 그릇을 사용했습니다. 문명이 발달함에 따라 석기, 목기, 토기, 도자기, 금속, 유리잔 등이 만들어졌습니다. 과거 주로 술을 마실 때 “술을 들자.”라고 했는데, 소뿔처럼 밑이 뾰족한 잔은 일단 술을 따르면 마시든지 아니면 들고 있어야 합니다. 그래서 “술을 들다.”라는 말이 나왔습니다.

술잔은 사용하는 목적과 아름다움의 시각에 따라 그 의미가 천차만별로 발달하였습니다. 좋을 때는 경축하고 감복하여 술잔을 받는가 하면, 죄와 벌에 따른 독주나 사주를 받아야 하는 역사도 있습니다. 옛날에는 모임의 우두머리가 하사하는 술이나 술잔은 그 신임도를 나타냈습니다. 그래서 오늘날까지 어떤 시합이나 운동 경기에서 우승을 하면 술잔을 상징하는 인증패를 주는데 '월드컵'이나 '대통령배' 등이 그 예입니다. 이때 '컵', '배(盃)'라는 것은 술잔을 의미합니다.

술잔은 마시는 술의 종류나 도수(알코올 농도)에 따라 다른 것을 사용합니다. 향이 매우 강하거나 그다지 감미롭지 않은 술을 마실 때는 주둥이가 넓은 잔을 씁니다. 또한 향이 약하거나 미묘한 술에는 향이 모여야 제대로 감상할 수 있으므로 튤립처럼 주둥이가 오므라든 잔을 사용합니다. 맥주나 동동주같이 도수가 낮고 양이 많은 술에는 큰 잔이 사용되고, 위스키나 브랜디 등의 도수가 높은 술에는 작은 잔을 사용합니다.

건배할 때 술잔을 맞대어 부딪치며 소리를 내는 것은 '서로의 마음이 통한다.'라는 뜻이며, 건배할 때의 말과 방식도 나라나 풍속, 습관, 연회 등 종류에 따라서 다릅니다. 건배 후에 술잔을 깨는 풍습도 있고, 중국에서는 술잔을 비우고 다 마셨다는 증거로 술잔을 거꾸로 하는 습관이 있으며, 러시아 연방 캅카스 지방에서는 잔을 든 팔을 서로 걸고 마시는 등 나라와 민족에 따라 여러 가지 형식이 있습니다. 우리도 '러브샷'이라 하여 팔을 걸고 마시기도 합니다.

우리의 술자리에서 흔히 오가는 이야기 중에 '후래자 삼배(後來者 三盃)'라는 말이 있습니다. 이는 '모임에 늦게 오는 사람에게 석 잔을 먹이는 벌주'이지요. 이는 먼저 온 사람은 이미 술에 취하고 얼굴이 붉은데, 늦은 사람은 백색이라 동색으로 맞추자면 석 잔은 받아야 얼추 비슷하게 흥을 맞추겠다 싶어 하는 통상적 관례입니다. 그 술자리 모든 참석자의 취한 정도를 순식간에 평준화시키는 것이지요. 열외 없이 함께 망가지자는 수작이기 때문에 악습이라 하겠습니다.

외국 언론에서도 한국의 음주 문화는 '폭탄주 회식', '후래자 삼배' 등의 모습이 한마디로 '매우 폭력적'이라고 평가한 적이 있습니다. 같이 취하자는 의미는 좋지만 개인의 사정이 다 다르므로 너무 강요하지 않았으면 좋겠습니다. 즐거운 술자리가 폭력적으로 평가받는 것은 너무 슬프지 않겠습니까?

2장

아름답고
위대한 근심

문화 이야기

내일보다는 오늘

요즘 젊은 부부들 사이에는 아예 자식 낳기를 거부하는 경우도 많습니다. 자식 대신 반려동물을 키우는데, 반려동물은 먹이고 챙겨주는 주인에게 꼬리 치며 아양으로 보답합니다. 강아지를 안고 다니며 귀여워 할만도 하겠지만 웃어야 할지 울어야 할지 조금은 씁쓸합니다. 이러한 부류의 사람들을 '딩크족'이라고 합니다.

이러한 새로운 가족 형태는 결혼해서 정상적인 부부생활을 하는 맞벌이 부부로 '수입은 두 배(Double Income)이지만 아이는 갖지 않는다(No Kids)'는 사람들의 행태입니다. 이들은 Double Income No Kids의 이니셜을 따서 DINK(딩크)족이라고 합니다. 주로 비교적 교육 수준이 높은 전문직 종사자이며 부부간에 평등한 관계를 유지하면서 민주적인 삶을 추구하는 특징이 있습니다.

우리나라에 이런 딩크족이 나타난 것은 1990년대 이후입니다. 생활비나 집세, 각종 공과금 등이 올라가고 또한 눈높이도 크게 높아지면서 가장 한 명의 수입으로 가계를 유지하기 어려워졌습니다. 따라서 맞벌이가 늘어나고 이로 인해 자녀 출산 및 양육에 전념하는 전업주부가 감소한 것이 원인이기도 합니다. 또한, 여성들의 사회 진출은 늘어나는데 출산에 대한 사회적 배려는 부족했습니다. 사회적 지위 상승을 꿈꾸는 여성은 가정생활이나 개인의 목표 중 하나를 포기해야 하는 상황에 놓이면서 딩크족이 점차 늘어나게 되었습니다.

우리 기성세대는 희망찬 내일인 미래를 위해서 덜 쓰고 덜 먹고 아끼고 모아 부자가 되는 삶, 즉 근면 검소 절약 정신으로 살아온 인생이었습니다. 그러나 시대와 함께 생각도 많이 바뀌었나 봅니다. 딩크족과 비슷한 또 하나의 신조어가 생겼습니다. 바로 최근 젊은이들에게 유행하는 '현재의 삶에 충실하며 현재를 즐기며 살자.'라는 '욜로족'입니다. 'You Only Live Once(한 번뿐인 인생)'의 이니셜을 따 만들었다고 하는데, '욜로(YOLO)족' 혹은 '투데이(Today)족'이라 합니다.

욜로라는 말이 대중화된 것은 2011년 미국의 래퍼 드레이크(Drake)가 발표한 '더 모토(The Motto)'의 노래 가사에서 'You Only Live Once'와 'YOLO'가 등장한 것이 계기가 되었다고 합니다. 노래가 인기를 끌면서 2012년 2월에는 미국 랩 차트에서 1위를 하였고, '욜로' 역시 유행하며 하나의 트렌드로 자리 잡았습니다. 막살자는 것도 아니고, 미래 대비 없이 오늘을 흥청망청하자는 것도 아닙니다. 오늘을 충실히 살다 보면 내일도 충실해질 수 있다는 것, 지금의 행복을 찾으면 앞으로도 행복할 수 있다는 의미입니다.

현재를 중시하는 20 · 30세대의 가치관이 딩크와 욜로 문화로 나타났다고 보는 시각도 있습니다. 전 세계적으로 저성장 기조가 장기화하면서 미래를 준비하기보다 오늘에 집중하려는 태도가 20 · 30세대를 중심으로 자리 잡았기 때문이라는 것입니다. 오늘의 즐거움보다 미래를 위해 투자했던 기성세대와는 다른 삶의 방식입니다.

욜로족은 예측 불가능한 미래보다 지금 당장 삶의 질을 높여줄 수 있는 자기 주도적 소비를 하는 사람들입니다. 단순한 생활을 통해 의미 있는 일에 집중하고, 적게 소유하는 삶을 통해 만든 시간과 공간의 여유를 하고 싶은 일이나 여행, 취미 등에 집중하는 것입니다. 이들은 내일보다 오늘의 행복에 주목하는 사람들입니다.

미래를 위해서 지금 나의 행복이 저당 잡혀서는 안 되겠지요. 언제인지 알 수 없는 미래의 행복을 위해서 지금 불행할 필요는 없습니다. 좀 더 심하게 표현한 예를 들자면, 가정주부가 언제 올지 모르는 자식의 성공을 바라고 자신의 현재의 삶을 희생하지 말라는 것입니다. 자식보다 먼저 자신의 현재 기쁨과 즐거움과 만족을 위해서 살라는 것이지요. 이미 끝나버린 일과 하고 싶었던 일을 하지 못한 것을 후회하기보다는 현재에 충실한 삶이 더 중요하다는 것입니다.

현재 자신의 행복을 가장 중시하는 태도로 남을 위해 희생하지 않고, 미래보다는 지금의 행복을 위해 투자해야 합니다. 오늘의 삶에 최선을 다하고 하루하루 그날 누릴 행복을 그날 가득 채웁시다. 막연히 미래에 행복이 올 것이란 뜬구름같은 생각 대신, 지금 매 순간 열정을 다하면서 사는 삶이 미래의 아름다운 삶과 행복을 보장할 것입니다.

살살 비벼 먹읍시다

2018년 1월 초부터 T 방송사에서는 '윤식당 2'가 인기리에 방송되고 있는데, 최고 시청률이 16%까지 올랐다고 합니다. 프로그램에서는 일 년 내내 관광객이 붐비는 유럽 휴양지인 스페인의 화산섬 테네리페섬에 '가라치코'라는 작은 마을에 식당을 열었습니다. 유명한 PD가 연출하는 프로그램인데 나도 가족과 놓치지 않고 시청하고 있습니다. 이 윤식당의 메뉴로 비빔밥, 잡채, 김치전, 아이스 호떡이 있는데, 그중에 비빔밥이 의외로 유럽인들에게 인기가 좋았습니다.

비빔밥은 한국사람 누구나 좋아하는 우리나라 고유 음식입니다. 남아있는 밥에 자투리 반찬, 달걀부침과 고추장, 참기름을 넣고 이것저것 가릴 것 없이 마구 쓱쓱 비벼 먹으면 제맛이 우러나는 음식입니다. 비빔밥의 최대 장점은 별도로 반찬이 필요 없다는 것입니다. 찬과 밥이 섞여 있으므로 반찬을 따로 차리지 않아도 곧바로 먹을 수 있는 간편식이 비빔밥입니다. 그리고 구전에 의하면 비빔밥은 큰 그릇에 밥과 여러 나물을 넣어 여러 사람이 함께 비벼 먹음으로써 일체감을 조성하였던 음식이라고 합니다. 또한 서민적인 음식으로 공동체 생활의 품앗이 등을 통해 여러 사람이 함께 일할 때 먹었던 농번기 음식이었습니다. 쌀을 주식으로 하는 우리나라에서는 이런 의미의 비빔밥은 시간 들이지 않고, 손쉽고 맛있게 먹을 수 있는 음식이기 때문입니다.

빵을 주식으로 하는 서양 음식에도 비빔밥과 같은 음식이 있습니다. 빵 사이에 고기나 채소 등을 넣어서 먹는 샌드위치나 햄버거가 비빔밥과 같다고 봅니다. 여러 채소, 토마토, 달걀부침, 고기, 케첩 등을 빵 사이에 넣어서 먹습니다. 비빔밥처럼 비비지는 않지만 비빔밥과 마찬가지로 별도 반찬이 필요 없는 간편식으로, 그만큼 순발력과 이동성이 뛰어납니다.

이렇듯 비빔밥은 우리가 친근하고 손쉽게 먹는 음식으로, 여기에는 우리 조상들의 지혜와 철학이 숨어 있습니다. 비빔밥에는 5가지 색이 있는데, 예부터 우리 조상들은 화려한 색감인 오방색(청, 적, 황, 백, 흑)을 중요시했습니다. 여러 가지 고명으로 이 5가지 색을 기본색으로 하는 것은 우주의 음양오행을 품게 하므로 우리 신체에 건강을 북돋우는 역할을 합니다.

비빔밥에 있는 푸른색의 시금치와 미나리 같은 나물류는 봄기운을 담아 간을 보하고, 붉은색의 쇠고기 살과 고추장은 여름 기운을 담아 심장을 보하며, 살짝 얹은 달걀과 당근의 황색은 비장(소화기)을 보합니다. 흰색의 밥과 무, 콩나물은 가을 기운을 담아 폐를 보하고, 밥과 함께한 흑색의 검은콩과 살짝 흩뿌린 검은깨는 겨울 기운을 담아 신장을 보한다고 합니다. 그러므로 기왕 비벼서 먹을 바엔 5가지 색깔의 재료를 넣어주면 맛과 영양과 건강에 더욱 좋습니다.

국내 어느 항공사가 기내식으로 선보인 비빔밥이 세계적인 기내식으로 선정되었는데, 비빔밥을 맛있게 만들기 위해서는 요령이 필요합니다. 비빈다는 말은 으깬다는 것이 아니므로, 비빌 때에는 누르거나 짓이기면서 비비면 안 됩니다. 밥알의 형태가 으스러지지 않도록 살살 들어 주듯이 달래야 하고, 어느 재료 하나 다치지 않게 살살 들어 올려 떠받들면서 비비고 섞어주어야 합니다.

손과 손을 맞대고 비비듯, 입술을 귀에 대고 속삭이듯, 그렇게 몸을 맞대고 서로의 체온을 느낄 수 있는 사랑의 의미가 필요합니다. 그렇게 서로가 서로를 배려하고 분리할 수 없게 된 상태라야 진정한 비빔밥이라고 할 수 있습니다. 서로의 공동체 의식에서 인간관계의 의미를 중요시하는 우리 조상의 지혜가 비빔밥 속에 숨어 있음이 정말 대단합니다.

공동체 생활에서 함께 일하며 일체감 조성을 위해 먹었던 비빔밥! 이 비빔밥을 맛있게 먹기 위해서는 잘 비비는 요령이 있는데, 이것을 참고하고 인식하여 우리 조직도 공동체 의식으로 함께하며 순발력 있게 일하는 조직이 되도록 각자 노력했으면 합니다.

같이의 가치

개인적으로 가수 최성수 씨의 노래를 좋아합니다. 그는 1983년 데뷔하여 가요계에 '발라드'의 막강한 마켓파워를 끌어낸 사람이라고 합니다. 감칠맛 나는 선율과 시인 못지 않은 아련한 노랫말을 써낸 싱어송라이터(Singer-song Writer)로서 '풀잎 사랑', '동행', '해후', '남남' 등 감미로운 목소리로 히트곡을 불러 사랑을 많이 받았습니다. 요즘도 기성세대들은 '7080 콘서트' 등에서 그의 노래를 들으면 추억 이상의 뭉클한 느낌을 받곤 합니다.

그의 노래 중 '동행'이라는 곡은 사람의 심금을 울리는데 웬만한 사람들은 다 아는 가요입니다. 같이 함께 울어주는 사람과 사랑하고 동행하고 싶다는 가사로, 가수가 직접 작사 · 작곡 · 노래하여 우리의 가슴을 파고들었습니다. '동행'은 순우리말로 '함께'이고 '같이'입니다. 같이 길을 가야 하며 같이 가는 길이기에 같은 마음을 품고 같은 방향을 보아야 한다는 것입니다. 같은 생각, 같은 목표, 같은 방향으로 가는 사람의 무리인 것입니다.

같이의 가치는 정말 대단한 힘을 발휘합니다. 네팔의 '썬다 씽'이라는 청년이 눈 덮인 산길을 혼자 걷고 있었는데, 아무리 걸어도 민가가 보이지 않았습니다. 그때 여행자 한 사람을 만나 둘은 자연스럽게 대화하며 동행을 하게 되었지요. 동행인이 생겨 든든하게 걸어가는데, 한참 가다 보니 눈길에 어떤 노인이 쓰러져 있었습니다. 그대로 두면 눈에 묻히고 추위에 얼어 죽을 게 분명했습니다. 청년은 동행자에게 "이 사람을 데리고 갑시다. 조금만 도와주세요."라고 했습니다. 하지만 동행자는 이런 악천후엔 내 몸 하나 추스르기도 힘들다고 거부하며 화를 내고는 혼자서 가 버렸습니다. 하는 수 없이 청년은 노인을 업고 가던 길을 재촉했습니다. 얼마나 지났을까 몸은 땀범벅이 되었고 더운 기운에 노인은 얼었던 몸이 녹아 차츰 의식을 회복하기 시작했습니다. 두 사람은 서로의 체온을 유지하며 춥지 않게 길을 갈 수 있었습니다.

얼마쯤 가자 멀리 마을이 보이기 시작했습니다. 마을이 보이자 발걸음을 더 재촉하여 갔는데, 두 사람이 도착한 마을 입구에 사람들이 모여 웅성거리고 있었습니다. '무슨 일일까?' 하고 보니 사람들이 에워싼 눈길 모퉁이엔 한 남자가 꽁꽁 언 채 쓰러져 있었습니다. 청년은 시신을 자세히 보고 깜짝 놀랐습니다. 마을을 코앞에 두고 눈밭에 쓰러져 죽어간 남자는 바로 자기 혼자 살겠다고 앞서가던 그 동행자였기 때문입니다.

우리는 혼자서도 잘할 수 있고, 잘 살 수 있다고 착각할 때가 많이 있습니다. 그러나 속담에 "백지장도 맞들면 낫다."라는 말이 있습니다. 혼자보다 둘이 좋고, 둘보다 셋이 좋은 세상, 더불어 의지하며 살아가는 정 깊은 세상인데 말입니다. 힘들 때 옆에서 위안과 도움을 주는 사람이 얼마나 감사한지를 알면서 이 세상을 살아갔으면 좋겠습니다.

부모, 형제, 부부, 친구, 동료라 해도 존중하는 동행이면 아름답습니다. 영원한 단짝으로 백 년을 가는 부부라 해도 존중이 없는 동행이면 하루하루가 원망의 동행일 것입니다. 아름다운 출발도 존중이 없으면 중도에서 헤어지게 되니 존중은 동행에 필수이며, 내가 상대방을 존중할 때에 나도 상대방으로부터 존중을 받을 수 있을 것입니다. 아름다운 동행이란 서로를 인정하고 이해하고 배려하며 가는 길이어야 할 것입니다.

이번 주 우리 본부 직위자들과 함께하는 워크숍에 동행하는데 같은 생각과 같은 목표로 가는 동행이 되어, 서로가 '소통, 책임, 협업'하며 존중하는 의미 있는 좋은 기회가 되었으면 합니다. 추운 날씨에 건강 유의하면서, 오늘도 함께 따뜻하게 동행하는 즐겁고 행복한 나날 되고, 같이의 가치를 인식하는 하루가 되었으면 합니다.

참 나를 깨닫는 즐거움, 아리랑

초등학교 다닐 때 문맹이었던 할머니께서 심심하면 흥얼흥얼하던 노래가 있었습니다.

"아리라앙 아리라앙 아라아 리이요오~"

우리의 노래 '아리랑'입니다. 아무리 듣고 불러도 왠지 싫증이 안 납니다. 어느 나라, 어느 민족에게나 그 민족의 영혼을 사로잡는 노래가 있습니다. '아리랑'은 우리 한민족에게 가장 친숙한 민요로, 지역에 따라 다소의 차이가 있지만 전국 어디를 가도 아리랑 정도는 누구나 노래할 수 있습니다. 심지어는 해외에서도 널리 퍼져 있으니 '아리랑'은 가히 우리 민족 노래임이 틀림없습니다.

최근 우리나라 일반 가요 중에 아리랑이 들어가는 노래는 30여 개나 된다고 합니다. 한국의 대표적 민요인 '아리랑'은 그 역사만큼 수

십 가지 변종이 있거나 각색된 곡도 많은 것이 사실입니다. 그중 '정선아리랑', '강원도아리랑', '밀양아리랑', '진도아리랑', '경기아리랑' 등이 가장 잘 알려져 있습니다. 이중 가장 오래된 아리랑은 '정선아리랑'이라고 합니다.

'아리랑'이 언제부터 누가 불렀는지는 알 수 없지만 세계 지구촌 어느 곳에 둥지를 틀고 살든지 '아리랑' 노래만 나오면 가슴이 뭉클해지고 눈물이 고입니다. 특히 외국과의 교류가 빈번해진 오늘날 '아리랑'은 한국 문화를 대표하는 상징적 의미로 인식되기에 이르렀습니다. 우리는 '아리랑 민족'이라고 불리고 있습니다.

아리랑 아리랑 아라리요
아리랑 고개를 넘어간다
나를 버리고 가시는 님은
십리(十里)도 못 가서 발병 난다

이 '아리랑'은 작가 미상의 우리나라 대표 민요로 남녀노소 누구나 잘 알고 즐겨 부르는 노래입니다. 우리는 '아리랑'을 흔히 사랑에 버림받은 어느 한 맺힌 여인의 슬픔과 애절함을 표현한 연가(戀歌)로 많이 생각하는데, '아리랑'은 단순한 연가가 아니라 깊고 심오한 정신세계를 표현한 노래입니다. 그러나 아리랑이 유래하게 된 설화나 사건을 명확하게 제시한 기록은 없다고 합니다.

신라의 왕비인 알영(閼英), 영남루와 아랑(阿娘), 동학혁명, 경복궁

공사 관련 등등 여러 가지 설이 있습니다만 기록이 부실하며 구전으로 전해오는 내용만으로는 일관성이 없습니다. 전 국민이 누구나 고개를 끄덕일 수 있는, 특히 어떤 사연이나 사건과 관련이 있는지, 모두가 인정할 수 있을 만큼 확실한 무언가가 있었으면 좋겠습니다만 지방마다 중구난방으로 구전과 내용이 허구에 가깝게 꾸며져 대부분 사실이라고 하기 어렵다는 점이 안타깝습니다.

그런데 '아리랑'이라는 민요 속에 담긴 참뜻은 나를 깨달아 인간 완성에 이르는 깨달음의 노래라는 것입니다. 아리랑의 한자는 '나 아(我)', '이치 리(理)', '즐거울 랑(朗)'인데, 참 나를 깨닫는 즐거움이라는 뜻입니다.

"참 나를 깨닫는 즐거움이여, 참 나를 깨닫는 즐거움이여."

참 나를 깨닫기 위해서는 인생에 어려움과 고비가 있습니다. 그 어려움과 고비를 '고개'라고 표현한 것입니다. '아리랑 고개를 넘어간다'는 것은 '참 나를 깨닫기 위해 어려운 위기와 고비를 극복한다'는 의미입니다.

나를 버리고 가시는 임은 '참 나를 깨닫기를 포기하는 사람'을 말합니다. 십(十)은 완성을 의미하는 것인데, '십 리도 못 가서 발병이 난다.'라는 것은 '인생의 목적인 완성을 이루지 못하고 장애가 생긴다'는 것입니다. 참 나를 깨닫기를 포기하는 사람은 완성을 이루지 못한다는 말입니다. 이렇게 아리랑 노래 속에는 깨달음과 인간 완성을 향한 순수한 열망과 철학이 녹아 있습니다.

여러 가지 가사와 가락으로 변형되어 전래했지만, 인간의 진정한 의미와 삶의 가치가 담겨 있기에 수천 년 동안 우리 민족의 입으로, 가슴으로 전해 내려왔습니다. 이러한 '아리랑'의 이치와 도리를 알고 나면 '아리랑'은 한의 노래나 저급한 노래가 아니라 깨달음이 있고 순수한 영혼에 대한 열망이 있는 노래라는 것을 알 수 있습니다.

이번 주도 참 나를 깨닫기 위해 어려운 위기와 고비를 극복한다는 아리랑 고개를 함께 넘어갔으면 합니다.

막걸리 예찬

인류는 많은 시간을 술과 같이했다 해도 과언이 아닙니다. 그중 우리의 술 '막걸리'는 이름만 들어도 정이 가는 술이지요. 시대는 달라졌어도 '사람 사는 정이 깃든 술'의 의미인 막걸리는 이제 점차 세계적인 음식으로 자리매김하고 있습니다. 저 역시 어릴 적에 할아버지 술 심부름으로 누런 양은 주전자를 들고 동네 점방에 막걸리 사러 가던 추억이 생각납니다. 이렇게 우리 국민이라면 누구나 막걸리에 대한 한두 가지 사연이나 추억은 다 가지고 있을 것입니다.

어릴 때 할머니가 직접 막걸리를 담그는 것을 자주 본 적이 있습니다. 우선 쌀이나 밀을 쪄서 고두밥을 만들고, 잘게 빻은 누룩을 잘 섞어 옹기단지에 넣은 다음 물을 적당히 잠길 정도로 부어 넣습니다.

그리고 옹기 단지를 온돌방 아랫목에 이불로 덮어 둡니다. 며칠 지나 시큼한 냄새와 뽀글뽀글 발효되는 소리가 날 때, 채에 마구 걸러내면 막걸리(농주)가 걸쭉하게 걸러집니다. 이때 맛을 보면서 적당히 물을 섞어주면 적정 도수의 막걸리가 됩니다.

농번기 때 새참으로 막걸리 주전자를 들고 어머니와 같이 들판으로 간 적이 많았습니다. 막걸리는 옛날부터 집에서 만들어 먹으면서 서민들에게 사랑을 많이 받아 왔습니다. 당시 불법이라 조사 나온다고 하여 쉬쉬하며 집집마다 몰래 담가 먹은 것으로 기억합니다.

한국 전통 우리의 술, 막걸리는 순수한 미생물로 자연 발효시킨 자연식품으로 술이면서도 건강식품입니다. 빛깔이 뜨물처럼 희고 탁하며 알코올 성분이 6~7도인, 역사가 오래된 술로 탁주, 농주, 재주, 회주라고도 합니다. 막걸리는 단맛, 신맛, 쓴맛, 떫은맛이 잘 어울리고 감칠맛과 맑고 시원한 맛이 있으며, 땀을 흘리면서 일하는 농부들의 갈증을 덜어주는 농주로 애용되었습니다.

술이라고 해서 몸에 무조건 해로운 것은 아니며 적당한 음주는 몸에도 좋다고 하여 막걸리 효능에 대해서 몇 가지 알아봤습니다. 막걸리는 장 건강에 좋은 무기질과 필수아미노산 등이 풍부하며, 특히 유산균 함유량이 막걸리 1병당 요거트나 요구르트 400~500병 정도라고 합니다. 또한 효모가 풍부하여 콜레스테롤 수치를 낮추고 고혈압, 동맥경화, 뇌졸중 같은 성인병 질환에도 좋다고 합니다.

조선 초의 명재상 정인지는 젖과 막걸리는 생김새가 같다고 하면서, 아기들이 젖으로 생명을 유지하듯이 막걸리는 노인의 생명을 유지하는 젖줄이라고 했습니다. 정인지를 비롯하여 문호 서거정, 명신 손순효 등은 만년에 막걸리로 밥을 대신하며 병 없이 장수했는데, 노인의 젖줄이라 함은 비단 영양 보급뿐만 아니라 무병장수의 비밀을 암시하기도 합니다.조선 중엽에 막걸리를 좋아하는 어떤 판서가 있었습니다. 아들들이 “아버님은 좋은 약주나 소주가 있는데 왜 막걸리만 좋아하십니까?” 하고 물었더니, 판서는 소 쓸개 세 개를 구해 오라고 했습니다. 그리고 한 쓸개주머니에는 소주를, 다른 쓸개주머니에는 약주를, 나머지 쓸개주머니에는 막걸리를 가득 채우고 처마 밑에 매달아 두었습니다. 며칠이 지난 후에 이 쓸개주머니를 열어 보니 소주 담은 주머니는 구멍이 송송 나 있고, 약주 담은 주머니는 상해서 얇아져 있는데, 막걸리 담은 주머니는 오히려 이전보다 두꺼워져 있었다고 합니다.

예로부터 우리 선조들은 막걸리에는 5가지 덕(德)이 있다고 하였습니다. 1덕은 취하되 인사불성일 만큼 취하면 안 되고, 2덕은 새참에 마시면 요기되는 것이며, 3덕은 힘 빠졌을 때 기운 돋우는 것이며, 4덕은 안 되던 일도 마시고 넌지시 웃으면 되는 것이며, 5덕은 더불어 마시면 응어리가 풀리는 것이라고 했습니다. 이 5가지 덕은, 품었던 크고 작은 감정을 관가나 향촌에서 큰 한잔의 막걸리를 돌려 마시면서 풀었던 향음에서 비롯된 것입니다.

요즘은 회사에서 퇴근 후 직원들과 생맥주를 자주 마시고, 부서 회식 등을 할 때는 소주와 맥주를 주로 마시고 있습니다. 이제는 자연발효시킨 자연식품 전통 우리의 술 막걸리를 자주 마시며 격무로 서로에게 쌓였던 여러 가지 갈등과 스트레스를 막걸리의 5덕으로 풀었으면 합니다.

김치는 묵어야 제맛

우리 조상들이 겨울이 오기 전 배추와 무로 김장하여 이듬해 봄이나 여름까지 먹었던 음식이 바로 김치입니다. 채소를 길러 먹을 수 없었던 겨울철을 위해서 김장을 하였고, 이것을 땅속에 묻어두어 이듬해 봄, 여름까지 먹었던 것이지요. 냉장고가 없었던 과거에는 채소를 먹을 수 없고 저장 기간이 긴 겨울철에 어쩔 수 없이 김장을 해야만 했습니다. 요즘은 김치냉장고 덕분에 사시사철 싱싱하고 다양한 김치 맛을 볼 수 있지만, 과거 선조들은 다양한 재료를 통해 김장 김치의 신맛을 잡았습니다. 김치뿐만 아니라 된장, 간장, 청국장, 장아찌, 젓갈, 식혜, 막걸리 등 우리가 매일 먹는 발효 식품이 한국인 건강의 원천입니다. 이런 전통식품 외에도 요구르트, 치즈 등 각종 유익균이 듬뿍 든 발효식품이 우리 식단에 빠지지 않습니다.

그런데 요즘 '묵은지'가 대세라고 합니다. 묵은지등갈비찜, 묵은지고등어조림, 묵은지감자탕, 묵은지돼지김치찜, 묵은지닭볶음탕 등이 있습니다. 이렇게 '묵은지'로 요리하는 식당은 손님도 많고 대부분

맛집입니다. 왜 그럴까요? 왠지 묵은 것이 맛있을 것 같고, 우리나라 고유의 전통음식이라는 생각이 들고, 고향의 맛과 어머니의 향수를 느낄 수 있기 때문입니다.

'묵은지'란 묵은김치의 전라도 방언으로 고유어 '지'를 대신하고 있는 단어가 바로 '김치'입니다. 이 '김치'는 한자어 '침채(沈菜)'에서 유래 된 말로, '절인 채소' 또는 '채소를 절인 것'을 의미합니다. '침채'는 '팀채', 혹은 '딤채'로 발음되었는데, 모 가전사 딤채 김치냉장고도 이 말에서 나온 것입니다. 딤채가 구개음화로 인해 '짐치'가 되었다가 오늘날의 '김치'가 된 것으로 추정됩니다. 또한 '지'는 오늘날에도 장아찌, 오이지, 짠지처럼 국물을 함께 먹지 않고 짠맛이 강한 간장에 담가서 건져 먹는 채소 발효 식품을 지칭하는 말이었던 것으로 추측됩니다.

최근 묵은김치의 수요가 높아지면서 김치가 백화점이나 마트의 음식코너를 점령해 매출이 갈수록 상승하고 있다고 합니다. 묵은김치는 인공적인 방법으로 만들어낼 수 없는 것으로 세대를 이어온 전통적인 방법으로 탄생한 식품입니다. 따라서 매우 희소성이 높다고 할 수 있으며, 최소 12개월 이상이 되어야 제대로 묵은 맛과 군(둥)내가 나오기 시작하는데 이 맛이 묵은지의 고유한 특징입니다.

김치를 오랫동안 놔두면 유산균의 번식이 활발해져 김치는 유산균 덩어리가 됩니다. 그 과정에서 약간 물렁물렁해지는데 이것을 '김치가 묵는다'고 하며, 이 묵은김치의 유산균이 몸에 아주 좋습니다. 이러한 김치가 특별한 조리법을 통해 묵은지 고유의 맛과 새콤, 달콤, 얼큰, 시원한 맛으로 재탄생하는 것이 묵은지 요리이며, 이런 요리는 경쟁력이 매우 크다고 합니다.

묵었다는 것은 정확히 말하면 발효가 되는 것이지요. 발효와 부패는 부패균에 의해서 일어나는데, 모두 미생물에 의한 유기물 분해 현상입니다. 인간에게 유용한 때에만 '발효'라고 부르고, 유용하지 못한 경우에는 '부패'라 부르지만 사실상 넓은 의미에서는 발효도 부패에 포함됩니다. 즉 발효는 넓은 의미로 미생물이나 균류 등을 이용해 인간에게 유용한 물질을 얻어내는 과정을 말합니다.

김치는 크게 겉절이와 묵은김치로 구분할 수 있습니다. 겉절이는 그 자리에서 즉시 양념을 하여 곧바로 먹는 김치로서 칼칼하면서도 톡 쏘는 맛이 있습니다. 겉절이 김치를 좋아하는 사람들은 성격도 칼칼한 경우가 많으며, 생각도 속에 담아두지 않고 곧바로 표현하여 성격 급한 사람들이 겉절이를 좋아하는 경향이 있다고 합니다.묵은김치는 좀 묵었기 때문에 칼칼한 맛은 빠지고 김치 담글 때 사용한 양념들도 발효 산화된 상태입니다. 고춧가루, 마늘, 젓갈 등의 양념이 세월이 흐르면서 발효되고 배추에 녹아든 상태인데 그래서 처음 입속에 들어갈 때는 덤덤하다가도 입속에서 씹다 보면 깊은 뒷맛과 감칠맛이 우러나옵니다. 우리도 일생을 살면서 가정, 조직, 사회 등에서 다양한 경험과 삶의 관록으로 뒷맛이 깊은 묵은김치와 같은 사람으로 거듭나는 인생으로 살아갔으면 합니다.

밥 한번 먹읍시다

얼마 전에 끝난 M 방송사의 인기 드라마 '밥상 차리는 남자'는 평균 시청률이 18.5%였습니다. 가족 혁명 시대에 가족 붕괴 위기에 처한 중년 남성의 행복 가족 되찾기 프로젝트를 그린 드라마였습니다. 또한 J 방송사에서는 '밥 잘 사주는 예쁜 누나'라는 드라마가 인기리에 방송되는 등 각 종편 TV에서도 음식 관련 프로그램이 요즘 대세인 것 같습니다.

평생 우리가 먹어야 하는 먹거리 중에서 가장 큰 비중을 차지하는 음식은 무엇일까요? 우리 민족에게 있어서는 단연코 밥입니다. 살기 위해 먹든 먹기 위해 살든 인간이 생명을 유지하기 위해서 먹어야 한다는 것은 절대적인 명제입니다. 한국 음식 중에서 가장 기본이 되는 것이 쌀인데, 이 때문에 일반적으로 밥은 '쌀밥'을 가리킵니다. 보리, 콩, 조, 수수 등의 잡곡을 섞기도 하며 밤, 감자, 나물, 김치, 고기, 해산물 등을 섞기도 합니다.

우리는 종종 "밥 한번 먹자.", "밥 한 번 사라.", "밥은 먹고 다니냐?", "밥벌이는 잘되냐?"라는 인사치레로 밥에 관한 얘기를 자주 합니다. 사람 힘의 원천은 바로 '밥심'(밥의 힘)이라고 하는데 이는 '힘내자, 힘내라'는 뜻입니다.

밥은 한자어로 반(飯)이라 하고 누가 먹느냐에 따라서 명칭이 달라집니다. 왕이나 왕비 등 왕실의 어른에게는 수라, 어른에게는 진지, 제사에는 메 또는 젯메라 합니다. 이를 먹는 표현도 수라는 '진어하신다', 진지는 '잡수신다', 밥은 '먹는다' 등 차이가 있습니다. 밥을 먹는 대상에 따라 표현이 다양한 것은, 가장 일상적이고 기본이 되는 것에서 삶을 가르치던 우리 조상의 의식 구조의 한 단면이라고 할 수 있습니다.

밥은 '우리 인생의 삶이고 에너지이고 문화'입니다. 밥은 정말 다양하고 여러 가지 의미로도 전달됩니다. 어떤 상대와의 싸움이 유치하고 감정적으로 번질 때 가끔은 "야, 내가 밥을 먹어도 너보다 3년은 더 먹었어!"라고 말합니다. 내가 너보다 나이 몇 살이 더 많다는 표현을 밥을 더 먹었다는 것으로 대응하는 것처럼 삶과 음식은 밀접한 관계가 있습니다.

또한 '밥숟가락 놓았다' 하면 '세상 떠났다'는 의미이고, '밥줄 끊어졌다' 하면 '직장 잃었다'는 의미이고, '밥을 축내는 사람'이라는 것은 '일하지 않고 빈둥빈둥 노는 사람'을 말합니다. 또한 '밥맛 떨어진다'는 것은 '상대하기 싫은 사람 만날 때'를 말하며, '밥숟가락 하나 늘었다'는 것은 '아이가 새로 태어났다'는 의미입니다. 밥으로 말하는 재미있는 우리의 표현입니다.

생각해 보면 밥이라는 것은 참 신비한 음식이기도 합니다. 아무리 맛있는 산해진미라 해도 매일 먹는다면 싫증이 나고 먹기가 싫은 것은 당연한 일입니다. 그러나 밥은 그렇지 않습니다. 하루 세끼 꼬박 꼬박 먹고도 결코 질리거나 싫증 나지 않는 것이 밥입니다. 외국에서 오래 살아 우리 밥맛을 잊어버렸을 만한 사람일수록 더욱더 밥을 그리워합니다. 일류 요리사들이 본인의 손끝에서 온갖 맛있고 진귀한 요리를 다 만들어 내지만, 정작 식사 시간에는 밥 한 그릇에 김치 한 조각을 들고 맛있게 먹는 모습은 어떻게 이해해야 할까요?

아무튼, 우리는 세상에 태어나 젖 떼고 이빨이 채 나기도 전부터 밥을 먹기 시작하여 죽을 때까지 밥을 먹고 삽니다. 최근에 젊은이들의 식생활 변화로 밥 대신 빵을 선호하는 계층도 일부 생겨나긴 하였습니다. 그러나 대부분 사람은 두세 끼만 걸러도 갈증 난 사람처럼 밥을 찾게 됩니다.

요즘 나는 가족하고도 같이 밥 먹는 날이 1주에 한두 번밖에 없습니다. 모두 직장에 다니고 각자의 생활이 있으니 이해는 하지만 밥을 같이 먹어야 진정한 식구(食口)가 되는 것인데, 같이 살아도 식구라고 할 수 없을 것 같습니다.

우리 함께 자주 '밥 한번 먹읍시다.'

잘 녹는 비누처럼

어린 시절 할아버지가 5일장에서 하얀 얼음덩어리 같은 것을 새끼줄에 묶어 사오시면, 어머니는 양잿물이라 하며 손이 안 닿는 높은 선반에 올려놓는 것을 자주 봤습니다. 비누가 귀하던 시절 나중에 어머니가 집에서 이 양잿물과 쌀 등겨 가루와 섞어서 가마솥에 끓여 시커먼 비누를 만들었습니다. 빨래할 때 이 시커먼 벽돌 같은 덩어리로 문대고 치대는 것을 자주 본 적이 있습니다. 옛날 비누가 귀하던 시절에는 대부분 비누 없이 빨래했는데, 강가나 냇가에서 빨랫방망이로 빨래를 두들겨 패서 땟물을 제거했습니다. 때가 많을 때는 양잿물을 묽게 푼 독에 냇가에서 1차 빨래를 한 것을 쌀겨와 함께 넣고 며칠을 재우면 자연히 비누가 만들어져 때를 지우기도 했습니다.

비누를 만드는 방법은 의외로 간단합니다. 지방이나 기름(유지)에 양잿물을 넣어 한참 저어주면 비누가 되는데, 이때 열을 가해주면 빨리 만들어진다고 합니다. 환경운동 하는 부녀 단체가 아파트촌을 돌면서 폐식용유를 수거하여 비누를 즉석에서 만들어 주기도 합니다. 친환경 어쩌고 하면서 이를 선호하는 사람도 있는데, 왜 친환경일까요? 이는 자연에 흘려보냈을 때 미생물에 의해 잘 분해되어 정화가 쉽기 때문이라고 합니다. 세척력만 고려한 복잡한 구조를 가진 합성비누는 분해가 잘 안 되어 환경오염의 원인이 됩니다.

그런데 우리 가정의 필수용품인 비누가 최근 언젠가부터 클렌징폼, 바디워시 등에 밀려 욕실의 주인 자리에서 조금씩 밀려나고 있습니다. 하지만 최근 화학성분에 대한 부정적인 이슈가 계속 커지면서 다시금 순수 천연재료로 만든 천연비누가 주목받고 있습니다. 안정성(인체 저자극 등)과 기능성(미용 등)을 무기로 천연비누 시장이 급성장하고 있습니다.

인류 최초의 비누는 현대의 합성 비누가 아니고 천연비누였습니다.

비누(soap)의 어원은 로마의 사포(sapo)산에서 유래했다고 합니다. 기원전 600년경 옛 로마인들은 사포산에서 양을 태워 신에게 제물로 바치는 풍습이 있었는데, 그때 생긴 양 기름과 나무 재가 뒤섞여 강가에 흘러나온 물질로 빨래하니 효과가 있다는 사실을 알고부터라고 합니다.

우리나라에서는 '더러움이 날아가게 한다'는 의미의 한자어 '비루(飛陋)'에서 비누가 유래했다는 설도 있고, 16세기 순천 김씨 묘출토간찰에서 나오는 '비노'가 1653년 제주도에 표류한 하멜이 네덜란드에서 가져온 '비누'를 지칭하는 말이라는 설도 있습니다.

비누는 더러운 때를 없애기 위해 사용할 때마다 자기 살이 녹아서 작아지면서, 마지막에는 흔적도 없이 사라집니다. 만일 녹지 않는 비누가 있다면 아무 쓸모 없는 물건이 될 것입니다. 자기 희생을 통해 조직과 사회에 공헌할 줄 아는 사람은 좋은 비누와 같다고 할 수 있습니다. 그렇지만 어떻게 해서든 자기의 몫을 챙기고 몸을 아끼려는 사람은 물에 녹지 않는 비누와 같다고 할 것입니다. 미국의 백화점 창시자이며 백화점 왕인 워너메이커는 "사람의 삶 중에 희생하는 삶만큼 숭고한 삶은 없습니다. 희생을 바탕으로 성립되는 인간관계는 어느 것이나 아름답습니다. 사랑이 그렇고 우정이 그렇고 동료애가 그렇고 전우애가 그렇습니다."라고 했습니다. 지금 누군가를 사랑한다면 상대를 위해 자신을 희생하고 이해할 줄 알아야 하며, 이런 마음이 없다면 참된 사랑이라고 할 수 없습니다.

비누처럼 나를 희생해 상대를 돋보이게 하는 삶은, 말은 쉽지만 정말 실천하기 어렵습니다. 그래서 사랑받고 싶으면 먼저 상대를 사랑해야 합니다. 사랑이 아름다운 것은 비누와 같은 희생정신으로 상대 마음에 묻은 더러운 때를 세탁해서 깨끗하고 화려하게 해주는 것입니다. 상대 마음에 찌든 때를 씻고 향기나게 해주어 세상을 당당하게 살아갈 힘을 주기 때문입니다.

한 조직을 사랑하고 어느 사람을 사랑한다면, 사랑하는 조직이나 사람에게 언제나 녹아서 작아져야 합니다. 녹아서 흔적 없이 사라지는 비누와 같은 희생정신의 마인드로 세상을 살아가는 자신이 되길 바랍니다.

빨리빨리보다 천천히

한국으로 여행 오는 사람들의 말 중에 외국인이 가장 빨리 배우는 한국말은 '빨리빨리'라고 합니다. 우리나라가 6 · 25전쟁 이후 짧은 기간에 세계적인 IT(정보통신기술) 강국으로 빨리 정착한 것도 빨리빨리 문화 때문이 아닌가 합니다. 지난 2017년 6월 27일 모 신문에 보니 올가을부터 미국 고등학교 세계사 교과서에는 우리나라의 6 · 25전쟁 이후 가장 빠른 성장을 말하는 '한강의 기적'을 다룬 한국 현대사가 포함된다고 합니다.

나 역시 큰 단점이 '빨리빨리병'이라고 주변에서 자주 말합니다. 말도 빠르고 행동도 빠르고 성격도 급하고, 매사가 빨리해야 직성이 풀립니다. 정말 빠르게 돌아가는 세상에서 우리나라는 세계적인 '빨리빨리' 문화의 대표 선두 주자입니다. 초고속 인터넷 속도는 물론, 애플리케이션을 이용하여 음식을 주문하면 30분 만에 배달이 완료되는 나라가 한국입니다. 이러한 우리나라의 빨리빨리 문화는 전쟁 이후, 급격한 경제 성장과 국민의 치열한 경쟁의식의 영향으로 생성된 고유한 삶의 문화와 정서라고 말합니다.

너무 빠른 삶에서 이젠 천천히 살아가는 것이 필요합니다. 우리는 모두 '느림(천천히)'에는 익숙하지 못하여, 사회에서 일하건 집안에서 있건 다를 게 없습니다. 모든 일을 빨리빨리 처리하기 위해서 동분서주(東奔西走)하고, 어떡하면 아이들을 더 빨리 똑똑하게 좋은 학교에 보내고 더 빨리 승진할까, 돈을 더 빨리 모을 수 있을까를 노심초사(勞心焦思)합니다. 불과 반세기 만에 수백 년 걸릴 경제 성장을 이루어온 우리나라는 불행하게도 그 여파로 '빨리빨리병'에 걸리고 말았습니다.

빨리빨리 때문에 성장과 성공 속에서 반드시 지켜져야 할, 개인의 삶에 대한 존중과 자유에 대한 다양한 가치는 무시되고 배려받지 못한 게 현실입니다. 이러한 빠름의 사회 풍조에 경종을 울리는 책이 있습니다. 몇 년 전 우리나라에서 베스트셀러가 된 프랑스 사회철학자 피에르 쌍소의 『느리게 사는 것의 의미』는 느림의 가치를 다시 생각하게 합니다. 그간 빠름의 상황에서 행복하지 못했던 한국인에게 하나의 커다란 깨달음으로 다가옵니다. 아날로그에서 디지털로 넘어가던 2000년 밀레니엄이 도래하던 시대에 모두가 한목소리로 빠름과 성공을 위해 몸과 마음을 다했습니다.

과거에는 느리게 산다는 것이 게으름, 나태함, 안일함으로 인식됐습니다. 그래서 생산과 효율성을 강조한 20세기의 사람들은 이 느림을 게으름으로 낙인찍고 멀리 쫓아버렸습니다. 느림이 가져오는 평화, 안식, 창조의 기쁨을 생각해보면 실로 어리석고 무지한 행위였습니다. 따라서 느림의 평화와 상생은 끝났고, 대신에 무한 경쟁주의와 살인적 속도주의가 세상을 지배했습니다.

'느림'이란 게으름이 아니라 인생길을 가는 동안 나 자신을 잃어버리지 않고, 조금 천천히 가더라도 인생을 바로 보자는 의미로 해석할 수 있습니다. 언제 한번 한가로이 한강 변을 걸어 본 적이 있습니까? 산책이 건강에 좋다는 이유로 정당화되지만, 한가로이 거니는 것은 다른 사람들의 따가운 시선을 받아야 하는 일인지도 모릅니다. 예를 들어서 바쁜 아침에 남편의 출근과 아이들 학교 갈 준비를 해주지 않고 주부가 한가로이 산책한다면 가족 누구도 좋아하지 않을 것입니다. 한가로이 산책하며 거니는 것에는 바쁜 여행객이나 출근길의 회사원들과 같은 어떤 목적의식이 없는 거지요.

오솔길을 느리게 걸어보면 숲의 향기, 바람의 쾌적함, 흙냄새가 내 것이 됩니다. 느림은 쉼이고, 여유이고, 한가로움입니다. 이렇게 온갖 즐거움을 누리고 행복의 정겨움을 향유할 수 있는 느림이 없다면 즐거움도 행복도 없습니다. 듣기, 걷기, 꿈꾸기, 기다리기, 글쓰기 등등 다양한 느림의 초대에 우리 모두 즐겁게 응답하여 매일의 삶이 좀 더 여유 있고 행복하며 아름다울 수 있기를 기대해 봅니다.

빨리빨리의 흐름은 여전히 우리 사회를 지배하고 있습니다. 그러나 중요한 것은 천천히 가더라도 올바른 방향으로 제대로 가는 것입니다. 성벽을 쌓을 때 돌을 대충 쌓으면 빨리 완성할 수 있지만, 오래 버티지 못합니다. 돌 하나라도 틈새 없이 차곡차곡 잘 쌓아야 수천 년을 버틸 수 있는 단단한 성벽이 만들어집니다. 우리가 업무 중에 과정보다 결과를 중시하면 날림 공사를 피할 수 없으며, 그 피해는 시간의 차이가 있을 뿐 다시 우리에게 고스란히 돌아온다는 것을 명심해야 합니다. 이번 주도 천천히 확실하게 일합시다.

아름답고
위대한 근심

우리 어머니는 참으로 근심 걱정이 많습니다. 평생을 농사지으며 자식과 가정에 대한 걱정, 농사 걱정, 이웃 걱정 등으로 우울증 진단을 받고 5년째 약을 복용하고 있습니다.

사람이 매일 고민하고 생각하는 걱정의 90%는 모두 쓸데없는 걱정이라고 합니다. 티베트 속담에 "걱정을 해서 걱정이 없어지면 걱정이 없다."라는 말이 있습니다. 걱정해서 진짜 걱정이 없어진다면 정말로 아무 걱정이 없지 않을까요?

중국 한나라 때 『서문행』이란 책에 '인생불만백(人生不滿百) 상회천세우(常懷千歲憂)'라는 말이 나옵니다. 이는 "사람이 백 년을 살지도 못하면서, 늘 천 년 거리의 걱정(근심)을 하고 산다."라는 말입니다. 진나라 시황제는 대대손손 후손들이 천년만년 오래오래 황제 자리를 유지하기 위해 만리장성을 쌓았습니다. 겨우 오십 평생을 살고 간 그가 단 십 년 후의 일도 제대로 짐작하지 못하며 엉뚱한 천 년의 꿈을 꾸고 있었던 것입니다.

논어의 『오우장(吾憂章)』에는 공자가 말한 '평생 가슴에 안고 살아가는 나의 근심'이라는 대목이 나옵니다. 그 근심은 인격을 제대로 수양하고 있는가에 대한 걱정, 배움을 통해 늘 새로운 나를 찾고 있는가에 대한 걱정, 언제나 옳은 곳을 지향하며 살고 있는가에 대한 걱정, 늘 최선의 답을 찾아 지금의 나를 변화시키고 있는가에 대한 걱정, 그리고 마지막으로 참으로 아름다운 인생을 살고 있는가에 대한 걱정입니다.

공자는 인격을 수양하고, 배움을 추구하고, 옳은 것을 지향하고, 새로운 나를 찾아가는 것, 이러한 '아름답고 위대한 근심'을 했습니다. 나 자신과 주변을 돌아보고 어떻게 사는 것이 인간답게 사는 것인지를 근심하는 것이 진정 인간이 해야 할 근심이라는 것입니다.

그러나 우리 인간은 필요 없는 걱정까지 하는가 하면, 당장 눈앞에 닥쳐오는 걱정도 모르고 동분서주하는 때도 많습니다. 그래서 걱정의 축을 한 번쯤 바꾸어 보고, 정작 해야 할 걱정은 안 하고 안 해도 될 걱정에 사로잡혀 있지 않은지 돌아봅시다.

'인간만사(人間萬事) 새옹지마(塞翁之馬)'라고 했습니다. 당장 밀어닥친 불행이 오히려 다행이 되기도 하고, 그 다행이 불행의 씨앗이 되기도 합니다. 옛 성인들의 가르침 가운데 "내일 일은 내일 걱정으로 충분하다."라는 말이 있습니다. 우리는 시간이 지나면 모두 잊어버리고 기억나지도 않을 걱정을 하느라, 지금 현재 주어진 소중한 시간을 낭비하고 있는지도 모릅니다.

가수 전인권 씨가 2004년 힘든 시기에 불렀던 노래 '걱정 말아요 그대'는 가사 하나하나가 많은 위로를 줍니다. 또한 이 노래는 2015년 모 TV에서 인기리에 방영되었던 드라마 '응답하라 1988'에 수록된 곡이기도 합니다. 전인권 씨는 아무도 흉내 낼 수 없을 정도로 강하고 거친 톤으로 이 노래를 부릅니다. 아무 걱정하지 말고 함께 노래하자는 가사에서 알 수 있듯이 이는 우여곡절을 겪은 중년의 인생이 상처받은 친구에게 던져주는 위로와 치유의 메시지로 다가옵니다.

걱정에 관한 신나는 노래도 하나 있습니다. 대학 때 MT 가서 배우고 불렀던 돌림노래인데 누구나 잘 알고 즐겨 부르는 노래로 1950년대 미국의 캠프 운동 때 유행했던 작자 미상의 노래라고 합니다. 아마 모르는 사람이 없을 정도로 많이 알려진 '활짝 웃어요'라는 노래입니다.

걱정을 모두 벗어 버리고서 스마일 스마일 스마일
젊은이답게 활짝 웃어요 세상 밝으리
걱정하면 무엇해 즐겁게 노래하자
걱정을 모두 벗어 버리고서 스마일 스마일 스마일

이 두 곡은 걱정에 관한 내용이지만 결국 가사 속 숨은 내용은 너무 걱정하지 말라는 것입니다. 함께 일하는 직원들은 각자 가족보다 더 많은 시간을 함께합니다. 맡은 중요한 역할을 서로 잘할 수 있도록 쓸데없는 걱정보다 공자의 아름답고 위대한 근심 걱정을 해 봅시다. 활짝 웃는 하루하루가 되었으면 합니다.

요지경 세상

중년 이상인 분은 알고 있겠지만, 1999년도에 탤런트이자 가수인 신신애 씨가 깜찍 발랄한 춤과 함께 '세상은 요지경'을 불러서 요지경 신드롬을 가져왔습니다. 세상은 요지경과 같이 알 수 없는 곳이니 정신 차리고 살아야 한다는 내용입니다. 80년대 한때 우리나라가 서양 사람들에게 짝퉁의 나라로 불릴 때가 있었습니다. 물론 지금도 값나가는 명품과 거의 흡사한 짝퉁들이 만들어져 문제가 되는 경우도 있지만, 이제는 짝퉁 나라의 오명을 벗었습니다. 그러나 여전히 우리가 사는 세상에는 '짜가'가 너무 많아 살아 숨 쉬는 것만 빼고 모든 게 가짜란 말이 있듯이 가짜가 판치는 세상입니다.

근래에 와서 짝퉁이라는 말을 자주 하는데, 알다시피 진짜와 거의 똑같이 만들어진 가짜 상품을 짝퉁이라고 합니다. 어원을 찾아보니 '가짜'를 거꾸로 한 '짜가'를 줄여서 '짝'이 되었고, 여기에다 '퉁(同)'이라는 중국어 발음을 덧붙여 완성한 한국식 신조어라고 합니다.

'세상은 요지경'의 노래에서 '요지경'은 한자로 瑤(아름다울옥 요)池(연못 지)鏡(거울 경)인데, 2가지 의미가 있습니다. 우선 확대경을 장치하고 셔터를 누르면 통 안에 컬러 사진이 한 장씩 넘어가는 장난감으로 외국 풍경이나 동물 사진을 돌리면서 구경하는 통(상자)을 말합니다. 여기서 발전해서 요지경은 알쏭달쏭하고 묘한 세상일을 비유적으로 가리키게 되었고, 자신이 생각지 못한 다양한 세상 풍경을 풍자하여 '세상은 요지경 속이다'라는 말을 만들어내게 되었습니다.

개인택시 하는 친구가 하는 말이, 택시 속은 우리가 살아가는 현대의 요지경 세상이라고 합니다. 술 취한 승객이 차 내에서 토하고 시비 걸고, 바람난 아줌마가 전화로 남편과 부부싸움을 벌이고, 돈 없는 승객이 허풍을 떨며 합승 단속반과 싸움을 벌입니다. 세상 돌아가는 정치 얘기 등등 오만 것들의 루머와 알쏭달쏭 묘한 세상사가 벌어지는 택시 안이 요지경 세상입니다. 신기한 그 옛날 요지경 속처럼 짜가와 희한한 일이 많은 세상인 것 같습니다, 진짜와 가짜가 구분이 잘 안 되고 아무리 생각해도 납득하기 힘든 일들이 얽히고설킨 채 돌아가며 삶도 어려워졌습니다.

그런데 요지경의 어원은 동양 신화에서 나옵니다. 신화는 풍부한 상상력에서 나온 창의적인 발상과 아이디어로 가득 차 있는데, 상상력은 창조의 능력이라고 합니다. 신화는 상상력의 원천입니다. 조금은 황당한 이야기 같지만 현실적으로 주목해야 할 이유가 바로 여기에 있습니다.

서양 신화에 '비너스'가 있다면 동양 신화에는 '서왕모'가 있었습니다. 이 서왕모는 죽음의 여신으로 마귀할멈 같은 모습이었으나 점차 생명의 여신으로 변모하면서 미모와 아름다움을 갖추게 되었습니다. 그녀는 불로장생 불사약인 복숭아를 관리하였는데, 궁궐 옆에는 '요지(瑤池)'라는 아름다운 호수와 '반도원(蟠桃園)'이라는 복숭아밭이 있었다고 합니다. 요지 호숫가에서 가끔 잔치를 벌였는데 그 장면이 너무 화려하고 아름답고 환상적이어서 '요지경'이라는 말이 나왔다고 합니다.

그 환상적 아름다움이 사람들의 동경을 불러일으켰고 '요지연도'라는 그림으로 병풍에 그려져 왕과 고관대작들에게 귀한 선물로 바쳐졌다고 합니다. 또한 요지 호숫가 반도원의 복숭아를 훔쳐먹고 불로장생한 '3천갑자동방삭'에 대한 이야기는 지금까지도 사람들 입에 오르내리곤 합니다.

오늘날에도 사람들은 진귀한 광경을 보면 요지경이라 표현하는데, 알고 보면 다 이유가 있는 어원입니다. 서왕모는 조선의 선비들이 매우 좋아하여 다양한 글의 소재로 쓰였다고도 합니다. 그러나 이러한 신화들이 안타깝게도 일제강점기를 거치며 100년 새 다 잊혀버리고 사라졌습니다. 세상은 요지경 속으로서 잘난 사람 잘 난대로 살고 못 난 사람 못 난대로 살되, 정신 차리고 살아야겠습니다.

오늘도 내 인생 시작의 날

농촌 시골에서 지냈던 어릴 적 마을 사람들을 회상해 보면, 환갑이 되는 60대가 되면 상노인으로 여기고 일도 하지 않았습니다. 의젓하게 곰방대 물고 젊은 사람들로부터 어른 대접 받았던 젊은 노인들이 기억납니다. 논어에서 60에 들어서면 육십이이순(六十而耳順)이라고 하는데, '인생에 경륜이 쌓이고 사려와 판단이 성숙하여 남의 말을 받아들일 줄 아는 나이'라고 했습니다. 나를 내세우지 말고 남의 말에 귀 기울이고, 특히 젊은이의 말을 더 잘 들어줘야 합니다.

공자님이 말씀하신 대로 나이에 걸맞게 살자면 정말 정신 바짝 차리고 세상을 살아가야겠습니다. 그러나 현실은 마음 같지 않으니 이 나이에 이렇게 조금은 철없이 살아가는지 모릅니다.

"80세에 저세상에서 날 데리러 오거든 아직은 쓸만해서 못 간다고 전해라~"라고 어떤 무명 여가수가 불렀던 '백세인생'이라는 유행가가 노령화 사회의 한 단면을 이야기해주는 듯합니다.

현재 우리나라 평균 수명은 남자는 81세, 여자는 86세라고 합니다. 게다가 의료 기술과 정부의 의료 혜택이 점점 좋아지고 있어서 앞으로 평균 수명 100세 시대에 살게 될 것이라 예고하고 있습니다. 나이 먹을 만큼 먹었으니 이제는 욕심을 내려놓고 하늘의 뜻을 이해하고 세상을 올바르게 바라보고 실행해야 하는데, 그러한 50대의 과제도 못 한 채 오늘을 살아가는 것이 조금은 부끄럽습니다.

누구나 태어나서 한 번뿐인 인생을 멋지고 아름답게 살아가고 싶어 할 것입니다. 한국인의 평균 수명은 83세로, OECD 평균을 넘어선 것으로 나타났습니다. 현재 사람들은 의술의 발달과 건강에 관한 관심으로 기대수명이 10년마다 2~3년씩 증가한다고 합니다. 그러나 치매나 각종 노인성 질병을 안고 오래 사는 것을 환영하지는 않을 것입니다. 중요한 사실은 요즘에는 건강하게 오래 사는 사람들도 많아졌다는 것입니다.

오래 살면서도 일상생활 수행능력이 있어야 합니다. 이 말은 일상생활에서 목욕, 배변 통제, 옷 입기, 식사 등과 같은 삶의 질에 큰 영향을 미치는 활동을 스스로 할 수 있는 능력이 있어야 한다는 뜻입니다. 재미있는 것은 80년을 산다고 할 때, 잠자는 데 20년, 일하는데 20년, 먹는데 6년, 노는 데 7년, 차 타는데 6년, 치장하는 데 5년, 전화 거는 데 1년(여자는 더 길다고 함), 담배 피우는 데 2년 반, 사람을 기다리는 데 3년 반, TV나 신문 보는 데 5년, 신발 끈을 매는 데 반년이 걸린다고 합니다. 우리는 지나간 시간에 대해서도 후회하는 경우가 많은데, 사람에게 주어진 시간은 일을 미루고 늑장을 부릴 만큼

길지 않습니다. 우리는 별로 중요하게 여기지 않는 것에 상당한 시간을 허비합니다.

유대교의 율법인 탈무드에는 “매일, 오늘이 네가 끝나는 날이라고 생각하라. 매일, 오늘이 네가 시작하는 날이라고 생각하라.”라는 말이 나옵니다. 이처럼 오늘부터 내 인생의 새로운 시작이라고 생각해 봅시다. 새로운 희망과 기대로 나는 어떻게 살아갈까, 무슨 일을 할까, 어디로 갈까를 생각한다면 흥분과 희열로 가슴이 벅찰 것입니다. 그것은 마치 여행을 앞두고 그 전날 밤 기대 속에서 잠을 이루지 못하는 초등학교 학생의 심정과도 같을 것입니다. 시작이란 이렇게 좋고 의미가 있고 흐뭇한 것이지요. 우리는 하루하루를 살아갑니다. 하루하루가 쌓여 한 달이 되고, 한 달이 모여서 한 해가 되고, 한 해가 쌓이고 쌓여서 일생이 됩니다. 어제는 이미 지나간 날이며, 과거 속에 사라진 시간입니다. 내일은 아직 오지 않은 다가올 미래의 시간입니다. 내가 살 수 있는 시간은 오늘뿐입니다. 그러므로 오늘처럼 소중한 것이 없습니다. 인생의 결산에서는 성실하게 살고 보람되게 산 것만이 남는 것입니다. 5월의 마지막 이번 주도 힘차게 파이팅하면서 하루하루를 내 인생 시작의 날로 생각하면서 성실하게 살아갑시다.

집을 부수고 심은 풀

나는 개인적으로 등산을 참 좋아합니다. 힘들게 등산하면서 땀 흘리고 산 정상에서 친구와 막걸리에 안주 한 점 먹으면 정말 기분이 좋습니다. 그래서 집에서 안줏거리를 꼭 챙겨서 가는 편인데, 주로 부추전이나 배추전 2가지 중 하나를 준비해 갑니다. 그런데 2018년 3월 13일부터 자연공원법시행령 개정에 따라 국립공원과 도립공원, 군립공원 내 지정 지역에서 술을 마시면 과태료 대상이 되었습니다. 음주 1차 위반 시에는 5만 원, 2차 위반 시에는 10만 원 과태료를 부과한다고 해서 이제 술 마시기가 곤란해졌습니다.

어릴 때부터 즐겨 먹던 부추는 경상도에서 정구지(精久持)라고 불립니다. 마늘과 같이 강장 효과가 있는 식물로 알려졌고, 지방에 따라 정구지, 부채, 부초, 난총이라 부르기도 합니다. 정구지는 부부간의 정을 오래도록 유지해 준다는 의미로 붙여진 이름으로, 부추가 신장을 따뜻하게 하고 생식 기능을 원활하게 하기 때문이라고 합니다. 또한, 남자의 양기를 세운다 하여 기양초(起陽草)라고 하며, 과붓집 담을 넘을 정도로 힘이 생긴다 하여 월담초(越譚草)라고도 하였습니다. 장복하면 오줌 줄기가 벽을 뚫는다고 파벽초(破壁草)라고도 불렀으며, 운우지정을 나누면 초가삼간이 무너진다고 하여 파옥초(破屋草)라고 하였다고도 합니다.

옛날 어느 두메산골에 한 노승이 길을 가고 있었습니다. 그런데 갑자기 노승 앞에서 죽음의 검은 기운이 하늘을 향해 솟구치고 있어 따라가 보니 그 기운은 허름한 초가집에서 시작된 것이었습니다. 노승이 목탁을 두드리며 탁발을 위한 염불송경을 하자 안주인이 나와서 시주를 하는데 얼굴을 보아하니 수심이 가득히 보였습니다.

스님이 부인에게 무슨 근심이 있느냐고 묻자 남편의 오랜 병환이 걱정이라고 했습니다. 스님이 안주인의 얼굴색을 자세히 살피니 그 부인의 강한 음기가 문제였는데, 부인의 강한 음기에 남편의 양기가 고갈되어 생긴 병이었던 것입니다. 스님은 근처 담벼락 밑에서 흔히 무성하게 잘 자라는 풀잎 하나를 뜯어 보이며 이 풀을 잘 가꾸어 반찬을 만들어 매일 먹이면 남편의 병이 나을 것이라고 알려주고 사라졌습니다.

부인은 스님이 말한 대로 그 풀을 잘 가꾸어 음식을 만들어 지극정성으로 남편에게 먹였더니 신기하게도 남편은 점차 기운을 차렸습니다. 남편은 오래지 않아 완쾌되어 왕년의 정력을 회복하였습니다. 남편은 매일 밤이 오기만을 기다렸고 부인은 열흘이 하루 같고 한 달이 하루 같은 꿈같은 세월을 보냈습니다.

그러자 부인은 온 마당에, 그리고 기둥 밑까지 파헤쳐 그 풀을 심었습니다. 부인은 집이 무너질 걱정은 않고 이 기둥 저 기둥 밑을 파헤쳐 온통 이 풀을 심었습니다. 그런 세월이 얼마나 흘렀는지…. 집 기둥 모두가 공중으로 솟구쳐 결국 집이 무너지고 말았습니다.

집이 무너지는 것도 모르고 심은 이 영험한 풀의 이름이 바로 '집을 부수고 심은 풀'이라는 뜻의 '파옥초'이며, 오늘날 '부추'로 불리는 채소의 전설입니다. "부부 사이가 좋으면 집 허물고 부추 심는다."라는 옛말이 여기에서 나왔다고 합니다. 그러나 아무리 좋은 부추라 하더라도 매일 먹는 것은 힘든 일입니다.

부추 중에서도 이른 봄 야생 노지(露地)에서 돋아나는 부추가 가장 효과가 좋다고 알려져 있습니다. 그리고 우리 선조들은 '봄 부추는 인삼 녹용과도 바꾸지 않는다'는 말과 '부추 씻은 첫 물은 아들은 안 주고 사위에게 준다'는 말도 했습니다. 아들에게 주면 좋아할 사람이 며느리이니 차라리 사위에게 먹여 딸이 좋아하게 하겠다는 뜻이랍니다.

부추는 어떤 환경에서도 힘차게 자라는 생명력으로 워낙 잘 자라기 때문에 1년에 10번 이상도 수확할 수 있다고 합니다. 고른 영양소를 함유한 부추는 요즘 봄날 쑥, 냉이와 같이 꼭 먹어야 할 필수 영양제라고 하니 올봄에도 부추 많이 드시고 힘내시기 바랍니다.

정유년(丁酉年) 새해 소망

20여 년째 새해 첫날이면 어김없이 가족들과 해맞이를 갑니다. 올해 새해 새벽 상암 월드컵 경기장 옆 하늘공원으로 가족과 신년 해맞이를 갔는데 날씨가 흐리고 구름이 많았습니다. 떠오르는 해는 보지 못했지만, 개인적으로 가족, 건강 등 여러 가지 새해 소망을 기원하고 왔습니다.

2017년 丁酉年(정유년)은 붉은 닭의 해입니다. 새벽을 알리는 우렁찬 닭 울음소리가 새 아침과 새로운 시작을 알린다는 뜻이 있습니다. 제가 태어난 시간이 새벽이라고 해서 어머니께 몇 시냐고 여쭈어보니 "시계가 없어서 모르지만 새벽닭 울음소리가 들린 시간이었다."라고 하시면서 3~5(寅)시경 태어났음을 알려 주셨습니다. 닭 울음소리는 미명의 어둠 속에서 나타날 빛의 출연을 알리며 만물과 영혼을 깨우는 희망과 개벽을 의미합니다.

흔히 닭은 오덕(五德)을 가진 동물이라고 하는데, 사자성어 중 계유오덕(鷄有五德)이란 말이 있습니다. 머리의 관은 '학문'을 말하며, 발톱은 '무예'를 말하고, 싸움을 잘하니 '용감'을 말하고, 모이를 나눠 먹으니 '인정'이 많음을 말하며, 시간을 알려주니 '신뢰'를 의미한다고 합니다. 유학(儒學)에서 닭을 이렇게 말하는 것은 닭을 빗대어 인간에게 '조화로운 삶'을 살라는 가르침을 주기 위함입니다.

술 '酒(주)' 자는 삼수(氵)변에 닭 유(酉)자를 합한 글자인데, 2가지 큰 의미가 있습니다. 우선 술을 먹을 때는 닭이 물 먹듯이 천천히 먹으라는 뜻입니다. 닭은 목젖이 없으므로 물 한 모금 먹고 고개를 들어야, 즉 하늘을 쳐다봐야 물이 목으로 넘어갑니다. 또한, 천간지지(天干地支) 중에 유시(酉時)는 저녁 5~7시로, 닭은 보통 오후 7시가 되면 잠을 잡니다. 즉 일찍 술을 먹고 일찍 집에 들어가 자라는 의미가 있습니다. 올해 닭의 해는 음주는 酒(주) 자의 의미처럼 음주 습관을 지녀 보고자 소망합니다.

새해에 각자 소망한 것이 많지만 세상은 좋은 일을 했다고 꼭 좋은 일만 생기는 것은 아니고, 나쁜 일을 했다고 꼭 나쁜 결과만 나오는 것도 아닙니다. 노력했음에도 노력한 만큼의 결과가 나타나지 않았을 때 우리의 삶은 상처 입기도 합니다. 하지만 그것이 우리에게 주는 전부는 아니라고 봅니다. 비록 세상은 우리가 노력한 만큼, 꼭 그만큼의 눈에 보이는 결과는 주지 않을지라도 항상 그에 합당하는 많은 것을 우리에게 줍니다.

세상은 항상 우리에게 성공을 보장하지는 않지만 노력한 그만큼의 성장은 약속해 줍니다. 세상이 주는 시련과 실패가 우리를 부유하게는 만들지는 않지만, 인내와 지혜를 선물합니다. 이러한 인내와 지혜로 세상을 올바로 볼 줄 아는 시각을 넓히며 살아간다면 그 사람은 정말 행복한 삶을 살 것입니다.

작년 병신년(2016년)은 20대 총선, 강남역 살인사건, 국정농단 사건, 경주 지진, 김영란법 시행 등 사회적으로 불안과 혼동으로 어느 해보다 국민의 상심이 큰 해였습니다. 새해에는 정치적, 경제적, 사회적으로도 불안과 혼동이 없고 우리 모두의 얼굴이 환해지는 해가 되기를 진심으로 기원합니다.

우리 부서 190여 명 모두는 우렁찬 닭 울음소리와 함께 큰 희망을 품기를 기원합니다. 각자 주어진 업무에 책임감과 주인의식을 가지고 최선을 다해서 한마음 한뜻으로 인화 단결했으면 합니다. 우리에게 주어진 목표 달성에 노력을 다하는 직원 개개인이 되었으면 합니다.

우리 개개인도 가정이나 직장에서 닭을 비유한 '조화로운 삶'을 영위하고 힘찬 활동력으로 당차고 기운찬 한 해가 되시기를 기원합니다. 함께 노력합시다. 여러분! 정유년 새해에는 가정이 화목하고 건강한 한 해가 되시길 바라며 복 많이 받으십시오!

-丁酉年 새해 아침-

제복이 주는 책임감

과거 철없던 대학 시절 제복을 입고 괜한 폼을 잡으며 우쭐대던 시절이 있었습니다. 제복이란 '일정한 규준에 의해 정해진 동일한 양식의 복장'을 말하며, 일명 유니폼(uniform)이라고도 합니다. 이는 '하나의'라는 뜻의 라틴어 'unus'와 '형태'라는 뜻의 'forma'에서 유래되었습니다. 제복은 목적에 따라 형태와 색, 부속품 등을 통일시키는데, 가장 큰 기능은 군복의 경우에 잘 드러납니다. 착용자들에게 소속감과 일체감과 동일화를 부여하여 착용 집단과 외부인에 차별을 두는데 큰 의미가 있습니다.

승복, 법복(法服), 간호사의 흰옷, 학생복, 기업의 제복은 특정 직업이나 직장의 상징성을 강하게 구분 짓고 있습니다. 군복, 근로복, 운동복 등은 안전과 편리함을 추구하는 실용성이 강합니다. 제복 착용의 부정적인 시각에서는 그 목적인 일체성 · 통일성을 추구하는 것은 착용자들의 개성을 말살하고, 이에 따라 책임감 있고 주체성 있는 인격 형성을 방해하는 문제를 내포하고 있다는 면도 있습니다.

고대 아프리카나 알래스카 원주민은 문신이나 그림을 자신의 몸에 그렸습니다. 아직도 아프리카 일부 부족에는 축제 때 집단으로 문신 등으로 표현하고 있는데, 이것을 유니폼의 시작으로 볼 수 있습니다. 오늘날과 같은 제복은 전쟁 시 군복에서 시작되었는데, 이는 전쟁 때 적군과 아군을 구별하기 위해 통일된 의복과 장비를 갖춘 데서 비롯되었다고 합니다.

또한 집단 조직 구성원이 다양한 사람들에 대해서 같은 목적으로 어떤 행위를 수행하는 과정에서는 개인이 아니라 전체의 힘이 필요할 때가 있지요. 이때 그 힘을 하나로 모으는 방법의 하나가 동질감을 구성하는 제복을 입는 것입니다. 갈수록 다양화되고 다변화되고 있는 사회에서 유니폼은 일치된 단결력의 상징적 구심점입니다.

근래에는 공공기관, 기업이나 특정 단체에서도 제복을 입는 곳이 많아졌습니다. 소속된 곳을 상징하는 제복을 입어서 다른 집단과 구별하고, 구성원 간에 일체감과 업무의 동질성을 심어 주는 의미가 있습니다. 근무복(유니폼)은 단체나 조직의 특징을 확실하게 나타내야 하며, 활동하기에 편하고 보기에도 좋아야 합니다. 또한 유니폼은 자유복과 달리 그 목적하는 바에 따라 특별한 형태와 필요한 장식 및 기능을 갖추는 특색이 있습니다.

현대사회는 다양한 직업으로 세분화되어 자기 일에 집중하면서도 편리하고 윤택한 삶을 살 수 있습니다. 수많은 직업 중에서 자신의 소속과 이름, 계급이 보이는 유니폼을 입고 활동하는 직업의 공통점이 있습니다. 이 제복을 입은 사람들은 자기 자신보다는 타인과 사회의 공공을 위하여 일하는 사람들이 많습니다. 군인, 경찰, 소방관들이 제복을 입고서 근무하는 이유입니다. 이들은 자신을 사회에 헌신하고, 그 대가로 우리 사회로부터 인정을 받습니다.

대다수 젊은이는 제복을 동경한다고 하는데, 그 이유는 그 제복의 의미를 알아서라기보다 단순히 멋있어 보이기 때문입니다. 멋있어 보이고 싶은 것도 하나의 이유이기 때문에 그것을 나쁘다고 볼 수는 없지만, 그래도 그 제복을 입기 위해서 얼마나 긴 시간 동안 노력해야 하는지 제대로 아는 것이 중요하다고 봅니다.

제복은 단순한 옷이 아니라 그 사람의 지위나 자리의 상징이기도 합니다. '옷을 입히다. 유니폼(제복)을 입히다'는 말을 하는데 이는 '지위를 부여하다. 권한을 주다'의 의미입니다. 반대로 '옷을 벗긴다'는 말은 그 반대의 의미가 있겠지요.

우리 시설 주변에 유니폼을 입고 있는 사람들이 많이 오고 있습니다. 우리 직원, 상조회 직원, 영구차 기사, 상주 등등이 있는데, 이는 자신들이 하는 역할과 지위를 나타냅니다. 특히 우리 직원들은 우리나라 장묘 문화를 선도적으로 이끌어가는 중추적인 역할을 하는 사람들입니다. 최근 일부 지급된 복장을 착용하지 않고 이상한 사복으로 업무를 수행하는 직원들을 보면서 직원들의 사명감이 흐트러졌다는 느낌을 받았습니다. 근무할 때에는 반드시 지급된 지정 근무복장을 단정히 착용한 후, 명찰을 달고 정중하고 친절하게 주어진 업무를 책임감 있게 수행했으면 합니다.

인생은 만남의 연속이다

인생을 살면서 제일 중요한 것은 만남입니다. 인생에서 만남은 모든 것을 결정하며, 우연한 만남이든 운명적 만남이든 만남은 중요합니다. 독일의 문학자 한스 카롯사는 "인생은 너와 나의 만남이다."라고 했습니다. 인간은 만남의 존재이며 산다는 것 자체가 만난다는 것입니다.

요즘 TV 예능에서 왕성히 활동 중인 가수 노사연은 '만남'이란 노래를 불러 소위 국민가수로서 손색없는 많은 인기를 누렸습니다. 만남이란 노래는 부르기 쉽고 노랫말 뜻이 깊어 여러 모임에서 자주 애창되는 대중가요입니다. 망년회나 송년회 뒤풀이로 노래방에서는 단골 메뉴로 애창되고 있습니다.

1978년 MBC 주최 제2회 대학가요제에 출전, '돌고 돌아가는 길'로 금상을 받아 가수가 된 노사연은 '만남'이 나올 때까지만 해도 거의 무명이었습니다. 공부와 노래를 겸해야 하는 학생 가수인 데다 이렇다 할 곡마저 내놓지 못해서였습니다. '만남'이 만들어진 건 1986년이지만 대중에게 발표된 건 그로부터 3년 뒤인 1989년입니다. 그리고

1992년 이 '만남'으로 가수왕에까지 올랐으니, 노랫말 구절처럼 그것은 '우연'이 아니라 가수 데뷔 10년 만의 '바람'이었습니다.

'만남'이란 노래는 최대석 작곡, 박신 작사로, 노사연이 많은 사람과의 만남을 통해 가수가 됐다는 것을 잘 아는 작곡가와 작사가의 합작으로 태어났다고 합니다. 마치 '만남' 가사처럼 말입니다. 언제 어디서 불러도 낯설지 않고 우리에게 따뜻한 감흥을 주고 마음을 숙연하게 합니다. 졸업식장이나 결혼식장은 물론이고, 정년퇴직 기념 행사장에서도 불리고 있는 '만남'이란 대중가요가 우리의 국민 정서에 안성맞춤이라는 것을 노랫말을 보면 직감할 수 있었습니다.

이러한 만남은 그냥 저절로 이루어지는 것이 아니고, 필연이건 우연이건 간에 반드시 인연(因緣)이 존재합니다. 여기서 인(因)이란 하나의 씨앗으로 비유할 수 있으며, 연(緣)이란 환경을 의미할 수 있지요. 씨앗이 좋은 옥토에 기온, 습도, 햇빛 등의 환경적 요인이 맞아야 싹이 트고 잘 자라서 많은 결실을 보게 되는 것입니다. 이것이 온전한 인연이라고 할 수 있습니다.

필연적으로 인연이 되는 것은 우연적 인연이라는 1차적 과정을 거쳐 돌이킬 수 없는 만남으로 이어집니다. 우리 인간의 행복과 불행은 어쩌면 만남을 통해서 결정됩니다. 자식은 부모를 잘 만나야 하고 부모는 자식을 잘 만나야 합니다. 여자는 좋은 남편을 만나야 행복하고 남자는 좋은 아내를 만나야 행복합니다. 학생은 훌륭한 스승을 만나야 실력이 생기고 스승은 뛰어난 제자를 만나야 가르치는 보람을 느끼게 됩니다. 씨앗은 땅을 잘 만나야 하고 땅은 씨앗을 잘 만나야 합니다.

과거에는 "10년이면 강산이 변한다."라고 했던 말이, 요즈음에는 "3년이면 강산이 변한다."라고 해도 부족할 것 같은 초스피드 시대를 살아가고 있습니다. 이 시대에 맞게 한 번쯤 여유롭고 넉넉한 마음으로 우리 '만남'의 의미를 되새겨 보고, 그 소중함을 느껴 보는 것이 어떨까 합니다. 만남을 통해 그 인생이 변화되고, 만남을 통해 우리는 서로를 발견하게 됩니다. 오늘도 어느 누군가와의 만남은 이루어집니다.

만남은 서로에게 많은 의미를 부여하는데, 좋은 만남을 원한다면 나 자신이 먼저 좋은 사람이 되어야 합니다. 좋은 사람이란 상대방의 입장에서 바라보고, 생각하고, 이해하고, 배려하는 마음과 말씨와 행동입니다. 그리고 상대방을 위한 희생과 손해도 감수하는 너그러움을 의미합니다. 우리 모두가 자신을 좋은 사람으로 만들어 좋은 인연의 만남을 얻을 수 있었으면 좋겠습니다.

알고 먹으면 더 맛있다

예로부터 우리나라 음식에는 참으로 특이하거나 재미있는 이름이 많습니다. '주물럭'이라는 음식은 돼지고기나 오리고기 등에 사용하는데, 식당 메뉴판에서 쉽게 볼 수 있습니다. 이 주물럭은 양념한 고기를 잘 주물러서 숙성시킨 후 굽거나 볶은 음식으로, 손으로 '주무르다' 또는 '주물럭거리다'에서 온 말입니다. 우리나라 사람 가운데 이 주물럭을 모르는 사람은 없을 것입니다. 이는 마포에 있는 어느 식당의 여주인이 칼을 잃어버린 나머지 급한 김에 손으로 고기를 뜯어서 주물럭거렸다고 해서 이런 이름이 생겼다는 일화가 전해집니다.

'김밥'은 밥을 김에 싸면서 그 속에 여러 가지 양념한 반찬을 넣어 말아서 만드는 것입니다. 김밥은 들어가는 재료와 형태에 따라 참치김밥, 깻잎김밥, 누드김밥 등 정말 다양합니다. 특이하게 지역색이 있는 '충무김밥'은 김밥 속에 재료가 들어가지 않고 양념한 반찬은 따로 담아줍니다. 이는 충무항에서 출어(出漁)하는 선원들에게 김밥을 만들어 주던 할머니가 어느 날 급한 나머지 김밥 속 재료인 반찬을 넣지 못하고 일부 양념과 김치를 따로 담아준 데서 '충무김밥'이 태어났다고 합니다.

'칼국수'는 과거 어느 정권 시절 청와대에서는 많이 즐겨 먹었다고 합니다. 언젠가 청와대를 방문한 젊은이들이 "왜 칼국수를 즐겨 먹느냐?"라는 질문을 했는데, 당시 대통령은 그것이 "서민적인 음식이기 때문이다."라고 답했다고 합니다. 서민적인 음식이 비단 칼국수만은 아닐 텐데 "왜 하필이면 칼국수인가?" 하는 질문에는 깊은 복선이 깔려 있다고 합니다. 당시 하나회 척결 등 개혁이라는 명분 아래 사정의 칼날이 매서울 때라 이를 의식한 질문으로 보입니다. 사정의 칼이든 칼로 만든 국수든, 칼국수는 어쨌든 좋은 이름은 아닌 것 같습니다.

'아구'는 낙원상가 옆 골목 음식점에 많은데, '아구탕' 또는 '아구찜'이란 음식도 독특한 이름입니다. 아구가 아니라 '아귀'가 맞는 말이며, 못생긴 이 생선을 어부들이 잡으면 재수가 없다 하여 다시 바다에 버릴 때 '텀벙' 소리가 난다 해서 '물텀벙'이라고도 했습니다. 그런데 아귀가 유독 입이 크다 보니 아구로 변하였고, 입(口)을 속되게 말할 때 아가리 또는 아구통이라 하기도 했습니다. 이 아귀 역시 지독히 못생긴 형상에다 아구탕이라는 좀 특이한 이름으로 더 유명해졌습니다.

'족발'도 마찬가지로 족(足)이라 하면 발인데 잘못된 한자어입니다. 족이면 족이고 발이면 발이지 족발은 또 무엇일까요? 족발은 손발(수족)에서 유추되었거나 아니면 역전앞, 처갓집과 같이 한자어에 고유어가 중복으로 빈대 붙어 이루어진 말입니다. 이를 굳이 돼지의 발에만 한정시킬 수는 없다고 보며, 소발도 있고, 닭발, 개발도 있을 수 있으니 정확히 말한다면 '돼지발'이나 '돈족'으로 불러야 하지 않을까 생각됩니다.

'닭도리탕'은 닭고기를 토막 치고 여러 가지 양념을 하여 볶은 희한한 이름의 음식입니다. 최근 이름이 잘못되었다는 말이 많아서 요즘은 '닭볶음탕'이라 불립니다. 이런 닭볶음을 왜 닭도리탕이라 부르는지 잘 모르겠지만, '도리다'라는 동사는 둥글게 빙 돌려서 고기를 베어낸다는 뜻일 수도 있습니다. 닭도리의 '도리'가 우리말 도리가 아니라면 일본어의 '도리(새를 뜻함)'를 말하는 것인데, 그러면 닭새탕? 이 것 역시 말도 안 되는 이름입니다. 개고기를 뜻하는 '사철탕, 보신탕'은 개고기(狗肉, 구육)를 고아 끓인 국으로, '개장국'이라 불렀습니다. 이 개장국이 언제부턴가 보신탕 또는 사철탕이라는 포괄적이고 애매한 이름으로 바뀌었습니다. 몸보신하는 고기가 어디 개고기뿐이랴마는 '개–' 라는 접두어가 주는 좋지 못한 인상과 반려동물을 먹는다는 외부의 따가운 질책을 의식해서인지 본래의 이름을 잃어버린 결과입니다.

사람이 먹을 수 있는 식품을 일러 옛말에는 '머구리'라 하였습니다. 현재의 용어로 말하면 '먹을거리'가 되었고, 보통 '먹거리'라 부르고 있습니다. 먹을 수 있는 것과 먹지 못하는 것의 구분은 오랜 식생활을 통해 얻은 지혜와 관습의 결과입니다. 지역에 따라, 생활 습관에 따라 저마다 고유한 식문화 전통을 가졌으며, 먹거리의 이름 하나 붙이는 것도 쉽게 넘길 수는 없으니, 좀 더 정확하고 적절한 이름을, 이왕이면 구미(口味)가 당기는 이름을 찾았으면 합니다.

체련 대회로 소통합시다

직장인 중에는 여건에 따라 다르겠지만 하루에 8시간에서 많게는 10시간 이상까지도 사무실에서 앉아서 근무해야 하는 사람들이 많습니다. 그러면 퇴근 시에는 허리도 찌뿌둥하고 다리도 퉁퉁 붓는 것 같습니다. 그런데 직장인 대부분이 운동은 해야 하는데 시간은 없다고 말합니다. 언론 보도에서 많은 직장인이 운동 부족이라는 기사를 본 적 있을 겁니다. 10명 중 7명은 운동 부족으로 비만이거나 체력이 떨어졌다는 조사 결과를 본 적이 있습니다.

각 기관이나 단체, 각급 학교에서는 봄가을에 연례적으로 체련 대회(體鍊大會)라고 해서 과거 야유회 비슷하게 밖으로 나가 등산이나 족구 등 운동경기를 합니다. 체련 대회의 의미를 '일정한 운동 따위를 통하여 신체를 튼튼하게 단련시키는 일, 또는 그런 목적으로 하는 운동'이라고 설명하고 있습니다. 그 근거로 국민체육진흥법 시행령 제5조 2항에 보면 "체육의 날과 체육 주간이 속하는 달에는 학교에서는 운동회 또는 체육대회와 그 밖의 체육 행사를 하고, 직장에서는 그 실정에 맞는 체육 행사를 할 수 있다."라고 되어 있습니다.

우리 직장은 앉아서 일하는 사람들이 대부분인 만큼 어쩔 수 없는 부분이기도 하지만, 틈틈이 건강을 위해 운동을 해야 합니다. 우리 청사는 20층으로, 계단을 이용하면 정말 좋은 운동이 된다고 권장하고 있으며, 틈새 시간을 활용하여 지하 헬스장 등에서 운동할 수 있다고 홍보하고 있습니다. 그러나 대부분 직원은 과중한 업무와 여러 가지 스트레스 등으로 건강 관리를 소홀히 하고 있습니다.

이번 우리 부서 춘계 체련 대회는 이번 주 화, 수요일로 근무 여건상 2개 조로 나누어 2일 동안 백악산(청와대 뒷산)을 갑니다. 직상이 아닌 야외로 나가서 계절의 아름다움도 느끼며 스트레스도 해소하고, 운동이 부족한 직장인 건강도 챙기려고 합니다. 또한 상사, 부하 직원, 동료 간 소통의 시간을 가짐으로써 향후 업무 효율도 높이려고 합니다.

그런데 최근에 운동을 싫어하는 젊은 직원들의 의견에 따라 영화 보고 식당에서 점심 먹고 해산하는 부서도 있다고 들었는데, 이는 진정한 체련 대회라고 볼 수 없습니다. 체련 대회의 의미는 체육 활동을 통해서 몸과 마음의 스트레스를 풀면서 심신을 단련하는 데 있습니다. 체련 대회의 목적에 맞게 체육 활동을 하면서 업무에 지친 심신을 힐링해야 한다고 생각합니다.

산을 좋아하는 저는 거의 매주 인근 북한산 등을 오를 때마다 매력적인 사실을 하나 깨달았습니다. 숨이 차고 다리도 아프지만 높고 험한 산에 힘들게 올라가면 그만큼 신선한 바람에 땀을 식히며, 좋은 경치와 황홀함을 즐길 수 있습니다. 또한 하산할 때는 보다 편안하게 내려오는 시간이 주어집니다. 그러나 조금 올라가다가 힘들다고 포기하면 정상에서의 황홀함과 그 좋은 경치들을 볼 수 없습니다. 더운 여름날 산행 중 깨닫게 된 너무도 평범한 이 사실이 저에게 더없는 기쁨으로 다가오는 이유는 우리의 인생과도 흡사하다는 생각 때문입니다.

우리도 지금 각자 힘들고 어렵고 고생스럽게 인생의 가파른 언덕길을 올라가고 있습니다. 그러나 언젠가 반드시 힘겹고 어려운 만큼 목표 달성의 성취감과 편안함을 선물한다는 것을 잊지 말아야 합니다.

인생, 삶이라는 것이 '산행의 진리'와 같다는 것을 기억한다면 우리에게 닥친 시련과 힘겨움과 어려움도 참고 극복하면서 한 걸음 한 걸음 나아갈 수 있습니다.

우리 부서의 체력 대회는 관련 근거와 취지에 맞게 등산으로 합니다. 거리상 떨어져 근무하는 현장 직원들과 서로 화합하고 소통하며, 신체와 정신을 단련하므로 근무지에서 받은 여러 가지 스트레스를 다소나마 해소하는 시간이 되었으면 합니다. 아울러 안전하게 공직자로서 상호 품위를 지키는 절제된 체력 대회가 되었으면 합니다.

네 잎 클로버보다 세 잎 클로버

학창시절에 풀밭 한구석 토끼풀(Clover, 클로버)이 모여있는 곳에서 한 번쯤은 행운을 찾겠다고 네 잎 클로버를 찾아본 경험이 있을 겁니다. 네 잎 클로버를 찾게 되면 괜히 마음이 뿌듯하여 잘라서 책갈피 여기저기 보관하고 자랑하곤 했습니다. 토끼풀을 Clover(클로버)라고 하는데, 우리나라에서는 토끼가 잘 먹는 풀이라 하고, 또한 잎 모양이 토끼 발자국을 닮았다 하여 붙여진 이름이라고 합니다. 꽃이 하얀색이면 White Clover, 붉은색이면 Red Clover라고 하고, 꽃말은 행운, 행복이라고 합니다.

아일랜드(Ireland)에서는 세 잎 토끼풀을 기독교의 상징으로 여기며 성부 · 성자 · 성신 삼위일체의 의미로 마귀를 쫓아내고 사람을 지켜준다고 믿습니다. 또한 3개의 작은 잎은 애정, 무용, 기지를 나타낸다고 하여 아일랜드는 토끼풀을 국화(國花)로 지정하고 있습니다. 우리나라에서는 네 잎 토끼풀을 과거 1947년 미 군정 시 우리나라 청소년 계몽운동의 4H, 즉 Head(지식), Heart(덕성), Hand(근로), Health(건강)를 나타내는 지덕노체(知德勞體) 운동의 상징으로 여기기도 하였습니다.

클로버는 유럽이 원산지이며, 구한말에 목초의 목적으로 유럽에서 들어온 귀화 식물로 야생화가 되었습니다. 달팽이나 메뚜기 등 벌레들이 먹지 않아서 번식력이 대단하고, 잔디밭에 가면 흔하게 볼 수 있는 잡초입니다. 잔디밭용 제초제를 뿌리면 말라 죽는가 싶다가도 잔뿌리에 약간의 수분만 남아 있어도 되살아나는 생명력이 강한 잡초이기도 합니다.

잎은 대부분 3장이 붙어서 한 개의 잎을 이루며 간혹 잎이 4~5개까지 나타나기도 하는데, 네 잎은 행운을 가져온다는 속설이 있어 인기가 높습니다. 네 잎은 사실 돌연변이로 토양이나 주변 환경에 의해 나타나는 현상인데, 드물게 나타나므로 행운의 상징으로 여기는 것 같습니다. 따라서 네 잎 클로버는 꽃말이 '행운'이고, 세 잎 클로버는 '행복'입니다. 그런데 우리 인간들은 네 잎을 찾느라고 세 잎은 밟고 다니며 버립니다.

어쩌면 수많은 행복 속에 살고 있으면서도 우리는 행운만 찾으려고 하나 봅니다. 가까이 있는 많은 행복을 외면하면서 어려운 행운을 잡으려고 괜한 시간 낭비할 필요는 없을 것 같습니다.

그런데 왜 네 잎 클로버의 잎이 행운일까요? 우리나라 사람은 숫자 4를 싫어하고, 4는 死(죽을 사)도 있는데 왜 그럴까요?

네 잎 클로버가 행운의 의미를 지니게 된 속설은 전쟁 시 나폴레옹의 일화에서 유래되었다고 합니다. 나폴레옹이 전쟁터에서 말을 타고 지나가다가 흔히 볼 수 있는 세 잎 클로버가 아닌, 평소에 보지도 못한 잎이 4개인 네 잎 클로버를 발견했습니다. 나폴레옹은 몸을 숙여서 그 작고 특이한 풀을 꺾었는데 그때 마침 적군이 쏜 총알이 나폴레옹의 엎드린 등 위를 스치고 지나갔다고 합니다. 그 네 잎 클로버 덕분에 나폴레옹은 목숨을 건질 수 있었고 그때부터 행운의 의미를 지니게 되었다고 합니다.

우리 주변에 평범한 행복이 눈에 많이 보이는데, 행복 속에 살면서 행운을 찾고 있는 것입니다. 그래서 행복이 많은 이유는 중요하게 생각하지 않고, 눈에 잘 띄지 않는 네 잎 클로버가 상징하는 행운을 중요하다고 생각합니다. 행복인 세 잎 클로버가 많고, 행운인 네 잎 클로버가 귀하다는 희소성 때문에 행운을 찾는 것이 아닐까 합니다. 만약 수많은 네 잎 클로버 속에 단 1개의 세 잎 클로버가 있다면, 행운을 찾기보다 행복을 찾는 사람이 더 많을 것입니다.

행운보다 행복을 찾는 사람이 더 멋진 사람입니다. 진정한 행복을 알면 행운도 같이 오게 됩니다. 운(運)이란 '사람의 힘을 초월한 천운과 기수'라고 하는데 천운을 바라는 것보다, 일상생활에서 누리게 되는 평범한 행복의 복(福)을 중요시하는 우리가 되었으면 합니다. 2018년 대한민국의 행복 트렌드 소확행(小確幸)은 '소소하지만 확실한 행복'을 가리키는 말입니다. 소확행을 추구하는 사람들은 좌절에 빠지기보다 실리를 추구합니다. 큰 행복보다 소소하지만 확실한 행복을 추구하는 우리 직원들이 되면 좋겠습니다.

힘내라 힘

샌드위치 연휴가 많은 5월 초인데, 마음에 여유가 없고 힘이 쭉 빠지는 난제가 계속 닥쳐오고 있습니다. 주요 보고 사항이 미흡하여 휴일인 석가탄신일도 출근하여 보고서 준비하느라 직원들과 난상토의 하며 대기하고 있었습니다. 설상가상으로 "○○을 중지시켜 버리겠다."라고 협박성 민원 전화를 받는 등, 힘이 쭉 빠지는 힘든 날이 계속되고 있습니다.

우리 몸에 힘이 있듯이 마음에도 힘이 있어야 합니다. 몸은 좋고 맛있는 음식으로 힘을 얻지만, 마음은 좋은 생각과 격려, 응원 등으로 큰 힘을 얻게 됩니다. 사랑, 희망, 기쁨, 감사, 열정, 용기, 지혜, 정직, 용서 등은 마음을 풍성하고 정신을 건강하게 하여 큰 힘이 됩니다. 그러나 미움, 거짓, 불평, 의심, 염려, 갈등, 후회 등은 마음을 약하게 하고 정신을 아주 황폐하게 만듭니다.

우리는 힘든 세상을 살면서 주변인과 수많은 마음을 주고받습니다. 사랑의 마음, 배려의 마음, 용서의 마음, 때로는 미움의 마음, 과욕의 마음, 거짓의 마음 등은 어쩌면 내가 먼저 그에게 보낸 마음들입니다. 그 마음은 여러 사람의 인생 속에 이리저리 흐르고 뒹굴고 섞이다가 결국은 마음의 주인에게 되돌아옵니다. 벽에 공을 튀겨서 라켓으로 치는 스쿼시 운동처럼 공을 벽에 세게 치면 다시 되돌아 내가 세게 맞습니다. 좋은 마음은 좋은 마음대로, 나쁜 마음은 나쁜 마음대로 되돌려 받는 것이 세상의 이치입니다.

2009년 M 방송사에서 방영한 실험 다큐 '말의 힘'에서 밥 두 그릇으로 실험을 했습니다. 긍정적인 말을 꾸준히 들려준 밥은 잘 발효된 누룩 냄새를 풍기고 있었으나, 부정적인 말을 들려준 밥에는 곰팡이가 슬고 검게 썩어 악취가 났습니다. 실험에서 같은 상황인데도 불구하고 긍정적인 단어의 영향을 받은 물질은 좋게 바뀌었고, 부정적인 단어의 영향을 받은 물질은 나쁘게 바뀌었습니다. 이러한 실험 결과가 나오는 이유는 말과 생각에는 특정 에너지가 있어서 어떻게 말하고 생각하느냐에 따라 만물에 다른 영향을 미치기 때문이라고 합니다.

어쩌면 힘든 미로 같은 우리 인생길을 가는 데에 긍정의 힘이 있어야 합니다. 어떤 노래 가사처럼 언제 어디서 무엇으로 다시 만나게 될지는 아무도 모릅니다. 만약에 우리가 고운 마음을 건네준 사람을 만나면 그 사람은 우리를 어떻게 생각하고 어떻게 우리를 맞이할까요? 사필귀정이란 말이 있듯이 세상은 거짓이 없는 곳, 주는 마음이 되돌아오는 세상입니다.

'천하막무료(天下莫無料), 무한불성(無汗不成)'이라는 말이 있습니다. '천하에 무료(공짜)가 없고, 땀이 없으면 이루지 못한다.'라는 뜻입니다. 이처럼 어떠한 일을 이루려면 거기에 상응하는 대가를 지불해야 하고 천신만고의 노력과 힘을 기울여야 어떠한 성과를 거둘 수 있는 게 세상사 만고불변의 진리입니다. 이 세상에 공짜는 없으며 되돌아 생각하면 아무것도 없는 것입니다.

많이 베풀면 베푼 대로 나에게 돌아오고, 인색하면 인색한 대로 다시 나에게 돌아옵니다. 우리의 인생살이는 마음먹기 따라 행복과 불행이 나눠집니다. 따뜻한 마음으로 작은 손 얇은 주머니 속을 넉넉하게 채울 수 있습니다. 그런 푸근하고 넉넉한 마음을 가득 채워 준다고 하여 누가 우리에게 나무랄 사람은 어디에도 없습니다.

독도를 자기네 땅이라고 우기는 저들에게 독도는 우리 땅이라고 노래 불러 알려진 국민가수 정광태 씨가 있습니다. 그는 여러 가지 재미있는 노래를 많이 불렀는데 그중에 '힘내라 힘'이란 노래가 있지요. 젖먹던 힘까지 힘내서 싸워 이기자는 가사로 인해 이 노래는 초등학교 운동회 때 힘이 없어지거나 지고 있을 때 부르는 단골 곡이 되었습니다.

각자 마음에 여유가 없고 힘들더라도 서로에게 파이팅하면서, 어려운 우리 부서지만 스스로 마음의 큰 힘을 키웠으면 합니다. 이번 주도 선비수련원 기술 봉사에 파이팅하면서 힘냅시다.

3장

나무의 성실함이 열매를 만든다

어원 이야기

감쪽같다?

가끔 주변에서 "종이로 만든 꽃이 감쪽같아서 진짜와 구별하기가 어렵다.", "가발이 감쪽같다.", "상처가 감쪽같이 아물었다.", "숨겨 둔 비상금이 감쪽같이 없어졌다.", "나를 감쪽같이 속였다.", "이 옷은 더 이상 못 입을 줄 알았는데 이렇게 수선해 놓고 보니 감쪽같네." 등등 '감쪽같다'는 말을 종종 듣기도 하고 쓰기도 합니다. 그렇다면 '감쪽'은 도대체 무엇일까요?

그 유래는 '맛있는 곶감의 쪽을 먹는 것과 같이 날쌔게 한다.'라는 데서 나온 말입니다. 곶감의 쪽은 달고 맛이 있어서 누가 와서 빼앗아 먹거나 나누어 달라고 할까 봐 빨리 먹을 뿐만 아니라 말끔히 흔적도 없이 다 먹어 치운다는 데서 나온 말입니다. 이런 뜻이 현대는 '꾸민 일이나 고친 물건이 재빠르고 솜씨가 좋아 남이 알아차리지 못할 만큼 흔적이 없는 것을 가리키는 것'을 감쪽같다는 말로 쓰게 된 것입니다.

'감쪽'이라는 말이 소설 『임꺽정』의 "정수리에 감쪽을 붙인 꼴이라니, 천생 시골 백정의 딸이야."에서 보듯이 '곶감의 쪽'이라는 의미로 쓰이고 있는 것을 보면, '감쪽같다'를 '맛있는 곶감의 쪽을 재빨리 먹듯이 날쌔다'는 뜻으로 설명할 수 있습니다. 또 한편에서는 감을 자른 뒤에 그 쪽을 다시 맞추어 놓으면 쪼갠 흔적이 나타나지 않을 정도로 아무런 표가 나지 않는 데서 착안하여 '감쪽같다'는 단어가 만들어졌을 수도 있습니다. 그래서 '남이 알아차리지 못할 만큼 아무런 표식이 없다'는 비유적 의미가 생겨난 것으로 설명하기도 합니다.

'감쪽'이라는 단어는 사전에 실려 있지 않은데, 왜 실리지 않았는지 생각해 볼 필요가 있습니다. 감쪽이 사전에 등재되지 않은 것으로 보아 혹시 다른 단어로부터 변형된 것이 아닌가 추정해 볼 수 있습니다. 그 다른 단어로 '감접'을 떠올릴 수 있는데, '감접'이 변하여 '감쪽'으로 변했다고 보는 견해입니다.

유실수인 감, 사과, 배 등은 씨를 받아 심으면 품질이 좋지 않은 돌감, 돌사과, 돌배가 열리는데, 이는 그 씨가 가지고 있는 유전자가 열성이 되어 나타나기 때문입니다. 그래서 원래 품종을 다시 좋은 품종으로 접을 붙입니다.

감씨를 심으면 감나무가 싹이 나고 자라야 하는데, 통상적으로 돌감나무나 고욤나무(고염나무)가 되어 자랍니다. 감접은 우량 품종의 감나무 가지를 다른 나무 그루에 붙이는 접을 뜻하는데, 접을 붙일 때 그 바탕이 되는 나무 그루가 돌감나무나 고욤나무입니다.

시골에서 자란 저도 과거 어릴 적에 접붙이는 것을 해 본 적이 있습니다. 초봄에 3~4년 된 작은 고욤나무 밑둥치를 톱으로 자르고 칼로 반을 갈라서 눈이 달린 좋은 품종의 감나무 가지를 얇게 갈라서 붙입니다. 그런 다음 비닐로 잘 감고 끈으로 칭칭 감아 두면 '고욤나무'와 '감나무'의 수액이 합쳐져 접이 붙어 우량 품종 감나무가 됩니다. 물론 접이 붙지 않아 실패할 때도 많았습니다.

접을 성공적으로 붙인 다음 몇 해 지나면, 고욤나무와 감나무가 밀착되어 접을 붙인 표시가 나지 않는 데서 감접을 붙인 것처럼 흔적이 없는 상태를 '감접같다'라고 표현한 것입니다. 이 '감접같다'가 조선말 큰사전(1947)이나 그 이후의 몇몇 사전에 실려 있는데, 이들 사전에서는 '감접같다'에서 '감쪽같다'가 나왔다는 유래 설명까지 곁들이고 있습니다.

그런데 문제는 '감접같다'가 '감쪽같다'로 변할 수 있느냐 하는 것인데, 이는 음운론적으로 가능하다고 합니다. '감접같다'가 '감쩝같다'로 발음 난 다음 '쩝'의 받침 'ㅂ'이 'ㄱ'으로 교체되어 '감쩍같다'로 변하였을 것이라고 합니다. 결과적으로 '감접같다〉 감쩝같다〉 감쩍같다〉 감쪽같다'와 같은 변화 과정이 있었다는 것을 알 수 있습니다.

우리말 대사전이나 각종 포털사이트 등 여러 자료에서 우리가 자주 쓰는 말 '감쪽같다'를 확인해 본 어원과 해석입니다. 생활에서 자주 쓰는 말을 아무 생각 없이 사용하는데, 그 유래를 알고 쓰면 의미가 더 크지 않을까요?

그 개(犬)판이 아니라고요?

우리는 어떤 상황이 온당치 못하거나 무질서하고 어지러워 엉망이 되고 있을 때, '개판 오 분 전'이란 말을 쓰곤 합니다. 이 말은 엉망으로 된 난장판(亂場板)과 유사한 표현으로 우리가 흔히 쓰는 말입니다. 일부 사람들은 개들이 모여 난장판을 이루는 모양새가 되기 일보 직전이라는 말이라고도 합니다.

실제로 TV 등에서 개를 수십 마리에서 수백 마리 정도 많이 키우는 사람들을 봅니다. 그런데 그 개들은 보호자가 있건 없건 이것저것 물어뜯고, 똥 싸고, 싸움하고, 짖어대며 아주 난장판을 만드는데, 이걸 연상해서 투견장의 모습을 떠올리기도 합니다.

개는 서양 수렵(사냥) 문화에서 중요한 역할을 했는데, 그와는 달리 농경문화인 동양에서는 기여한 공이 별로 없으니 대접받지 못한 존재였습니다. 우리말에서 '개' 자만 붙으면 비하의 뜻인 욕이 되며, 개들이 판치는 것과 같이 무질서한 현상을 '개판(犬板)'이라고 했습니다. 그런데 개판이면 충분하지 왜 '개판 오 분 전'이라고 했을까요? 그리고 '오 분 전'이란 의미는 과연 무엇일까요?

군대 갔다 온 사람이라면 알겠지만, 점호, 검열, 순검, 휴식 등을 할 때, 미리 준비하라는 예고로서 모든 시작은 '10분 전' 또는 '5분 전'을 외치게 됩니다. 이 '5분 전'은 앞으로 닥칠 상황을 실감 나게 표현하기 위해서 구체적인 시간을 명시한 것입니다. 1분, 2분이라고 표현하면 너무 긴급하고 촉박하게 들리고, 10분은 상황을 뒤집을 수도 있을 만큼 긴 시간입니다. 그러나 5분이라는 시간은 촉박하지도 않고 어떤 상황을 완전히 뒤집을 수 있는 길지도 않은 적정한 시간입니다.

실제 '개판 오 분 전'의 사연과 의미를 한번 확인해보면 아픈 역사적 사실에 뜻밖에 놀라게 될 것입니다. 사실 '개판 오 분 전'의 개판은 '개가 난장판을 치는 모양'이 아니라 개판(開板)으로, 즉 '열 개(開)'에

'널빤지 판(板)'의 한자입니다. '나무 널빤지 뚜껑'이라는 뜻인 솥뚜껑을 지칭하며 그 유래는 한국전쟁 시절로 거슬러 올라갑니다.

6 · 25전쟁 당시 많은 한국의 피난민들이 낙동강 아래로 피난하여 대부분 피난민이 부산 경남 일대에 모여 있었습니다. 당시 포로수용소나 부산의 영도다리 인근 피난민이 많이 운집한 곳에서 피난민들을 위해 운영했던 무료 급식소에서는 거대한 솥에 밥을 지어 배급했다고 합니다. 조금이라도 따뜻한 밥을 배급하려고, 밥을 나눠주기 직전에 "개판 5분 전(開板 五分前)이요!"라고 큰소리로 외쳤다고 합니다. 솥뚜껑을 5분 후에 열겠다는 통보이지요. 그때의 피난민들은 피난하면서 무거운 짐을 지고 계속해서 걸었기 때문에 굉장히 힘들고 굶주린 상태였습니다. 이 통보를 들으면 배식받기 위해 바가지를 들고 정신없이 몰려 줄서기 위해 난장판, 즉 아수라장이 되었다고 하는 데서 유래했다고 합니다. 어쩌다 우리나라에서 부정적 이미지의 대표격인 개(犬)와 발음이 같다 보니 그 의미가 변질되어 흔히 쓰이는데, 그 유래는 가슴 아픈 대한민국 역사를 담고 있습니다. 하지만 지금은 이 유래를 잘 아는 사람이 많지 않을 것입니다.

사실 개는 우리나라의 욕설에서는 굉장히 주요한 위치를 차지하는데, 그 때문에 단지 '개'가 들어가는 것은 다 욕설로 생각하고 현재까지 오게 된 것입니다. 개는 욕설뿐만 아니라 참과 거짓에서 거짓으로도 인용되고 있습니다. 참꽃과 개꽃, 참쑥과 개똥쑥, 참말과 개소리, 살구와 개살구, 자식과 개 등 '개'가 들어가면 일단 좋은 이미지가 아닙니다. '개판 오 분 전'이란 말을 할 때, 한국전쟁의 참담함이나 그 아픔까지 떠올릴 필요는 없지만 그 유래가 어디서 나온 것인지는 알고 쓰는 우리가 되었으면 합니다.

거덜 내지 맙시다

얼마 전 고향 친구와 식사하며 술 한잔 하던 중 사업체를 운영하며 돈을 잘 버는 다른 친구 얘기가 나왔습니다. 그의 회사가 부도가 나 살던 집도 날아가고 가족이 뿔뿔이 흩어져 온 집안이 거덜이 나서 참 안 됐더라고 했습니다. 그리고는 저한테 "너는 공공기관에 근무하여 거덜 날 일은 없어 좋겠다."라고 해서 웃고 말았습니다. 이처럼 주변에서 가끔 '노름하다가 거덜 났다', '사업하다가 거덜 났다' 등의 말을 들을 수 있습니다. 분명히 그 의미는 노름이나 사업하다가 망했다는 것인데, '망한 것'과 '거덜'은 어떤 관계가 있을까 생각해 봤습니다.

흔히, 있는 돈 없는 돈 다 쓰고 나면 먹고 죽으려 해도 그럴 돈이 없는 경우를 '거덜이 났다'고 표현합니다. 즉 거덜의 의미는 '물질이나 재화의 소비가 심하여 경제적으로 곤란한 지경에 이르는 경우'를 말합니다.

'거덜'은 조선 시대 가마나 말을 관리하는 관청인 사복시에서 일하는 천민 계급의 하인을 가리킵니다. 옛날에는 통상 '거들어 주는 사람'을 지칭했습니다. 이 거덜들이 주로 하는 일은 평소에는 말을 관리하지만, 궁중의 행차가 있을 때 "쉬~ 물렀거라. 상감마마 납신다." "물렀거라. 대감마님 행차시다."라고 소리치면서 길잡이 노릇을 하며 앞길을 틔우는 것이었습니다. 즉 거덜이란 임금이나 높은 사람을 모시고 앞장서 가며 잡인의 통행을 통제하고, 임금이나 고관 또는 수령이 행차할 때 가늘고 높은 목청으로 길게 소리를 외치던 하인을 말합니다. 기록에 의하면 거덜은 관직 명칭이 견마배(牽馬陪)인 종7품의 잡직이었는데 영조 때만 해도 11명이 있었다고 합니다.조선 시대 거덜의 역사는 오늘날에도 종로 뒷골목 '피맛골'에 그 흔적이 남아 있습니다. 그래서 한양의 주요 통로였던 종로 주변의 백성들은 고통이 이만저만이 아니었다고 합니다. 높은 관리들이 지나갈 때마다 고개를 굽히며 예를 갖춰야 했기 때문입니다. 예를 갖추지 않았다가는 현장에서 바로 거덜의 발길질에 당하기 십상인데, 그래서 생겨난 것이 '피맛길'입니다.

이른바 힘없는 백성들, 즉 아랫것들은 아예 구불구불하고 좁은 뒷골목으로 다니는 것이 차라리 마음 편했던 것입니다. '피맛길'은 높은 사람의 말(馬)을 피(避)한다는 데서 온 말인데, 사실은 고관 또는 수령 행차 시에 말 옆에 따르거나 앞장서서 거들먹거리는 거덜을 피하는 것이었습니다.거덜들은 비록 낮은 신분이지만 지체 높은 사람들을 직접 모시다 보니, 행차 때만큼은 자신의 외침에 사람들이 길가로 피하거나 고개를 숙이는 모습에서 우쭐하게 되어 가슴을 쭉 내밀고 팔자걸음을 하곤 했습니다. 또한 우월감에 사로잡혀 몸을 몹시 흔들며 우쭐거리며 걸었기 때문에 몸을 흔드는 것을 가리켜 '거덜거린다', '거들먹거린다', '거드름 떤다'고 했습니다. 이때 '거드름'이나 '거들먹'이 바로 '거덜'에서 파생된 말입니다. 현재도 많이 쓰는 '건달'이란 단어가 '거들먹거리다'에서 나왔으며, 하는 일 없이 건들거리며 노는 사내를 자연스레 건달로 부르게 되었습니다.

말 앞에서 "쉬이 물렀거라. 대감마님 행차시다."를 외치는 거덜은, 그 소리를 외치는 데서 멈추지 않고 길거리에서 온갖 악행을 다 저질렀다고 합니다. 이 '거덜'들은 높은 양반을 호위하며 밴 멋에 값싼 술집을 마다하고, 양반이 다니는 고급 술집에서 기생에게 허세 부리다가 얼마 되지 않은 가산을 탕진하기가 일쑤였습니다.

갈수록 삶이 팍팍해지고, 늘어나는 가계 빚에다 치솟기만 하는 물가는 서민들의 삶을 더 힘겹게 합니다. 이러다 서민층의 살림이 완전히 거덜 나는 게 아닌지요? 우리 조직에는 거덜의 의미와 같은 일을 겪은 직원이 없기를 바라며, 각자 가정이나 조직이 거덜 나지 않도록 했으면 합니다.

걸림돌이 디딤돌이 되도록

2002년 월드컵 때 '꿈은 이루어진다'는 카드섹션은 지금까지 온 국민에게 꿈을 심어주는 문구로 많이 인용되고 있습니다. 우리는 누구나 성공의 꿈을 꾸는데 그 꿈은 사람마다 조금 다를 수 있습니다. 높은 지위에 가는 것, 돈을 많이 버는 것, 이름을 세상에 알리는 것, 큰 인기를 얻는 것 등이 아닌가 싶습니다. 성공이란 바로 자신의 가치를 나 스스로 인정할 수 있을 때 비로소 꿈이 이뤄지는 것입니다.

이러한 성공의 꿈을 실현하는 과정에서 크고 작은 많은 시련을 만납니다. 텔레비전에서는 강한 의지와 신념으로 성공하기까지 무엇을 이룩했는가를 생생하게 보여주는 프로그램이 많습니다. 다양한 직업의 사람들이 인생을 개척하고 성공으로 이끄는 체험을 들려주는 내용입니다.

영국의 유명한 사상가로 『프랑스 대혁명사』의 저자 토머스 칼라일(Thomas Carlyle)은 "길을 가다가 돌이 나타나면 약자는 그것을 '걸림돌'이라 하고, 강자는 그것을 '디딤돌'이라고 말한다."라고 했습니다. 실제 땅에 박힌 어떤 돌이 있는데, 그 돌을 못 보고 걸려 넘어지면 그 돌은 걸림돌입니다. 100m 달리기에서 출발할 때처럼 그 돌을 디디고 박차고 나간다면 그 돌은 분명히 디딤돌이 되는 것입니다.

살아가면서 우리는 하루에도 몇 번씩 수많은 삶의 장애물(돌)을 마주칩니다. 그때마다 그 돌을 대하는 마음가짐에 따라 결과는 확연히 달라집니다. 토머스가 얘기한 것처럼 같은 돌이지만 어떤 사람은 '걸림돌'이라 말하고 또 어떤 사람은 '디딤돌'이라고 말합니다. 삶 속에서 오는 모든 장애를 불평과 원망의 눈으로 보는 것과 그것을 발판으로 재기와 도약의 전환점으로 삼는 것과는 분명 큰 차이가 있을 것입니다.

오늘도 회사 업무 수행 중에 위험 장애의 요소와 같은 돌을 곳곳에서 만나게 됩니다. 그런 돌들은 우리 삶 속에 무수히 널려 있습니다. 그러나 중요한 것은 널려 있는 돌이 문제가 아니라 우리 마음의 자세입니다. 나를 힘들게 하고 뒤처지게 하는 것들이라고 생각해 온 모든 걸림돌을, 역으로 발판삼아 디딤돌로 생각할 수 있다면 편안하고 행복할 수 있습니다. 우리의 문제와 사건을 오히려 전화위복의 계기로 만들어야 합니다. 이러한 걸림돌을 필요한 디딤돌로 만드는 사람이야말로 그 누구보다 더 멋있고 현명한 사람입니다.

지식생태학자로 저명한 H대 A 교수는 남다른 리더는 여섯 가지 특징을 갖고 있다고 말합니다. 첫째는 뛰는 가슴으로 조직을 움직이는 열정, 둘째는 걸림돌을 쌓아 디딤돌을 만드는 창의적인 생각, 셋째는 남의 말에 진심으로 귀를 기울이는 경청, 넷째는 먹구름 속의 태양을 보는 관점, 다섯째는 칭찬과 질책의 참뜻을 나타내는 표현, 여섯째는 남다른 시도로 남다른 결과를 얻는 실천력이라고 했습니다. 그 두 번째가 '걸림돌을 쌓아 디딤돌을 만드는 창의적인 생각'이라 했습니다.

신은 인간이 성공으로 가는 길에 수많은 장애물과 걸림돌을 많이 설치해 놓았습니다. 시련을 극복하고 역경을 헤쳐나갈 수 있는지 시험해보기 위해서라고 합니다. 시련을 경험한 사람일수록 시험에 들지 않고 난이도가 높은 시험을 잘 견뎌냅니다. 어렵고 다양한 시련을 경험한 사람일수록 현실에 안주하지 않고 새로운 도전과 색다른 시도를 한다고 합니다.

걸림돌에 걸려보고 넘어져 봐야 걸림돌을 디딤돌로 바꾸는 체험적 노하우를 터득하게 됩니다. 즉 걸림돌에 걸려 넘어져 보지 않은 사람은 알 수 없는 수많은 삶의 지혜를 얻는 것이지요. 걸림돌과 디딤돌은 같은 돌입니다. 걸림돌을 디딤돌로 바꿔 다시 일어선 사람은 자신만의 체험적 경험으로 스토리를 갖게 됩니다. 이러한 경험과 자신의 이야기가 많은 사람이 자기 삶을 잘 살아가는 사람입니다. 자기 경험적 이야기가 없는 사람은 언제나 남의 이야기를 듣지만, 인생의 대부분을 낭비합니다.

금년도 1분기가 끝나는 마지막 주입니다. 1분기에 계획한 업무 중 마무리 안 되는 것이 없는지 확인하고, 걸림돌을 디딤돌로 바꾸면서 자신의 이야기를 많이 축적하는 우리 직원이 되었으면 합니다.

삶의 가장 멋진 이유 '그냥'

2017년 5월 9일은 제19대 대통령 선거일인데, 이를 포함하여 5월은 샌드위치 공휴일이나 기념일이 유독 많습니다. 근로자의 날(5.1), 석가탄신일(5.3), 어린이날(5.5), 어버이날(5.8), 대통령선거일(5.9), 스승의 날(5.15), 성년의 날(5.15), 부부의 날(5.21) 등등이 모두 이달에 집중되어 있습니다.

5월을 '가정의 달'이라고 부르는 의미는 일 년 열두 달 중 가정사에 관련된 기념일이 많아서 그렇습니다. 올해 5월은 31일 중에서 12일이

휴일이고, 19일만 정상 근무네요. 물론 우리 부서는 특성상 누군가는 휴일에도 근무하게 되는데, 근무하는 직원은 책임과 의무감으로 확실히 일했으면 합니다.

5월 어느 날 불쑥 친구가 사무실에 찾아왔기에 물었습니다.

"야, 정말 오랜만이구나! 어떻게 왔어?"

그 친구가 "그냥 오다가 보니 왔어."라고 대답했습니다. 어떻게 그 의미를 해석해야 할까요? 며칠 전 한 직원의 어머니가 투병 중이길래 "요즘 어머니 좀 어떠셔?"라고 했더니 "네 그냥 그렇습니다!"라고 대답했습니다. 전화도 마찬가집니다. 불쑥 전화한 친구가 "그냥 너 목소리 듣고 싶어 걸었어."라고 말합니다. 이처럼 자주 쓰는 우리말에는 '그냥'이라는 좋은 말이 있습니다.

'그냥'은 '그'와 '양(樣)'이 결합한 말로 보는 것이 일반적입니다. 사전에서는 우선 '그 양(樣)대로'라고 되어있는데, '그 모습대로'의 의미에서 '그냥'이 온 것으로 파악됩니다. 그 의미는 '어떠한 작용을 가하지 않거나 상태의 변화 없이 있는 그대로', '아무 뜻이나 조건 없이', '그대로 줄곧'이라고 하면 될 것 같습니다.

사람이 만든 언어에는 한계가 있습니다. 사람의 복잡다단한 감정을 한두 마디 언어로 표현하는 것은 처음부터 불가능했을지도 모릅니다. 그래서 절묘하게 태어난 말이 '그냥'인데, '그냥'은 일종의 여유입니다. 긴 인생을 살면서 자잘한 이유는 일일이 상대하지 않겠다는 '너털

웃음' 같은 말이라 할 수 있습니다. 이 말은 원인은 있지만 그 원인이 아주 불분명할 때 쓰는 말로서 마치 예술처럼 즉흥적이기도 합니다.

'그냥' 여기에는 아무 목적이 없으며, 무엇을 위해서, 어떤 것을 바라는 정확한 이유도 없습니다. 따라서 그냥이라는 말은 별다른 변화 없이 그 모양 그대로라는 뜻으로 보면 됩니다. 어쩌면 하고 싶은 말을 할 수 없는, 심오하고 깊은 그 사람의 마음이 담겨 있을 수도 있습니다. 마음만으로 사랑했던 사람에게 전화를 걸어 난처할 때 "그냥 했어요."라고 하면 다 포함하는 말이 됩니다.

또한 '그냥'이라는 말은 허물없고 단순하면서 오히려 따스한 정이 흐르는 말입니다. "그냥 왔어.", "그냥 전화해 봤어.", "그냥 거기 가고 싶어.", "그냥 누군가가 만나고 싶어.", "그냥 좋아." 등으로 많이 말합니다. 참으로 뭔가 이유가 있는 것 같지만 아쉬움이 남는 말입니다. 그렇지만 사람을 좋아하는 일에 딱 부러진 이유가 꼭 있어야 할까요? 그냥 좋으면 안 되는 걸까요? 때때로 이 '그냥'이라는 말이 가지는 여유를 우리는 때때로 잊고 삽니다. 사람으로 치면 변명하지 않고 허풍 떨지 않아도 그냥 통하는 사람입니다. 자유나 속박이라는 말과 경계를 지우는 말보다 '그냥 살아요, 그냥 좋아요'처럼, 산에 그냥 오르듯이, 그냥 물 흐르듯이, 그냥이라는 말이 그냥 좋습니다. 내가 하고자 하는 말 앞에 그냥이라는 말 하나만 얹어도 우리 인생은 훨씬 더 넉넉하고 가벼워질 것입니다. 우리 언어에 '그냥'이라는 말이 있어서 얼마나 좋은지 모릅니다.

사람이 사람을 좋아하는 수백 가지 이유 중에서 가장 멋진 이유를 꼽으라면 '그냥'을 꼽겠습니다. 어떠한 논리와 과학이 개입하지 않아서 오히려 더 멋진 이유가 되는 말, '그냥'입니다. 그냥 보고 싶던 친구를 찾아가 보고, 그냥 듣고 싶은 목소리이기에 전화하고, 그냥 계곡이나 바다나 가고 싶으면 가면 됩니다. 그냥은 이유가 없으며 여유롭습니다. 푸르른 5월이 시작된 이번 한 주도 그냥 행복했으면 좋겠습니다.

꼭두각시와 괴뢰

2018년 평창 동계올림픽을 계기로 남북 관계가 급속히 좋아지고 있습니다. 남북 예술단이 오고 가며 공연을 했는데, '봄이 온다'는 주제로 동평양대극장에서 열린 4 · 1 평양 공연은 조용필, 이선희 등 가수 11팀이 참여한 성공적인 문화 교류로 진행되었습니다. 북한 최고 지도자는 서울에서 '가을이 온다' 공연도 하자고 했으며, 또한 4월 27일에는 판문점에서 남북 정상회담까지 했으니 정말 분위기가 고무적입니다.

그간 우리나라는 불바다 발언, 천안함 폭침 등으로 서로 비난하는 긴장 상태가 계속되어 왔습니다. 요즘은 잘 들을 수 없는 말이 되었지만, 지난날 우리는 북한군을 '북한 괴뢰군'이라고 불렀으며, 북한은 우리 한국 정부를 '미제 앞잡이 남조선 괴뢰도당'이라 했습니다. '괴뢰'가 무슨 말인지 잘 모르더라도 좋은 뜻의 말이 아닌 것은 사실입니다. 남북한 사이가 나쁠 때면 서로를 '괴뢰군'이니, '괴뢰 정부'라고 힐난하며 비난하던 시절이 있었습니다.

'괴뢰(傀儡)'의 한자 음과 뜻을 보면 '허수아비 괴(傀)'와 '꼭두각시 뢰(儡)'로 씁니다. 듣기에도 좋지 않고 한자어라 어렵지만, 쉬운 말로 하면 '꼭두각시'라고 합니다. 그래도 부정적인 느낌은 똑같습니다. 속칭 '괴상한 무뢰배' 정도로 생각할 수도 있겠습니다.

알다시피 우리나라 인형극 중에 '꼭두각시놀음'이라는 극이 있습니다. 꼭두각시(인형)에 끈(실)을 달아 손으로 조정하는데, 이때 달아맨 끈이 끊어지면 꼭두각시는 더 이상 움직일 수가 없게 됩니다. 즉 꼭두각시는 남의 조종에 따라 주체성 없이 맹목적으로 움직이는 존재를 말합니다. 남이 조종하는 대로 따라야 하기에 남의 앞잡이가 되어 이용당하는 사람 또는 단체를 이르던 말로 쓰이던 것이, 자주성이 확보되지 않은 국가에도 비꼬아 쓰는 말이 된 것이 '괴뢰 정권'입니다.

꼭두에 대해서는 외국어 유래설, 토착어설 등 다양한 설이 있으나 분명하게 정리하기는 어렵습니다. 다만 꼭두새벽, 꼭두배기, 꼭두머리 등과 같이 '꼭두'는 '제일 이른 시간'에서 '우두머리', '맨 위', '상층부' 등으로까지 범위가 넓어진 듯합니다. '꼭지'와 '꼭짓점' 역시 유사 개념으로 꼭지는 그릇의 뚜껑이나 기구 따위에 붙은 볼록한 부분이나 고추 등 식물의 열매가 달린 윗부분도 꼭지라 했습니다. 도형에 정점을 꼭짓점이라 하고, 옛날 거지 왕초를 꼭지라고도 불렀습니다.

꼭두의 유래를 보니 옛날 중국에 곽독(郭禿)이라는 사람이 있었는데, '독(禿)' 자는 '대머리 독(禿)' 자로, '郭禿(곽독)'은 대머리인 곽(郭)씨 성의 사람이라는 뜻입니다. 이 사람이 재주꾼이어서 꼭두각시놀음을 잘하였기에 꼭두각시놀음을 '곽독'이라 하였습니다. 그 후 곽독은 기괴한 가면이나 탈을 쓴 인형을 말하는 것으로 되었다고 전합니다.

이는 중국 수나라 안지추라는 사람이 쓴『안씨가훈』에 실린 이야기로, 학자들은 '꼭두' 관련 어원으로 중국에서 괴뢰(傀儡/허깨비)를 '郭禿(Kok-Touk)'이라 했는데, 꼭두가 여기서 생겼다고 합니다.『안씨가훈』에 등장하는 괴뢰가 곽독이며 곡도 > 곡독 > 곡둑 > 꼭둑 > 꼭두로 변했다는 것입니다. 여기에 '각시'가 덧붙여지면서 '색시 인형'을 의미하는 '꼭두각시'가 된 것입니다.

아울러 '꼭 집다', '꼭 누르다', '꼭꼭 누르다', '꼭꼭 숨어라'는 표현 역시 맨 윗부분이라는 뜻의 '꼭' 자가 들어갑니다. 물건의 맨 윗부분을 집거나 맨 윗부분을 누르는 동작에서 '꼭'이 비롯된 것으로 추정됩니다. '꼭꼭 숨어라' 역시 신체의 맨 윗부분인 머리를 낮추고 숨으라는 뜻입니다. 살아가면서 남이 조종하는 대로 자주성 없이 움직이는 꼭두각시가 되지 말고 본인의 주관대로 살아야 합니다. 어떠한 것에 대해 핵심은 꼭 집고, 산에 가서는 꼭대기에 올라가고, 꼭두새벽부터 부지런히 움직이면서 건강을 꼭 챙기는 것이 정말 중요합니다.

대박은 없다

주변에서 가끔 복권에 당첨되었거나 어떠한 일이 잘되고 많은 이득이 있었을 때 "그 친구 대박 났네."라고 말하는 것을 들은 적이 있을 것입니다. TV 드라마 등에서 배우들도 대박이란 대사를 많이 쓰고 있습니다. 대박은 한자로 '큰 대(大)', '큰 배 박(舶)'으로, '큰 배'는 즉 대형 선박을 말합니다. 어떤 일이 크게 이루어짐을 비유적으로 이르는 말로 큰 행운이나 성공을 말합니다. 그 외에 '박'이 쓰이는 말로 왕박, 광박, 쪽박 등이 있습니다.

과거 항구에 밀항선이나 화물선과 같은 큰 배가 들어오면 온갖 진귀한 물건들을 보고 살 수 있었고, 또 그 물건을 팔아 돈도 벌 수 있었습니다. 그래서 밀항선이나 화물선과 같은 '큰 배'는 돈을 버는 원천이 될 수 있었습니다. 그래서 '큰 배'를 뜻하는 '대박'에 '큰 이득'이라는 비유적 의미가 생겨났습니다. 이와 같은 의미를 바탕으로 '흥행 성공', '횡재' 등과 같은 비유적 의미인 '대박' 설이 근거가 있다고 볼 수 있습니다.

또 다른 의미는 '대박(大舶)'처럼 전부 한자어가 아닌 '大 + 박'의 뜻으로, '대(大)'와 '박'이라는 순우리말이 합쳐진 단어라는 것입니다. '大'는 크다는 뜻이며, '박'은 흥부놀부전에 나오는 '박(한해살이 덩굴풀)'을 의미하여 '바가지'의 준말입니다. 박이든 바가지든 의미가 달라지진 않겠지만, '커다란 박이 열렸다. 또는 커다란 바가지를 가지게 되었다'는 말과 의미가 같습니다.

옛날 먹고살기 어려운 시절에는 바가지 하나도 소중한데, 큰 박이 열려 생활에 큰 이득을 얻었기에 '대박이다' 또는 '대박이 났다'고 할 수밖에 없었습니다. 대박의 반대말은 망했다는 의미로 가끔 '쪽박을 찼다'라고 하는데, '쪽박'은 '작은 바가지'입니다. 살아가면서 갑자기 큰 이득이나 손해를 본다는 의미로 보면 모두 운수와 관계가 있습니다. 어쩌면 대박과 쪽박도 운의 개념으로 봐야 할 것 같습니다.

우리는 "인생에 대박은 없다."라고 말합니다. 매일 반복되는 일상이 대박을 만드는 원천은 무엇일까요? 사람들이 로또 복권을 사고, 부동산에 투기하고, 주식을 사고, 카지노를 출입하는 것 등은 대박을 꿈꾸고 일확천금을 노리는 행위입니다. 이런 행위에 대해 누구를 탓하고 손가락질하며 꼭 나쁘게 말할 수는 없습니다. 그런데 땀 흘리지 않고 얻어진 대박은 쉽게 사라지는 법입니다.

자신이 기울인 피와 눈물의 노력을 뛰어넘는 예상치 못한 어마어마한 횡재를 얻는 것은 사상누각이며, 쉽게 사라질 단순한 요행이라고 합니다. 옛말에 '물방울이 바위를 뚫는다'는 '수적천석(水適穿石)'이라는 말이 있습니다. '한 방울의 물방울이라도 끊임없이 떨어지면 결국에는 바위에 구멍을 뚫을 수 있다'는 것이지요. 비슷한 의미로 '마부위침(磨斧爲針)'이란 말도 있는데, '도끼를 갈아 바늘을 만든다'는 뜻입니다. 도끼를 끊임없이 갈고 또 갈면 바늘이 된다는 것입니다.

고사성어인 '수적천석'과 '마부위침'의 의미는 '적은 노력이라도 끈기 있게 계속하면 큰일을 이룰 수 있다.'라는 말로, 작은 것이라도 쌓이고 쌓이면 큰 것이 될 수 있음을 뜻합니다. 한땀 한땀 정성을 더하다 보면, 언젠가는 성과가 있다는 가르침의 의미를 담고 있습니다.

매일 반복되는 여러 가지 일상에서 또 반복되는 사소하고 자잘한 일상을 결코 무시해서는 안 됩니다. 대박을 만드는 원천이기 때문이지요. 무심코 지나칠 수 있는 자잘한 일상이 모이면 소박(小舶)이 되고, 소박이 쌓이고 쌓이면 중박(中舶)이 되고, 소박과 중박이 합해져 대박(大舶)이 된다는 것입니다. 우리가 매 순간순간 최선을 다하고 진지한 태도로 열과 성을 다해 세상을 살아야 하는 이유가 여기에 있습니다.

만사 때가 있는 법

올 2018년 여름은 111년 만의 폭염이라고 합니다. 유난히 무더운 푹푹 찌는 열기에 숨이 막혔는데, 보도에 따르면 온열 질환 사망자가 35명이나 발생했다고 합니다. 가을이 온 지금도 한낮은 열기로 후끈거리지만, 태풍이 지나가고 하늘이 파랗게 열리고 아침저녁 살갗에 닿는 바람이 이제는 약간 서늘한 느낌을 줍니다. 밤에 선풍기를 틀지 않아도 잠들 수 있다니 많은 계절의 변화가 있었다는 생각이 듭니다.

모든 것은 때가 있다고 합니다. 아무리 찬물을 끼얹고 에어컨을 틀어도 불덩어리를 안고 있는 듯한 여름의 본질을 어찌할 순 없지만, 더위가 간다는 처서가 지나고 때가 되니 저절로 열기가 식어가고 있습니다. 이 또한 지나가고 있습니다. 우리는 자녀들한테 가끔 "넌 왜 그렇게 철이 없냐?"라고 할 때가 있는데, 이 말은 핀잔을 주거나 나무랄 때 쓰는 말입니다. '철'이란 1년을 봄, 여름, 가을, 겨울의 4계절로 구분했을 때 한 시기의 계절을 말하는 순우리말입니다. 다시 말하면 '때'입니다. 또한 철이란 '사리를 분별할 줄 아는 힘'을 말하는데, 이 '철과 때' 두 가지는 서로 다른 것 같지만 일맥상통하는 점도 있습니다. 이런 점에서 '철이 없다'는 것은 '때가 없다'는 것과 같습니다.

'철없는 아이'란 때(時)를 잘 모르는 아이인데, 아이가 때를 모른다고 야단치며 속상해할 일은 아닙니다. 우리 어른들은 이미 살아오면서 경험으로 많은 것을 겪었기 때문에 '때'를 압니다. 그러나 아이는 아직 겪어보지 못한 탓에 때를 모르는 것이 당연하며 그래서 철없는 행동을 할 수밖에 없습니다. 우리가 아이한테 해줄 수 있고, 또 해줘야 하는 것은 바로 '때'를 일깨워 주는 일입니다. 밥 먹을 때를 모르는 아이에게는 밥 먹을 때를 알려 주고, 잠잘 때를 모르는 아이에겐 잠잘 때를 알려 줘야 합니다.

가끔 좋은 음식을 다음에 먹겠다고 냉동실에 넣어두는 경우가 있습니다. 어차피 냉동식품이 되면 신선함도 사라지고 맛도 변하니 아끼지 말고 맛있는 것부터 먹어야 합니다. 또한 비싸고 좋은 옷이라며 아껴두고 나중에 입겠다고 장롱에 잘 두거나 애지중지하는 경우가 많습니다. 그러다가 유행도 지나고 취향도 바뀌고 몇 번 입지도 못하고 버리게 됩니다. 좋은 음식, 비싸고 좋은 옷, 귀한 것은 그것부터 제일 먼저 먹고 입고 써야 합니다. 생일, 기념일 등 특별한 날을 기다리기도 하지만, 그런 날은 고작 1년에 몇 번뿐이므로 하루하루를 특별한 날로 만들어야 합니다. 세상 모든 것은 내 맘에 달렸으므로 오늘이 가장 소중한 날이라는 개념을 가져야 합니다. 그때가 되면 어떻게 하겠다는 생각을 빨리 버려야 합니다. 또한 시름시름 아프면 본인만 서러우며 계획만 짜다가 시간만 다 흘러갑니다. 실행할 수 있으면 맘먹었을 때 바로 행동으로 옮겨야 합니다.

과거 많은 현자의 공부는 모두 다 '때(時)'에 관한 내용이었습니다. '때가 되었다', '때를 기다려라' 등등 때가 언제 오는지 미리 아는 것, 그때를 준비하는 것, 그때가 올 때까지 기다리는 것, 마침 때가 되었음을 아는 것 등입니다. 세상에 태어나고 사라졌던 수많은 영웅과 몸을 웅크린 채 살아오던 와호장룡(臥虎藏龍)이 세상에 나가 큰 꿈을 펼 '때'를 알고자 몸부림쳤습니다.

사람들은 언제나 기회가 있고 기다려 줄 것으로 생각하지만 모든 것은 '때'가 있습니다. 그때를 놓치지 말아야 합니다. 그래서 그때를 너무 미래에 멀리 두고 보다가 모든 기회를 잃을 수가 있습니다. 현실을 중요시하며 오늘을 그때로, 생애 소중한 날로 생각하고, 아끼고 아까워하지 말고 하고픈 것을 해보는 좋은 하루하루가 되어야 합니다.

말빨 세우는 법

얼마 전 회식 중에 P 팀장에게서 “어떻게 하면 본부장님처럼 말빨이 셀 수 있습니까?”라는 얘기를 듣고 갑자기 ‘말빨’이 궁금해졌습니다. 표준어인 ‘말발’을 강하게 된소리로 표현하다 보니 ‘말빨’로 많이 쓰인다고 하는데, 그 뜻은 ‘듣는 이로 하여금 그 말을 따르게 할 수 있는 말의 힘’입니다. 여기서 말 뒤에 붙은 ‘빨’은 기세 또는 힘의 뜻을 더하는 접미사로서 ‘말의 기세나 힘’을 의미합니다. 끗발, 물발, 안주발, 술발, 오줌발, 화장발, 약발, 글발 등이 그런 의미로 쓰인 것입니다.

우리말에 접미사로 쓰이는 ‘빨’은 없으며, 그래서 명사 뒤에 ‘빨’이 붙는 경우도 없습니다. ‘빨’로 끝나는 단어도 ‘이빨’, ‘빨빨’ 정도뿐이며 이들을 제외하곤 ‘빨’로 소리 나는 것은 모두 ‘발’로 적어야 맞습니다. 분명 잘못은 상대방이 했는데 얘기를 하다 보면 점점 자신이 잘못한 것 같은 기분이 들 때가 있지요. 언변이 화려한 사람을 만나 정말 말로는 이길 수 없을 때입니다. 이럴 때 흔히 ‘말빨이 쎄다’, ‘설래발(舌來發)이 쎄다’라고 이야기합니다.

그러나 이 ‘쎄다’라는 표현은 틀린 것입니다. 기세나 힘 등이 강할 때 ‘쎄다’라고 말하는 사람이 많으나 이 역시 잘못된 표현으로 ‘세다’가 바른말입니다. ‘사랑해’를 ‘싸랑해’라고 표현하는 것처럼 점점 된소리를 쓰는 경향이 강해지고 있습니다. 된소리를 써야 말하고자 하는 의미뿐 아니라 감정까지 전달할 수 있다고 생각하기 때문입니다. 그러니까 앞에서 말한 바와 같이 '말빨'과 '쎄다'에서 '빨'과 '쎄다'는 둘 다 같은 의미인 '기세나 힘'을 말합니다.

흔히 일상에서 우리는 강한 된소리를 써야 확실하게 의미를 전달한다는 의식에 젖어 바른 표기가 무엇인지조차 모르는 경우가 허다합니다. 센 된소리로 발음하더라도 '말발'과 '세다'로 적는다는 것을 알고 사용해야겠습니다.

연예인이나 정치인 등은 우리 사회에서 말빨을 키워야 뜬다고 하지요. 최근 연예인들의 인기도는 소위 '말빨'이 좌우하는데, 유재×, 김×동, 탁×훈 등을 보면 말솜씨 역시 그 사람의 능력이자 상품이라는 것을 실감할 수 있습니다. 연예인의 사생활을 안주로 삼는 예능 프로그램이 늘면서 외모, 몸매, 장기보다 말빨이 먹히는 추세이며 글빨, 약빨, 화장빨 등도 마찬가지입니다.

제 딸아이가 요즘 뷰티 크리에이터로 활동하는데 화장빨을 찍은 영상을 유튜브에 올리고 있습니다. 일부 할리우드 스타의 광채를 발하는 듯한 젊은 이미지는 정교한 화장빨인 것으로 밝혀진 것을 보면 '빨'이 정말 중요하게 작용하는 시대인 것은 분명합니다. 드라마는 작가의 글빨, 연극은 배우의 연기빨, 영화는 감독의 연출빨로 관심을 끌고 있지 않습니까?

'말빨 세우는 법'에 대해서 제 경험을 바탕으로 정리해봤습니다.

우선 기본적으로 다방면에 아는 것이 많아야 말도 술술 나오면서 자연스럽게 얘기할 수 있습니다. 화술, 언변, 말빨은 그 사람이 가지고 있는 지식과 말하는 태도로 결정됩니다. 우선 책과 신문을 많이 읽고 다큐멘터리, 영화, 드라마 등도 많이 보며 여러 가지 배경지식을 쌓아야 합니다.

나는 신문, 책 등의 중요한 내용을 15여 년간 스크랩하고 자주 읽곤 합니다. 이것을 바탕으로 관심사를 논리적으로 재미있고 납득이 가도록 상대방을 제대로 설득시키는 것이 좋은 어필 방법입니다. 다양한 지식을 대상을 다르게 하여 반복적으로 사용하는 것도 중요합니다.

실제로 말빨이 좋고, 화술이 좋고, 언변이 좋은 사람들의 이야기나 강연을 듣고 그 사람의 대화를 눈여겨보는 것도 좋은 방법입니다. 요즘에는 유튜브를 통해서도 언제든지 자유롭게 볼 수 있기에 이러한 점을 하나하나 내 것으로 만들어 활용하는 자세가 정말 중요합니다. 진정 말을 잘하고 싶다면 대화 시 상대에게 경험, 눈높이, 공감 등 약간의 감동적인 것, 그리고 주변에서 웃음을 줄 수 있는 개그와 신선한 소재, 즉 이야깃거리를 찾아 발굴해 응용해 보는 것도 중요합니다.

머리의 다양한 용도

사람이나 동물이나 신체의 가장 중요한 부분은 머리입니다. 머리란 목 윗부분에서 머리털이 있는 부분, 즉 뇌를 감싸고 있는 부분을 말합니다. 심하게 비유하면 손이나 발 등 신체의 다른 부분은 다치거나 손상되어도 생명은 유지할 수 있습니다. 그러나 머리에 손상이 온다면 그야말로 치명적인 결과를 가져옵니다.

머리를 뜻하는 한자는 두 개가 있습니다. '머리 頭(두)'와 '머리 首(수)'인데, 어떤 차이점이 있을까요? 먼저 머리 '頭(두)'는 '머리'와 관련된 단어에 사용하는데, 머리형을 가리키는 두상, 두뇌(머릿속의 골수), 머리뼈를 가리키는 두개골, 머리가 지끈거릴 때 사용하는 두통에서 '頭'를 찾을 수 있습니다.

재미있는 단어로 두각이란 말이 있습니다. '머리 頭(두)'와 '뿔 角(각)'이 합쳐진 단어인데, 짐승의 머리에 난 뿔을 가리키는 말입니다. 사슴 머리에 난 뿔을 보면 숨겨지지 않고 멀리서도 눈에 띄지요? 그래서 숨길 수 없는 학식이나 재능을 표현할 때 이 단어를 사용합니다. "공부만 잘하는 줄 알았더니 운동에서도 두각을 나타내는구나!"라고 할 때 쓰입니다.

다음으로 '머리 首(수)'는 '으뜸'이라는 뜻이 있는데, 사전에서는 '으뜸'이란 '사물의 중요한 정도로 보았을 때 첫째의 우두머리'라고 합니다. 머리가 우리 몸의 제일 위에 있기 때문이지요. 열심히 공부해서 1등을 했을 때 우리는 수석을 차지했다고 합니다. 또한 행정 수반, 수령, 행수, 국방부의 군 수뇌부, 남북회담 수석 대표, 국가의 최고 지도자를 일명 원수라고 하는 것처럼 어떤 무리의 첫째, 즉 우두머리를 나타냅니다. '머리 頭(두)'와 '머리 首(수)'는 이러한 차이점이 있습니다.

또한 '머리'의 의미가 일부 명사 뒤에 붙으면 인정머리, 소갈머리, 주변머리처럼 속된 말이 되게 하는 접미사로 쓰입니다. 버르장머리, 소견머리, 채신머리 등도 있습니다. 이는 거의 부정적인 말로서 대부분 '~없다'와 함께 쓰이는데, 예를 들어 '인정머리가 없다'는 말은 인정이나 소갈(소가지: 마음속의 속된 말) 없는 사람을 말합니다. 주변머리 없는 사람이란 인정, 마음속, 주변이 약간 부족한 정도가 아니라 '머리도 없을 만큼 전무한' 사람이란 뜻입니다. '머리'가 장소를 나타내는 이름 뒤에 붙어서 '입구'의 뜻을 나타내기도 합니다. 예를 들어 윗머리, 아랫머리, 둑머리, 채마머리 등입니다. 또한 '머리'는 일부 명사 뒤에 붙어 '앞 또는 위'의 방향을 나타내기도 합니다. 예를 들어 가마머리, 우두머리, 꼭두머리, 기둥머리, 담머리, 끄트머리 등입니다.

재미있는 것은 '머리'가 과거에는 '마리'였다는 사실입니다. 사람이나 짐승에 똑같이 쓰면 아무래도 상스러우니까 사람의 경우는 모음 하나를 바꾸어 '머리'라는 말을 사용하게 된 것입니다.

가축과 같은 짐승을 셀 때 한 마리, 두 마리 하는데 사람도 그럴 수는 없겠지요. 옛날 로마에는 인두세가 있었고, 요즘 회사에서 돈을 갹출할 때는 '두당 얼마' 하는 식입니다. 낚시터에서 "몇 수나 올리셨습니까?"라고 하거나 새벽 우시장에서 "오늘은 모두 몇 두나 나왔어?"라고 할 때의 '수'나 '두'는 모두 '마리'를 뜻합니다.

그러니까 '머리 두(頭)', '머리 수(首)'가 한 편에선 아직도 '마리 두', '마리 수'로도 쓰이고 있는 것입니다. '두'이건 '수'이건 한자어니까 변하지 않고 지금껏 쓰이고 있을 따름입니다.

우리 선조들은 '머리'라는 용어 하나를 이렇게 여러 가지 다양한 용도와 의미로 생활 속에 그때그때 사용했습니다. 우리 조직에서도 우리 부서가 경영 평가에서 두각을 나타냈으면 좋겠습니다.

나무의 성실함이 열매를 만든다

어릴 때 우리 집 가훈이 '근면, 검소, 성실'이었는데, 어머니는 유독 저에게 성실을 강조하셨습니다. 당시 "성실해야 한다."라는 말의 의미는 대충 알았으나 와 닿지 않은 어려운 말이었습니다. 쉽게 말해서 성실(誠實)이라는 단어는 '정성을 들여 열매를 맺는다.'라는 뜻입니다. 이 열매는 하루아침에 뚝딱 만들 수 있는 게 아닙니다. 좋은 땅에서 추운 겨울부터 하루하루 열심히 햇빛과 비를 맞고 해충을 견딘 나무가 가을에 맺는 것이 열매입니다.

'성실'이란 단어는 우리에게 익숙한 말이면서도 때로는 그 의미가 모호하기도 합니다. 성실은 '마음이 솔직하고 맑아 깨끗하며 거짓이 없는 것'이라고 정의합니다. 이 사회에서 가장 선호되는 단어이며, 가족이나 친구, 그리고 사회 구성원이 가져야 할 중요한 덕목의 하나입니다. 영어로 Integrity는 '진실성, 완전한 상태 또는 온전함'이란 뜻입니다. 그것은 단순한 진실이나 성실의 의미를 넘는, 보다 높은 수준의 뜻으로 이해해야 합니다.

'성실'에는 우리의 철학적 사고가 깊이 담겨 있습니다. '성(誠)'은 言(말씀 언) 변에 成(이룰 성)이 합쳐진 말로 '말을 이루어 낸다'는 언행일치의 의미가 있습니다. 성(誠)은 말을 이루어 마음을 다하는 것이고, 실(實)은 나무의 열매나 일의 결과를 뜻합니다. "저 사람 참 성실하다."라고 할 때 보통 부지런하거나 마음씨가 좋은 사람이란 이미지를 떠올립니다. 그러나 원래 뜻대로라면 언행일치에 일의 성공까지를 포함한 단어라고 할 수 있습니다. 참으로 성실하다는 것은 '자기가 맡은 일은 꼭 이루어 내는 사람'을 지칭하는 것입니다.

베짱이가 행복하게 먹을 수 있는 달콤한 열매도, 사실은 나무의 성실함 없이는 존재할 수 없습니다. 우리의 인생은 단 한 번뿐이기에 오늘 하루를 헛되이 보내지 않는 것, 최선을 다해 성실하게 살아가는 것, 그것이 진정한 욜로(YOLO)의 모습이 아닐까 합니다. 성실해지려는 노력이 있어야 행복에 다가갈 수 있으며, 목표를 성취하기 위해 꾸준히 노력하고 계획하는 성향이 성실의 의미입니다.

유럽의 한 부자가 하인과 함께 여행하였습니다. 어느 날 흙이 묻은 신발이 다음날에도 여전히 더러워져 있자 하인을 불러 "앞으로는 신발을 깨끗이 닦아 놓아라."라고 했습니다. 그런데 하인은 변명을 늘어놓으며 "어차피 신발을 닦아 봤자 주인님께서 걸어 다니면 다시 더러워질 게 아닙니까?" 하는 것이었습니다. 그날 오후 어느 식당에서 저녁 식사를 하게 되었는데, 부자가 1인분 식사만 주문했습니다. 하인은 당황하며 주인님을 모시고 다니려면 자기도 식사를 해야 한다고 투덜대며 배가 무척 고픈 시늉을 하였습니다. 주인은 하인의 그 모습을 바라보다가 말했습니다.

“저녁은 먹어 뭣하나? 내일이면 다시 배가 고파질 텐데.”

하인은 아침에 했던 성실하지 못한 자신의 행동이 부끄러워 아무 말도 하지 못했다고 합니다. 산을 좋아하는 저에게 가끔 주변인들이 “어차피 내려올 산 뭐하러 올라가느냐?”라고 묻는 사람들이 있습니다. 따지고 보면 우리 인생도 오르막이 있으면 내리막이 있습니다. 어차피 다시 배가 고플 것이지만 매끼를 맛있게 먹고, 어차피 더러워질 옷이지만 깨끗이 세탁하여 입고, 어차피 죽는다는 것을 알지만 죽지 않을 것처럼 열심히 사는 것이 우리의 인생입니다. 오늘 아침에도 항상 하던 업무라고 꼼꼼히 챙기지 못하고 대충하다가 실수가 나오지는 않았나요? 늘 하던 비슷한 업무이고 가지고 있는 속성이 같아도 조금씩 다른 곳이 있습니다. 그것을 간과하지는 않았나요? 그러한 실수로 또 상사와 이용 고객에게 좋지 않은 소리를 들을 수도 있습니다. 저도 가끔 익숙한 업무라고 등한시하고 대충 때우려 했던 것이 부끄러울 때가 있었습니다. 업무상 반복되는 일이나 나에게 너무 익숙하고 쉬운 일이라 해서 소홀히 할 때가 있는데, 무엇을 하든 항상 순간순간 성실하게 임해보는 것은 어떨까 생각해 봅니다.

누구에게나 인생의 끝은 반드시 오지만 그 끝을 만들어가는 과정과 모양은 모두 다릅니다. 얼마나 성실하게 매 순간을 살았느냐에 따라 그 인생은 전혀 다른 삶의 모양을 만들어낼 것입니다.

수우미양가의 실체

가정의 달 5월도 정신없이 종반으로 가고 있네요. 다음 주 25(목)~ 26(금)일은 우리 조직이 행자부 경영평가 수감 받는 날입니다. 어제 사장님 주재 부서장 회의인 경영 성과 회의에서도 언급되었습니다만, 전 부서가 평가 항목에 따라 철저히 대비하라는 지시와 긴장감으로 정신이 없습니다. 행자부 경영 평가 등급은 가(180~200%), 나(130~150%), 다(80~100%), 라(30~50), 마(0%)로 5등급으로 차등 성과금을 받습니다.

초등학교 시절에 한 학기가 끝나면 '국어, 산수, 자연' 등 과목별 성적을 기록한 통지표를 받습니다. 부모님께 보여드리고 확인 도장을 받아 담임 선생님께 제출했던 생각이 날 것입니다. 학교 통지표의 등급을 보면 과목별 성적을 '수, 우, 미, 양, 가' 5단계로 평가하도록 해 놓았습니다. 우리 회사의 개인별 근무 평정 등급은 수(95점 이상), 우(85점 이상~95점 미만), 양(76점 이상~85점 미만), 가(76점 미만) 4등급으로 되어있습니다. 이렇듯 아직 여러 곳에서 평가 등급을 '수 · 우 · 미 · 양 · 가'로 합니다.

최근 국정농단 사건이 터지면서 관련된 한 여성의 고교 성적표가 공개되었는데, 모든 과목이 '가'였는데도 명문 대학에 당당히 들어갔으니 말들이 많습니다. 물론 본인은 실력으로 들어갔다고 국회 청문

회에서 주장했는바, '가'를 받았다고 실망할 필요는 없을 것 같습니다. 최근 수능 성적표에는 영역별 선택 과목별 등급이 1~9로 표시됩니다. 1등급은 표준점수 상위 4%, 2등급은 상위 11%, 3등급은 상위 23% 등등으로 9등급까지 구분하고 있습니다.

'수우미양가(秀優美良可)' 평가 방식을 어떤 이유로 쓰기 시작했는지 정확한 기록은 없습니다. 단지 일제 강점기에 일본의 어떤 사건으로 학적부를 생활기록부로 바꾸면서 사용된 일제 잔재입니다. 옛날 일본은 소영웅 영주의 나라로 극심한 내전으로 인해 자신들의 폐해는 물론, 패한 영주는 섬나라라는 특성 때문에 싸움에 지면 바다로 떠돌아 해적이 되었습니다.

전국시대를 종식한 인물이 오다 노부나가라는 무사입니다. 전국시대 최고 권력자였던 오다 노부나가(織田信長)는 휘하 장수들이 적의 머리를 잘라 온 숫자에 따라 등급을 매겨 '수 · 우 · 양 · 가'로 평가했다고 합니다. 부하 장수 중 일본 통일을 완성한 도요토미 히데요시(豊臣秀吉)가 적군의 목을 가장 많이 베어왔다고 합니다. 노부나가는 그에게 '수(秀)'라는 최고 등급을 주고 '도요토미 히데요시(豊臣秀吉)'라는 이름까지 하사했습니다.

다른 시각에서 한자어 '수 · 우 · 미 · 양 · 가'를 긍정의 음과 뜻으로 풀이해 봤습니다. '秀'(빼어날 수)는 '빼어나게 우수하다'는 뜻이고, '優'(넉넉할 우)는 '넉넉하고 우수하다'는 말입니다. '美'(아름다울 미)는 '아름답고 좋다'는 의미이며, '良'(어질 양) 역시 '어질고 뛰어나다'는 뜻이며, '可'(가능할 가)는 '가능성이 있다'는 뜻입니다. '수 · 우 · 미 · 양 · 가' 모두 칭찬하고 격려하는 좋은 뜻이라 할 수 있습니다. 어떻게 보면 등급이 낮아질수록 좋은 의미가 더해집니다.

성적 등급을 단순히 '가나다'나 'ABC'로 매기지 않고 이러한 의미 있는 문구를 사용한 것은 그 누구도 포기하지 않고 좋은 길로 이끌어 주려는 사랑과 뜻이 담겨 있는 것입니다. 한자의 의미 그대로 '빼어나고, 넉넉하고, 아름답고, 양호하고, 가능성이 있다'는 긍정의 좋은 뜻으로 생각해 봤습니다. 그런데 1980년대 중반에는 학생을 성적과 석차 위주로 평가한다는 문제점이 지적되어, 2014년부터는 중학교 3학년까지 성적 등급을 '수 · 우 · 미 · 양 · 가' 대신 'A · B · C · D · E · F'로 바꾸었습니다.

여러 가지 언급한 바와 같이 우리는 평가를 받을 때 가나다라마의 '가', 수우미양가의 '수', ABCDE의 'A', 123456789의 1을 받으면 기분이 좋습니다. 어떤 그룹에서 제일 잘한다는 평가를 받고, 그 등급에 따른 보상이 주어지니까요. 우리에게 닥친 이번 주 경영 평가도 절대 포기하지 말고 철저히 대비하면서 진인사대천명(盡人事待天命)의 정신과 희망을 가지면 좋은 결과가 나타나리라 생각됩니다.

같은 말을 반복하면 더 강조될까

아들놈이 신발 모으기에 빠져있는데 목표가 100켤레 모으는 것이랍니다. 지금 30여 켤레가 신발장과 현관에 흩어져 있는데 정리하지 않은 아들놈 신발 때문에 매번 잔소리하고 있습니다. 가끔 외국에 출장 가면 기본으로 신발을 2~3켤레씩 사옵니다. 주로 아디○○, 나×× 등 유명 브랜드인 신제품으로 디자인이 좋으면 무조건 사오곤 합니다.

'신발'이라는 말은 동상을 방지하기 위해, 또는 바닥의 열기 등으로부터 발을 보호하기 위해 추운 곳이나 사막 지역에서 먼저 만들어졌습니다. 옛날엔 그냥 '신'이었는데 언제부턴가 여기에 터무니없게도 '발'이라는 말이 붙었습니다. 요즘엔 '신'보다는 '신발'이 더 자연스럽게 들릴 정도입니다.

신발은 단순히 발을 보호하는 기능뿐 아니라 그 사람의 신분을 나타내는 상징이 되기도 합니다. 신발은 계절에 따라 다르고, 양반과 평민이 다르고, 여름과 겨울이 다르며, 때로는 의식에 따라 다르기도 했습니다.

'족발'도 그렇습니다. 족(足)이라 하면 발의 한자어로 소를 비롯한 돼지, 개, 양 등 가축의 발 부분이 식용으로 쓰일 때 붙이는 이름입니다. 그런데 족(足)이면 족(足)으로, 발이면 발로 불리지 않고 '족발'로 불립니다. 의미가 중복된 잘못된 단어 중에 하나로서 너무 오래 써왔고 친숙해져 이미 바꾸기에는 어렵습니다. 입에 붙어 익숙해져 버렸기 때문입니다. 먹는 음식을 '발'이라고 하기에 꺼림칙해서 그랬을지도 모릅니다. '족'에 같은 뜻의 '발'이 하나 더 붙어서 이젠 아무렇지도 않게 '족발'로 쓰입니다.

집을 둘러막는 건축구조물인 울, 울타리, 펜스 등을 말하는 '담장'도 그렇습니다. 원래 '담'은 순수한 우리말로 "고향 집 담 너머 심은 앵두가….."와 같은 표현에서도 볼 수 있는 '담'에 그 뜻을 지닌 한자 '장(牆)'이 붙어서 이제 '담장'으로 쓰이고 있습니다. 이뿐만이 아닙니다. 그물에 '망(罔)'이 붙어서 '그물망'이 쓰이는가 하면, '그때'와 뜻이 똑같은 '당시(當時)'가 합해져서 '그때 당시'로 쓰이기도 합니다.

그 외에도 초가집(草家집), 역전앞(驛前앞), 외가집(外家집), 처갓집(妻家집), 철교다리(鐵橋다리), 모래사장(모래沙場), 시시때때(時時때때), 난생(生)처음, 미치광(狂)이, 남은 여생(餘生), 어린 소녀(少年), 산채(山菜) 나물 등등 그 단어의 사용 과정이 어찌 됐던 이치에는 맞지 않는다고 할 수 있습니다. 하기야 세상일이 모두 이치에 맞게만 돌아가지는 않지만, 우리 인간사가 대체로 거시적으로 발전하기는 해도 더러는 일이 잘못 벌어지기도 합니다.

족발은 손발(手足)에서 유추했다고 볼 수 있습니다. 소발도 있고 닭발, 개발도 있을 수 있으니 정확히 말한다면 역으로 '돼지발'이나 '돈족'으로 불러야 마땅하지 않을까요? 그런데 유독 '족발'을 돼지의 발에만 한정시킨 것은, 아마 돼지우리의 지저분함과 냄새 등이 음식 이름에 쓰기는 조금 거북했기 때문이라고 볼 수 있습니다.

'판이하게 다르다'에서 '판이(判異)하다'라는 말은 '비교 대상의 성질이나 모양, 상태 따위가 아주 다르다'는 뜻입니다. '다르다'를 굳이 덧붙일 필요 없이 그냥 '판이하다', '아주 다르다'고 하면 됩니다. '결실을 맺다'는 말은 '결실(結實)'이 '식물이 열매를 맺거나 맺은 열매가 여묾, 또는 그런 열매'의 뜻이므로 '결실을 거두다', '열매를 맺다'라고 해야 합니다. '남은 여생(餘生)'도 사족은 필요 없이 '여생', '남은 生涯(생애)'라고 하면 됩니다.

이러한 단어를 중복어 또는 겹말이라고 하는데 신문이나 방송에서도 상당히 많이 쓰고 있습니다. 영어권에도 군더더기 말(redundancy)이란 표현이 있는 것을 보면 우리와 비슷한 모양입니다.

겹말 중에서 가장 두드러진 것이 한자어에 뜻이 이미 포함되어 있는데 우리말을 겹쳐 쓰는 것입니다. 이는 우리나라가 한자 문화권에 있고 우리의 고유어와 함께 중복되어 새로운 말이 탄생하기 때문입니다. 정확하고 올바른 말을 써야 한다는 의견도 있으나 이것도 우리 문화의 한 부분입니다.

글은 간결하고 명료할 때 힘이 있다고 합니다. 이미 습관화된 중복어, 즉 겹말이 우리 생활 속의 일상 언어에 깊숙이 자리 잡고 있습니다. 그렇지만 말할 때 잠시 한 템포 쉬면서 신중한 언어 선택으로 중복어를 줄이는 노력도 필요하지 않을까 생각해 봅니다.

당신의 애창곡은 무엇입니까

우리는 노래방이나 회식 자리 등에서 '십팔번'이라는 말을 가끔 씁니다. 보통 본인이 제일 좋아하고 애창(愛唱)하는 노래라는 의미로 알고 무의미하게 그냥 사용해 왔습니다. 그런데 애창곡이라면 당연히 '1번'으로 하거나, 아니면 '10번'으로 해야지 하필이면 왜 18번인지 의아했습니다. 관습적으로 아무 생각 없이 본인이 가장 잘 부르는 노래를 1번으로 하지 않고 18번이라 외쳤습니다.

18번이란 말은 본래 의미와는 전혀 다르고 엉뚱하게 사용되고 있습니다. 18번이라는 말은 우리나라의 것도 아닌 일본어에서 나온 말로, 일본의 고전 연극 가부키(歌舞伎, kabuki)에서 유래한 말입니다. 가부키는 노래와 춤과 연기가 합쳐진 민중 연극으로, 얼굴을 백랍(白蠟)같이 하얗게 분장한 배우가 춤추면서 남녀 간의 사랑 등을 노래하는 일본 전통극입니다.

1840년 일본 가부키 배우였던 '이치카와 단주로(市川團十郞)'라는 사람이 수많은 가부키 작품 중에서 『47인의 낭인』 등 인기 있는 걸작 18편을 선정하고 발표했습니다. 그 18편의 기예 중 18번째 기예(技藝)가 가장 재미있었고, 소위 말하는 '앙코르 요청'이 쇄도했다고 합니다. 여기에서 '십팔번'이라는 말이 생겨났습니다.

이런 유래를 지닌 '십팔번', 즉 '좋아하는 노래'라는 말이 일제 강점기에 그대로 우리나라에 들어왔습니다. 가부키의 '가' 자도 모르는 대중에 의해 주로 '애창곡'이란 뜻으로 변질되어 쓰이고 있으니, 전후 사정을 알고 보면 참 씁쓸합니다.

이것 이외도 우리 생활 깊숙이 자리매김하여 이젠 그 어원이 순우리말인지 일본이나 중국에서 넘어온 말인지 구분하는 것조차 무의미한 말들이 많습니다.

우리가 자주 사용하는 말 중 이빠이(いっぱい, 가득), 스끼다시(つきだし, 곁들인 안주), 유도리(ゆとり, 여유), 구라(くら, 거짓말), 오야지(おやじ. 아버지), 와리바시(わりばし, 나무젓가락), 시다바리(したばり, 하수인), 우라(うら, 안쪽), 곤조(こんじょう, 근성) 등은 일본말인 줄 알면서도 일상적으로 자주 쓰고 있습니다. 그리고 '앗싸리(あっさり, 산뜻하게, 깨끗이)'처럼 순우리말로 잘못 알고 자주 쓰이는 것도 있습니다. 우리가 자발적으로 쓰기 시작한 것이 아니고 일제 강점기 때 대체로 강제로 사용하게 된 말이라고 합니다.

한국 침략은 한국의 발전을 위한 것이었다고 심심찮게 한마디씩 하는 나라가 있습니다. 독도가 자기 땅이라고 교과서에 싣고 끈질기게 우기는 나라가 있습니다. 식민지 처녀들을 납치해 군부대로 편성해 위안부라 하여 다른 나라 침략 전쟁 때 끌고 다니면서 인권을 유린한 나라가 있습니다. 전쟁이 끝나자 모조리 죽이는 것도 모자라 커다란 구덩이를 파서 역사의 뒤안길로 묻어버린 나라가 있습니다. 천운으로 살아남은 몇몇 사람들에게 돈 벌기 위해 자발적으로 한 짓이면서 인제 와서 뭘 그러느냐고 하는 가깝고도 먼 나라가 있습니다. 그러고도 세계 일등 국민이라고 자처하는 뻔뻔스러운 나라가 있습니다.

35년간의 일제 강점기 세월의 흔적을 하루아침에 지울 수는 없지만 이러한 앞뒤가 맞지 않은, 역사를 왜곡하는 나라의 잔재가 아직도 많습니다. 우리 민족 정서상 꺼림칙할 수밖에 없는 '십팔번'이라는 말이 이제 너무 우리 속에 깊숙이 들어와 입에 배어버렸습니다. 이제 그 의미를 알았으면 잔재를 지우고 바꿔나가면 됩니다.

국립국어원의 '표준국어대사전'에서도 '18번'은 순화해야 할 말이라고 언급하고 있습니다. '단골 노래', 혹은 '단골 장기'로 바꿔 쓰도록 권장하고 있습니다. 남들이 다 쓰니까 덮어놓고 마구 쓰는 것은 바람직하지 않고 생각이 부족한 탓입니다. 이제는 "18번이 뭔가요?" 대신에 "당신의 애창곡(愛唱曲)이 무엇인가요?" 또는 "좋아하는 노래(단골노래)는 뭔가요?"라고 물어보면 어떨까요? 나의 애창곡은 '엽전 열닷냥'입니다.

싸가지 있는 노옴

마당놀이의 장인 윤문식 씨는 마당놀이에서 "이런 싸아가지 없는 노옴이 있나."라는 말을 자주 씁니다. 막걸리처럼 걸쭉한 입담 한 마디로 마당놀이 관객들을 뒤집어 놓는 천부적 유머로 마당놀이 판을 30여 년간이나 쥐락펴락해 온 대스타입니다. '싸가지'가 닉네임이 된 윤 씨가 얼마 전 모 방송국 '사람이 좋다'는 프로그램에 나와서 그동안 살아온 잔잔한 많은 이야기를 들려주어 시청자에게 큰 감동을 줬습니다.

일상생활에서 어느 특정인에게 "싸가지가 없다."라는 말을 가끔 합니다. 보통 그 뜻을 잘 모르고 사용하거나 아무 의미 없이 쉽게 함부로 사용하는 경향이 많습니다. 보통은 '버릇이 없다', '윗사람에 대한 예의가 없다'는 가벼운 의미로 많이 사용하지요. 이때 '싸가지'는 부정적인 의미로 사용하는 말인데, 사실은 '싹수'의 강원도, 전라도 방언이라고 합니다.

'싸가지'의 표준어에 해당하는 '싹수'의 사전적 의미는 '어떤 일이나 사람이 앞으로 잘될 것 같은 낌새나 징조'입니다. '싹수가 노랗다'는 것이 '잘 될 가능성이나 희망이 애초부터 보이지 않는다'는 의미로 쓰이므로, '싹수' 자체가 그렇게 부정적 의미는 아닌 것 같습니다.

그러나 두 가지의 발음 차이가 있는데, 즉 '싸가지'와 '사(4)가지'로 나누어 볼 수 있습니다.

첫째, '싸가지'는 '싹+아지'로 구성된 말로서 또 두 가지의 뜻이 있습니다. 우선 앞의 '싹'은 식물의 어린 것, 즉 '새싹'이라고 할 때의 '싹'입니다. 뒤의 '아지'는 동물의 어린 것을 말하는데, '강아지', '송아지', '망아지' 등과 같이 '작은 것, 새끼'의 의미를 더해주는 접미사입니다. 그러니까 '싸가지'의 어원적 의미는 어린 것을 말하며 싹의 새끼, 즉 아주 작은 싹이라고 할 수 있습니다. 이 의미는 '동식물의 어린 것이 자라서 잘될 것 같은 기미'라고 할 수 있습니다. 따라서 '싸가지가 없다'는 것은 '도대체 가망이 없다'는 뜻입니다.

이 싸가지는 주로 예의범절을 지키지 않는 경우에 사용되며 '예의범절을 전혀 모르거나 예의를 갖출 기미가 전혀 보이지 않는 사람'이라는 뜻입니다. 따라서 '싸가지 없다'는 말은 나이 많은 사람이 자신보다 어린 사람에게 주로 사용합니다. 모든 말의 뜻은 영원불변하는 것이 아니라 시대 상황에 따라 조금씩 변하고, 사람들이 계속 그렇게 사용하면 의미가 완전히 바뀌기도 합니다.

둘째는, 마당놀이의 대가 배우 윤 씨는 자신의 오랜 유행어 "이 싸가지 없는 놈"에 대해 부정적인 의미가 아니라고 했습니다. 이것은 인간이 갖춰야 할 4가지 덕목을 말하는 것이라고 그는 말합니다. 조선의 한양에는 도성을 만들면서 4대문과 4소문을 만들었습니다. 동서남북 4대문의 동대문은 인(仁)을 일으키는 문이라 해서 흥인지문(興仁之門), 서대문은 의(義)를 두텁게 갈고 닦는 문이라 해서 돈의문(敦義門), 남대문은 예(禮)를 숭상하는 문이라 해서 숭례문(崇禮門)이라 합니다. 북대문은 지(智)를 넓히는 문이라는 뜻으로 홍지문(弘智門)이라는 의견도 있으나, 현재 북대문은 숙정문(肅靖門)입니다.

한양도성은 이같이 맹자의 4단(四端)에 기초하여 건립하였는데, 이는 4단인 인(仁), 의(義), 예(禮), 지(智)로, 인간이 4대문을 드나들면서 기본으로 갖춰야 할 덕목 4가지를 키우자는 뜻입니다. 즉 인(仁)은 '측은지심(惻隱之心)'으로 불쌍한 것을 보면 가엾게 여겨 정을 나누고자 하는 마음이고, 의(義)는 '수오지심(羞惡之心)'으로 불의를 부끄러워하고 악한 것은 미워하는 마음이며, 예(禮)는 '사양지심(辭讓之心)'으로 자신을 낮추고 겸손해야 하며 남을 위해 사양하고 배려할 줄 아는 마음이고, 지(智)는 '시비지심(是非之心)'으로 옳고 그름을 가릴 줄 아는 마음입니다.

옛 선조들은 4단(인의예지)를 아주 중하게 여겼습니다. 이러한 4가지가 없는 사람을 사가지 없는 놈이라 했는데, 결국 이것이 된소리로 '싸가지 없는 놈'이 되었습니다. 결론적으로 '싹+아지'나 '4가지'나 둘 다 '싸가지'로 불렸습니다. 그런데 '없다'를 붙임으로 현재는 부정적인 의미로 통용되고 있습니다.

모두 바쁘게 올해를 마무리하는 한 달이 될 것 같습니다. '싸가지 있는 사람'으로 올해 정유년을 마무리했으면 합니다.

쌍팔년도는 언제일까

일상에서 오래전 어떤 것을 애기할 때, 흔히 '왕년(往年)'이란 말과 '쌍팔년도(雙八年度)'란 말을 자주 쓰곤 합니다. '나도 왕년에는 잘 나갔지', '왕년의 스타 나훈아' 등의 얘기를 듣게 됩니다. 이때 왕년이란 '이미 지나간 해'를 뜻하는 의미입니다. 이런 왕년은 과거에 대한 회상으로 나이가 들수록 많이 나타나지만 살아가면서 어느 단계에서나 나타나는 현상입니다.

사람은 누구나 자신의 삶에 대해 회고하고자 하는 욕구를 느낀다고 합니다. 과거를 회상하면서 지나온 자신의 생이 '최선을 다한 의미 있는 삶이었다'고 평가되면 현재의 자신을 긍정적으로 수용하게 됩니다. 그래서 왕년의 삶에 스스로 자신을 위로하는 말을 하게 됩니다. 그러나 반대로 과거를 회상해 보았을 때 자신의 삶이 불만족스럽고 실패였다고 생각한다면 절망감에 부딪히게 됩니다. 지나온 삶의 일들이 그 당시 어쩔 수 없었던 선택이었다는 것을 인정하게 되면 과거를 수용하고, 자신의 삶을 그런대로 가치 있는 것으로 여기는 효과가 있습니다.

"쌍팔년도적 이야기를 하고 있네", "쌍팔년도 패션이네", "쌍팔년도 개그야" 등등의 말도 종종 들어보셨을 겁니다. 옛날이야기나 시대에 뒤떨어진 이야기를 했을 때 듣는 말입니다. 뭔가 '옛날식, 구닥다리'라는 의미를 뜻하는 것인데, 대부분 우리는 쌍팔년도란 말이 어떤 연도(시기)를 지칭하는지 잘 모르고 사용합니다. 그런데 쌍팔년도는 표준 국어사전에도 없는 용어입니다.

'쌍팔년도'란 말은 최근에 나온 어떤 유행어도 아니고, 오래전부터 나이가 지긋한 어르신들이 예전의 어려운 시기를 가리켜 많이 쓰던 말입니다. 그때는 1953년도 6 · 25전쟁이 끝난 직후라 온 나라는 전쟁의 상흔으로 많은 사람이 힘들어하던 시절이었지요. 그래서 그 힘들고 어려운 시절을 겪은 사람들은 '개고생'을 했다거나 "니들이 그때를 아느냐?"라고 말했습니다.

군에 갔다 온 남자들 사이에선 '쌍팔년도 군대'라는 얘기를 종종 합니다. 6 · 25전쟁이 끝난 후 황폐해진 집과 전답을 정리하고, 휴전 후 법률이 강화된 징병제도로 군인들이 계속 늘어나기 시작했습니다. 군대 막사 및 보급품 등은 준비가 안 된 상태에서 군인들만 늘어났으니, 그 시절 군대 생활은 정말로 힘들었습니다. 그래서 쌍팔년도 군대란 말이 생겨났고, 힘든 일을 이야기할 때 '쌍팔년도 같다'는 말이 생기게 된 것입니다.

'쌍팔'이라고 하니까 요즘 대부분 사람은 8이 두 번 들어가는 1988년을 의미하는 것으로 알고 있습니다. 그 이전부터 쌍팔년도라는 말을 사용하고 있었으니 틀렸습니다. '쌍팔년도(雙八年度)'에서 '雙 8'이 8이 두 개가 들어간 숫자를 의미하는 것은 맞습니다. 재미있게도 쌍팔년도란 1988년보다 훨씬 이전이라고 생각한 일부에서는 8×8=64이니 쌍팔년도는 '1964년'이란 말을 하기도 합니다.

쌍팔년도의 정확한 내용은 연호에 있었습니다. 지금은 서기의 연호를 쓰지만, 그 이전 대한민국 정부의 공식 연호는 '단군기원'의 준말인 단기였습니다. 5 · 16 군사정부는 그동안 사용하던 단기의 연호를 서기로 바꾸게 됩니다. 정부는 1961년 12월 2일 "'연호에 관한 법률'을 폐지, 제정하면서 대한민국의 공용 연호는 서역 기원으로 한다."라고 했습니다. 1962년 1월 1일부터 시행에 들어가 그렇게 우리 민족의 기원인 단기를 폐지하고 서기를 현재까지 사용하고 있습니다.

쌍팔년의 정확한 근거는 단기에 쌍팔(88)이 들어가는 데 있었습니다. 고조선 건국 연도로 계산한 기원전 2333년이 단기 1년이었습니다. 단기 4288년은 쌍팔이 들어가는데 2333년을 빼면 서기 1955년이 되고, 이것이 바로 '쌍팔년도'의 정체였습니다. 즉 서기 1955년이 단기 4288년입니다.

단기를 모르는 젊은 세대들에게는 '쌍팔년도'가 서울올림픽이 열리던 서기 1988년이라고 할 수도 있겠지만, 이미 1988년 이전부터 '쌍팔년도'란 말을 사용했기에 진정한 8자 2개는 단기 4288년(서기 1955년)입니다. '쌍팔년'은 백 년에 한 번씩 오기 때문에 한세대에 한 번만 존재해야 하는데, 우리나라에서는 단기 사용에서 서기 사용으로 바뀌는 바람에 쌍팔년이 두 번 존재하게 되었습니다. 참고로 2018년은 1988년 서울올림픽 30주년이자, 단기 4351년입니다.

아재와 개저씨

40대 이상의 중년 남성을 칭하는 두 개의 신조어 '아재' 그리고 '개저씨'. 이 두 단어가 우리에게 던지는 메시지는 무엇일까요? 몇 해 전 모 방송국은 '아저씨, 어쩌다 보니 개저씨'라는 제목으로 최근 온라인에서 유행처럼 번지고 있는 신조어 '개저씨'에 대한 내용을 방영했습니다. 방송에 따르면 개저씨는 '개 같은 아저씨'를 일컫는 말로 나이와 지위를 무기로 약자에게 횡포를 부리는 중년 남성을 의미하는 신조어라고 했습니다.

어릴 때는 정말 '아재'라는 말을 많이 썼습니다. 지금 생각하니 삼촌을 아재라고 한 것 같습니다. 부모님이 삼촌들을 아재라고 하라고 해서 거의 학교 마칠 때까지 그렇게 불렀던 것 같습니다. "아재요~", "외아재요~" 하고 많이도 불렀던 기억이 납니다. 최근 들어 어릴 때 썼던 아재라는 말이 '아재 개그'에서 시작해 '아재 패션'에 이르기까지 우리 사회 젊은 층에 널리 쓰이고 있습니다.

'아재'라는 말은 국어 사전상의 정의인 '아저씨의 낮춤말'로 여러 가지 의미가 함축된 말입니다. 2016년에 와서야 비로소 폭발적으로 새롭게 쓰이게 된 '아재 개그'는 말장난으로 중년의 남성들이 젊은 세대들의 웃음을 유발하기 위해 던지는 개그를 말합니다. 한자로 말하면 언어유희(言語遊戲)라고도 하는데, 비슷한 발음의 단어를 이용해서 웃기는 말들이 그 예입니다.

예를 들어 반성문을 영어로 하면 글로벌(글로 벌을 준다), 대머리의 매력은 헤어(hair)날 수 없는 매력, 세종대왕이 만든 우유는 아야어여오요우유, 회를 먹으니 진짜 회식이네 등입니다. 이러한 동음이의어(同音異義語)는 오래 전부터 개그의 소재가 많이 되었지요. 즉 아재 개그란 중년 남자가 실없는 농담, 웃긴 이야기를 하는 것이라 할 수 있는데, 일본에서는 비슷한 상황을 '오야지 개그'라고 표현합니다. 오야지가 아버지라는 의미이니까 '아버지의 농담'이라는 뜻입니다. 하여튼 나이 든 남자의 농담은 국경을 초월해서 어색한 것 같습니다.

아재 개그의 핵심은 그것이 재미없다는 데 있는 것이 아닙니다. 반응이 좋지 않을 것이라는 점을 알면서도 그 농담을 끝까지 던질 수 있는 인간관계가 그 핵심입니다. 그런 의미에서 '아재'라는 말은 주변 분위기를 배려하지 않는 우리나라 중년 남성들의 자기 중심성에 대한 생각이 담겨 있는 것입니다. 그래도 웃기려고 애쓰는 아재들의 마음을 이해해 주면 좋겠습니다. 어쩌면 나이 든 남자가 자신이 살아있음을 느끼는 순간이라고 할 수 있습니다. 그리고 오늘의 아재들도 한때는 청년이었고, 친구도 많았으며 원대한 꿈도 있었습니다. 나도 모르는 사이에 어느 날 '아재'가 돼 있었고, 그러한 사람임을 부정할 수가 없게 되었지요. 자식 세대와 달리 빠른 컴퓨터와 첨단 스마트폰, SNS 등에 어색하고, 세련된 국제적인 취향과 매너를 받아들이지 못했습니다. 그리고 아이돌 걸그룹의 이름은 여전히 생소하고 헷갈리기만 하는 존재입니다.

'개저씨'는 다소 과격한 '개 같다'는 표현으로 들릴 수 있습니다. 이는 특별한 유형의 남성들을 향한 분노와 혐오를 단면적으로 보여주는 말입니다. '개저씨'로 일컬어지는 대표적인 유형은 사회적 지위를 무기로 제자나 회사 후배들에게 성희롱 등을 일삼는 중년 남성들입니다. 또한 가부장적인 가치관으로 아랫사람들에게 폭언, 폭행을 일삼으며, 식당에서는 종업원들에게 반말을 하고, 대중교통을 이용할 때는 새치기가 당연한 중년 남성들입니다.

최근 온라인과 방송에서 인기를 끌었던 '아재 개그' 역시 중년 남성을 일컫는 단어입니다. 그런데 젊은 층들은 아재 개그에 대해 '썰렁하고 재미없다'면서도 '아재 개그 모음집'을 만드는 등의 모습을 보였습니다. 그 이유는 아재 개그에는 젊은 층과 소통하려고 노력하는 '푸근한 아저씨'의 모습이 담겨있기 때문이라고 합니다. '아재'는 부정적 어감의 '개'를 덧붙인 '개저씨'와는 확연히 대조됩니다.

두 신조어 '개저씨'와 '아재' 둘은 같은 40대 중반 이상 연령대의 남성을 일컫는 단어지만, 한쪽에는 이들에 대한 분노와 혐오가, 한쪽에는 애정이 담겨있습니다. 그러나 이 같은 신조어가 생겨나는 이유 중의 하나는 젊은 층들이 나이와 지위로 횡포를 부리는 아저씨가 아닌 '아재'의 푸근함을 그리워하기 때문이 아닐까요?

오만가지 생각

설날 연휴 고향에 가니 어머니께서 "요즘 참 걱정거리가 많다."라고 하십니다. 그래서 약간의 우울증약을 복용하고 있는데, 들어보니 대부분 쓸데없는 걱정이었습니다.

자기만의 생각과 개인주의의 팽배로 인한 인간관계의 갈등 등 우리를 둘러싸고 있는 여러 가지 근심 걱정으로 쉼 없이 달려왔습니다. 어느새 망가져 버린 건강에 대한 걱정, 부족한 돈에 대한 걱정, 자녀의 학교와 취업에 대한 걱정, 노후 삶에 대한 걱정 등이 늘어나기 시작했습니다. 열심히 노력해도 다람쥐 쳇바퀴 돌듯이 제자리만 맴도는 이러한 현실 자체가 큰 근심과 걱정거리입니다. 그 누구도 걱정거리 하나 없이 사는 사람은 없을 것입니다. 모두 집 밖에서는 밖에 대로, 안에서는 안에 대로 어느 한날 마음 편한 날이 없다고 합니다.

TV 속의 화려해 보이는 연예인, 돈 많은 기업체 사장, 여의도 무대에 있는 정치인이나 고관대작들은 마음이 편할까요? 다양한 분야에 사는 이러한 현대인들은 나름의 많은 근심과 걱정을 가지고 살아가고 있으며, 어떤 걱정은 심각한 것도 있습니다.

걱정이 많으니 불안도 많아지는데 그래서 현대 사회를 '불안의 시대'라고 합니다. 매 순간 마음의 평온이 없고 걱정과 불안이 동반되니, 마음이 공허하고 침울해 하는 횟수가 늘어납니다. 걱정, 불안, 우울, 공허함, 피해의식 등이 마음을 지배하여 우울증과 비슷한 심각한 병으로 발전합니다. 따라서 최근 조현병으로 묻지마 범죄 등이 자주 발생하여 사회적 물의를 일으키기도 합니다.

한 대학의 심리학과에서 '걱정에 관한 연구'를 했습니다. 연구 결과 걱정의 40%는 현실에서는 절대로 일어나지 않을 것을 걱정하고, 걱정의 30%는 이미 일어난 것을 걱정하고, 20%는 사소한 것 때문에 걱정한다고 합니다. 즉 걱정의 90%가 걱정할 필요가 없는 것을 걱정한다고 합니다. 나머지 10%의 걱정은 어떤 걱정일까요? 실제 걱정거리지만 내가 노력만 하면 얼마든지 해결할 수 있는 일이라고 합니다. 걱정의 90%는 걱정할 것도 아닌 것을 가지고 걱정하기 때문에 불안한 삶을 살고 있습니다.

심리학자로 유명한 미국의 섀드 헴스테터(Shad Helmstetter) 박사가 제자들과 '인간은 하루에 몇 가지 정도 생각하는가?'라는 주제로 오랜 시간 연구했습니다. 그 결과 보통 사람은 1시간에 2천 개 정도 걱정(생각), 즉 하루에 5~6만 가지 정도 생각을 한다는 결과가 나왔습니다. 아이러니한 얘기지만, 그 수많은 연구원과 많은 예산과 시간을 들여서 나온 결과는 쓸데없는 연구였다는 생각이 듭니다. 이미 우리의 선조들은 다 알고 있었기 때문입니다.

우리 선조들은 근심 걱정 많은 얼굴로 인상 찌푸리고 있는 사람을 보면 "오만가지 인상하고 있네."라고 합니다. 또한 근심 걱정 많은 사람을 보면 "쓸데없는 오만가지 잡생각 버리고 걱정하지 마라."라고 합니다. 학창시절 가끔 선생님으로부터 "머릿속에 오만가지 잡생각이 가득 차 있으니 공부가 될 리가 있나?"라는 핀잔을 들은 적이 있을 것입니다. 이렇게 선조들은 사람이 하루에 5만 가지 정도를 생각한다는 것을 이미 다 알고 있었으니 정말 대단한 민족입니다.

'걱정도 팔자'라는 말이 있습니다. 하지 않아도 될 걱정을 하거나 관계없는 남의 일에 참견하는 사람을 놀림조로 이르는 말입니다. 또한 '걱정을 사서 한다'는 말 역시 하지 않아도 될 걱정을 스스로 찾아서 한다는 말입니다. 걱정이란 이미 발생한 현실에 근거하여 미리 불안해하고 안심되지 않아 속 태우는 일입니다. 즉 아직 생겨나지도 않은 일에 대한 근심이죠. 그렇게 걱정한다고 안 될 일이 되고, 될 일이 안 되지는 않습니다.

1939년도 영화 『바람과 함께 사라지다』의 주인공 스칼렛(비비안 리)은 어려운 일을 당했을 땐 언제나 입버릇처럼 명대사 “Tomorrow is another day.(내일은 또 다른 태양이 뜰 거야)”라고 말하곤 했습니다. 전쟁을 당했을 때도, 첫 번째, 두 번째 남편이 죽었을 때도 말입니다. 이미 생기지 않은 일에 대해서 너무 걱정하지 말고, 지금 주어진 일에 최선을 다하며 내일은 또 내일의 태양이 뜬다는 생각으로 긍정적이고 밝은 자세로 살아갔으면 합니다.

이제는 전화 예절입니다

『2017년 상반기 전화 응대 서비스 점검 결과』 조사에서 우리 부서가 부끄럽게도 하위로 ‘교육 대상 부서’로 지정되었습니다. 그동안 나름대로 부서 책임자로서 우리 내부 직원 만족도 향상을 위해서 힘써 왔는데, 이 문서를 보는 순간 정말 굉장히 실망스러웠고 본사 회의에 가서도 다른 간부들에게 고개를 들 수가 없었습니다.

전화는 우리 현대인에게 있어서 꼭 필요한 생활필수품입니다. 우리나라에서 전화기는 1896년 최초 등장하였는데, 이때 전화는 근대화의 상징이었으며 부유한 사람들의 특권으로 인식됐습니다. 전화는 '소통(疏通, communication)'을 위한 도구로, 멀리 떨어진 사람과 대화를 나누겠다는 목적으로 개발되어 시공간을 압축함으로써 우리 인류사에 큰 획을 그었다고 볼 수 있습니다.

과거 70년대 초 우리 시골 동네는 이장 집에만 공용 전화기가 있어서 외지에서 전화가 오면 마이크(스피커)로 불러주어 달려가서 전화를 받았습니다. 당시 1가구 1전화기가 꿈이었는데, 80년대 초, 시골집에도 전화가 설치되어 신기해하던 할머니가 기억납니다. 그런데 2000년대 들어와서는 휴대전화(핸드폰)의 보급이 폭발적으로 증가하였습니다. 이제는 휴대전화의 보급으로 1인 1전화기 시대가 되었습니다.

어느새 휴대전화는 사람들의 의사소통에 1순위의 매체로 자리 잡았으며, 놀이부터 업무까지 거의 모든 일을 할 수 있는 컴퓨터가 되면서 전화기 만능 시대가 되었습니다. 이제 매 순간을 전화와 함께하기 때문에 더 이상 전화기가 없는 삶을 상상할 수 없게 되었습니다.

전화의 특징은 '음성으로 하는 소통이며 상대방의 표정, 태도, 주변 환경을 모른다'는 것입니다. 아무런 예고 없이 불시에 걸려오며, 증거를 남기기 어렵습니다. 그래서 요즘 일반 기업은 물론이고 공무원들이나 전문직에 종사하는 사람들에게도 친절 서비스가 화두이며, 그 서비스 가운데 전화 서비스가 중요하게 인식되고 있습니다.

일반 직장에서는 전화 응대의 3요소가 있는데 '마음을 담아 정중히 얘기한다', '간결하게 응대한다', '정확하게 전달한다'입니다. 이렇게 하는 것은 어느 조직이나 고객 없이는 기업도 직원도 존재 이유가 없다는 것을 잘 알기 때문입니다.

민간에서 시작된 친절이 지방자치단체를 비롯한 공공기관에서도 전화 친절도 및 고객 만족도를 실시하여 대시민 서비스의 질을 높이려 하고 있습니다. 전화는 시민들이 가장 흔하게 민원 해결을 위하여 사용하는 수단인 만큼, 그에 따른 전화 예절은 그 기관의 신뢰도와 이미지를 결정하는 중요한 요소가 됩니다. 고객 만족도의 중요한 요소일 뿐만 아니라, 친절하지 못한 민원 처리는 또 다른 민원이 될 수 있으므로 그 친절의 중요도를 더욱 강조하고 있습니다. 자칫 소홀해지기 쉬우므로 항상 주의와 관심을 기울여야 합니다.

우리 회사에서도 전화 응대 서비스에 대해 전 부서를 대상으로 반기별 수준을 점검하고 그 결과를 통보하고 개선(교육)하여 더욱 친절한 행정 서비스를 제공합니다. 조사 방법은 신뢰도 재고를 위해 외부 조사자가 민원인을 가장해 조사하는 미스터리 콜링(Mystery Calling) 방식으로 합니다. 각 부서에 무작위로 전화를 걸어 직원의 친절도를 계량화된 품질 조사표에 의거 조사합니다. 조사 결과에서 도출된 문제점과 취약 부분은 전 부서에 통보하고 부서별 자체 교육을 통해서 집중 관리합니다.

평가 항목은 '접속 신속성, 맞이 인사, 연결 태도, 언어 표현, 경청 태도, 적극적인 안내, 공손한 어투, 종료 인사, 통화 종료 및 전체 만족도'로 되어 있습니다. 공직자의 친절 마인드 함양은 기본 자질이며,

만족을 넘어 감동 수준의 친절과 청렴을 실천하고 시민과 소통하는 고객 만족 행정에 최선의 노력을 기울여야 합니다. 또한, 전화 친절도는 업무의 전문성 · 효율성 · 지속성과 연관이 있습니다. 자신의 업무를 제대로 숙지하고 있지 않으면 친절한 전화 응대가 이뤄질 수 없다는 것을 꼭 알아야 합니다.

이제 전화기는 사람들에게 있어 중요한 소통의 수단이고, 미래에도 더욱 많은 매체와 융합할 수 있는 우리 생활에 꼭 필요한 물건인 것은 틀림없습니다. 따라서 전화 예절 또한 직장이나 사회에서 중요하게 인식되는바, 사회인으로서 소통하는 생활에서 매너있고, 멋있고, 품격있는 인격체로 거듭나길 기대해 봅니다.

어르신이 사회를 빛나게 한다

우리 부서는 시의 '어르신복지과'를 주무과로 여러 가지 당면해 있는 업무를 정책에 따라 같이 협의하고 실질적으로 추진하는 부서입니다. 2018년 7월 기준으로 우리나라는 65세 이상 노인 인구 비중이 738만여 명으로 외국인을 포함한 전체 인구의 14.3%에 달해 고령사회로 들어섰습니다. 참고로 노인(65세 이상) 비율이 고령화 사회는 7% 이상, 고령사회는 14% 이상, 초고령사회는 20% 이상입니다.

과거 서울시 노인에 관계되는 업무를 하는 부서는 '노인복지과'였는데, 몇 년 전부터 '어르신복지과'로 과 명칭을 변경했습니다.

어르신! 그 참 의미는 무엇일까요? 어르신은 늙은 사람의 여러 가지 표현 중의 하나입니다. 사전적으로 보면 '노인(老人)'은 나이가 많이 들어 늙은 사람, '어른'은 다 자라서 자기 일에 책임질 수 있는 사람을 뜻합니다. 나이가 들어가면서 주변 사람들에게 "저 어른한테는 배울 것이 많아 존경스러워"라는 말을 들었을 때는 어르신이 되는 겁니다. 세상을 살면서 많은 노인을 만나볼 수 있는데 진정한 어른과 어르신은 많지 않습니다.

우리말에는 나이 든 사람에 대한 다양한 표현들이 있습니다. 우선 '늙은이'라는 말이 있고, '노인(老人)', '노인장(老人丈)'이란 말이 있고, '어른'이라는 말도 있습니다. 마지막으로 '어르신'이라는 표현도 있는데 이는 인간 완성의 경지에 이른 분을 지칭하는 존경의 표현입니다. 나이가 많아 늙었으나 품위와 품격을 갖추어 젊은이들로부터 존경을 받는 분을 말합니다.

어른이나 어르신이 되려면 우선 홍익인간(弘益人間)의 정신을 가져야 합니다. '모두가 행복해지기를 바라고, 모두를 이롭게 하는 정신'을 가지고 있어야 합니다. 이러한 정신이 있으면 '어른'에서 더 높은 경지에 이르는 '어르신'이 되는 것입니다. 그냥 나이만 들면 늙은이, 노인, 노인장이 되는 겁니다. 이렇듯 노인이 되기는 쉽지만 어르신이 되기란 쉽지 않은 일입니다.

우리나라는 급격한 경제 성장에 따른 생활 수준의 향상, 건강의 관심도 증가, 의학의 발달 등으로 평균 수명이 증가하고 있습니다. 노인 인구 비율이 2000년에 7%를 넘어 고령화 사회로 진입하였고 이와 같은 추세가 계속되어 2018년에는 노인 인구가 총인구의 14%를 넘는 고령 사회가 되었습니다. 2026년에는 노인 인구가 20%를 넘는 초고령 사회로 진입할 것으로 전망합니다.

이제는 고령화 시대로 노인 인구의 증가에 따른 또 다른 사회 문제가 많이 생기겠지만 슬기로운 대처가 필요합니다. 노인이 많으면 사회는 병약해지지만 어르신이 많으면 윤택해질 수도 있습니다. 시간이 흐를수록 부패하는 음식도 있고 발효하는 음식이 있듯이, 사람도 나이가 들수록 노인이 되는 사람과 어르신이 되는 사람이 있습니다. 노인은 나이만 먹은 사람이지만 어르신은 나이 들수록 더욱 성숙해지는 사람입니다. 오랫동안 깊이 숙성된 와인이 좋은 맛을 내는 것처럼, 속사람이 향기로운 어르신들이 우리 사회를 빛나게 합니다.

미국 유대계 시인 사무엘 울만(Samuel Ulman)이 78세에 쓴 시(詩), '청춘'에는 "나이를 먹는다고 해서 사람이 늙는 것은 아니다. 이상을 잃어버릴 때 비로소 늙는 것이다."라고 했습니다. 이처럼 나이에 상관없이 아름다운 꿈을 간직하고 이상의 별빛을 바라보는 어르신, 젊은 사람에게 대접받으려 하지 않고 풍부한 인생 경험과 축적된 삶의 지혜를 가르쳐주고 함께 공감하기를 원하는 어르신, 남의 일에 일일이 간섭하며 가르치려 들지 않고 항상 넉넉한 마음으로 격려하고 보듬는 따뜻한 마음을 소유한 어르신, 이런 어르신이라면 어떤 젊은이가 존경하고 따르지 않겠습니까!

'버릇없는 요즘 젊은이들'을 탓하기 전에 자신부터 돌아보며 말과 행동에서 품위와 품격을 갖추는 것이 필요합니다. 천 년 고목이 나무 그늘을 만들고 그 아래에 사람이 모이듯이 고고한 인격의 향기가 풍기는 삶을 삽시다. 그러면 노인이 아닌 진정한 어르신으로 존경받는 아름다운 삶이 되고도 남을 것입니다. 어르신에 대한 의미를 인지하고 우리 모두 어른답게 살아가면서 나중에 모두 노인이 아닌 존경받는 어르신이 되었으면 합니다.

주인 의식과 주인 노릇

우리 사무동 앞 주차장 부스를 새롭게 만들어 직원 근무 환경을 개선했습니다. 부스 안전 표시인 황색과 흑색 페인트칠의 간격이 잘못된 것을 보고 직원들의 의식이 낮음을 알게 되었습니다. 좀 더 우리 시설의 품격을 높이는 의식이 필요한데 그것은 각자 높은 주인 의식이 있어야 합니다. 우리 스스로 우리 시설의 격을 낮게 또는 조잡하게 하여 미관을 해치는 것은 주인 의식이 부족해서 그런 것이 아닐까 합니다.

어느 고급 레스토랑에서 일어났던 주인 의식에 대한 실화입니다.

하루는 이 식당을 자주 이용하는 VIP 고객이 식사하던 중 밥에 이상한 물질을 발견하고는 사장을 불렀습니다. 이때 식당 사장은 급한 다른 일을 처리하느라 갈 수 없어서, 먼저 무슨 일인지 알아보기 위해 직원을 보냈습니다. 사장의 지시를 받은 직원이 서둘러 테이블에 가보니, VIP 고객은 손가락으로 음식을 가리키며 "당신도 눈이 있으면 이 음식을 보시오. 음식에 죽은 파리가 있잖소! 이렇게 더럽게 위생 상태를 관리하며 장사해도 되는 거요?"라고 소리쳤습니다.

이때 고객이 화를 내는 동안 그 직원은 음식의 이 물질을 손으로 집어서 입으로 넣어 씹어 먹으면서 "손님 이것은 파리가 아니라 검은 콩입니다."라고 말하였습니다. 그러자 그 고객은 직원의 행동에 어이가 없는 듯 "아니 이 사람이 나를 뭐로 아는 거야? 내가 파리하고 검은 콩도 구별 못 한다는 거요?" 하고 더 화를 냈습니다. 직원을 쫓아보내고 "당장 사장 오라고 해!"라고 소리쳤습니다. 직원이 가고 사장이 오자 그 VIP 고객은 직원을 내쫓을 때와는 달리 부드러운 눈과 말로 사장에게 이렇게 말했습니다.

"사장님은 참으로 행복한 분입니다. 보통은 주인이 당할 난처한 일을 자신이 감당하는 사람(직원)이 없는데, 저렇게 현명하고 충성스러운 직원을 밑에 두고 있다는 것은 정말 복 받을 일입니다. 분명히 죽은 파리였건만 자기 일처럼 주저하지 않고 그것을 입에 넣으며 콩이라고 말하는 재치 덕분에 주인과 가게를 난처함에서 살렸습니다. 이제 죽은 파리도 없어졌으니 내가 할 말도 없어졌고 그냥 가야겠습니다. 자신에게 맡겨진 일에 최선을 다하는 저 직원이 있는 동안은 이 식당은 반드시 성공할 것입니다. 나도 저 직원을 보기 위해 계속 오겠습니다."라고 칭찬과 부러움을 전했습니다.

사장은 고객에게 정중히 사과하고 배웅한 뒤 그 직원을 유심히 관찰하였습니다. 그리고 그의 주인 의식과 충성스럽고 진실한 모습에 감동하여 후일 레스토랑을 그 직원에게 물려주었다고 합니다.

흔히 "사람은 많은데 쓸 만한 사람은 없다."라고 합니다. 이는 막상 일을 맡기려고 할 때 주인 의식을 갖고 자기 일처럼 일하는 믿을 만한 사람이 마땅치 않을 때 사용하는 말입니다. 주인 의식을 가진 사람은 한순간의 마음이나 말처럼 단번에 평가되지 않습니다.

어떤 사람이 자신이 원하는 것을 얻기 위해 자신의 마음을 절제하는 모습을 짧은 기간 동안 보일 수는 있지만, 이것도 결국 상황이 바뀌면 드러납니다. 자기 뜻과 맞지 않으면 안면 몰수하듯이 돌변하는 태도가 나타납니다. 자리가 그 사람을 만들 수 있다고 하는데, 이것은 인간이 모든 것의 중심이 된다는 사상의 관점입니다. 자리가 사람을 만드는 것이 아니라 이미 그 자리에 합당한 마음과 태도로 자기 일처럼 살아오던 삶이 중요합니다. 그 자리가 변했어도 한결같은 태도를 통해 그 마음이 어떠한지 드러나는 사람이 그 자리에 합당한 사람으로 평가받습니다.

주인 의식을 가지고 사는 사람과 주인 노릇을 하며 사는 사람은 분명히 다릅니다. 주인의 마음을 깨달아 그 뜻에 합당하게 사는 것이 '주인 의식'을 가진 삶이고, 주인처럼 대우받고 행세하며 사는 것은 '주인 노릇'을 하는 삶입니다.

과수원의 열매를 딸 때, 주인은 익은 열매를 따고 덜 익은 열매는 익은 다음을 기약하며 남겨둡니다. 주인은 잘 익은 열매를 얻는 것이 목적입니다. 주인 의식이 없는 일꾼은 덜 익은 열매가 익을 때마다 자신이 또 따야 하므로 고되고 귀찮은 일을 생각하며 주인의 뜻과 달리 익지 않은 열매도 따버립니다. 그래서 무익하고 악하며 쓸모없는 일만 합니다. 우리는 주인 의식이 있는 사람입니까, 주인 노릇을 하는 사람입니까?

진상

식당을 운영하는 고향 친구가 말하길 가끔 오는 고객 중에 진상이 있다고 합니다. 그 고객을 상대하면 식당을 때려치우고 싶을 때가 한두 번이 아니라는 얘기를 들은 적이 있습니다.

몇 년 전 내가 근무했던 회사 모 부서 고객 중에도 전 부서 직원이 싫어하는 진상이 있었습니다. 별것 아닌 것으로 고발까지 당해서 평생 처음으로 경찰서에 가서 조사도 받고, 무혐의 처분된 적이 있습니다.

'진상'이란 단어는 입에 익숙하지만, 아직 국립국어원 표준국어대사전엔 등록이 안 되어 있으며 어원도 불분명합니다. 다만 국립국어원이 운영하는 '우리말샘'에서 진상은 '무례한 말과 태도로 필요 이상의 요구를 하거나 억지 부리는 행위를 하는 사람'으로 나와 있을 정도입니다. 사전에 등재된 말과 비슷한 말로 쓸 수 있는 것이 '꼴불견', '밉상', '화상' 등이 있는데, 이 말들은 어감이 달라서 '진상'이라는 말이 더 널리 쓰이고 있습니다.

'진상'의 뜻은 사용되는 한자에 따라 몇 가지 종류가 있습니다. '眞相(진상)'은 '일이나 사물의 참된 내용이나 형편'을 말하는 것입니다. 예를 들면 어떤 대형 화재 사고가 나면 정부에서 "진상 파악을 철저히 해서 원인을 규명하겠다."라고 말합니다.

또 다른 '進上(진상)'은 예전에 '진귀한 물품이나 지역 토산물을 임금이나 고관에게 바치는 것'을 진상이라고 했습니다. 당시 백성들은 먹고살기 빠듯했고 관리의 협잡이나 뇌물, 착복 등의 민폐가 심했기 때문에 귀한 것을 무리하게 마련해 진상하는 것이 고역이었습니다. 이에 누군가 무리한 것을 강요하면 '진상(進上)'이라고 표현하기 시작했다고 하는데 여기서 유래했다는 설이 더 유력합니다.

최근에는 드라마나 예능에서도 출연자 사이에 '진상'이란 표현을 자주 쓰는 것을 볼 수 있고, 또 많은 사람이 진상이란 말을 아무 생각 없이 쓰고 있습니다. 이 단어는 원래 과거에 술집에서 자주 쓰던 용어였습니다. '아빠'라는 말이 기생집에서 기둥서방 노릇을 하는 부자를 의미하는 은어였던 것처럼 '진상'은 술집에서 행패 부리고 추태 부리는 손님, 즉 골통 손님을 지칭하던 은어였습니다.

은어는 시대적, 사회적 상황을 반영한 말이기 때문에 그 시대 속에서 해석해야지 지금의 눈으로 유추하면 전혀 엉뚱한 뜻이 나올 수 있습니다. 시대적으로 이 진상이란 단어가 쓰이기 시작한 건 80년대부터라고 합니다. 이때만 해도 '상놈'이란 욕은 흔하게 들을 수 있었습니다. 요즘에는 양반, 상놈이란 말을 드라마 속에서나 볼 수 있고 상놈이 무슨 뜻인지 와 닿지 않는 사람들이 더 많습니다. 그러나 사농공상 체계가 확립된 조선에서는 교양 수준이 낮은 상인들을 상놈(쌍놈)이라 부르며 천시하는 경향이 강했습니다.

특히 80년대까지만 해도 배운 것 없고 상스럽고 막된 사람을 '진짜배기 상놈'이라는 뜻의 '진상(眞商)'이라고 불렀다고 합니다. 신분제는 이미 오래전에 사라졌으나 양반, 상민 차별을 기억하고 있는 사람들이 많았던 시절이라 '상놈'은 굉장히 기분 나쁜 욕 중 하나였습니다.

경제성장 속도만큼 술의 소비량도 급증한 80년대에는 주사(酒邪) 부리는 손님이 급증했습니다. 술집에서 손님을 접대하던 여성들이 제일 추태 부리던 손님을 '상놈 중의 상놈', 즉 '진짜 상놈'이라는 욕을 줄여 자기들끼리 '진상'이라고 했다는 것입니다. 또한 '진상떨다'라는 말은 '까탈스럽게 굴다'라는 뜻의 서울 사투리이며, 또한 진짜 이상한 사람, 진짜 밉상인 사람의 말을 줄여 '진상'이라고 하기도 했습니다.

요즘은 이 진상의 단어 뜻이 확대돼서 무례한 손님을 악의적으로 낮춰 부르는 말로 '손놈'이라 부르고 있습니다. 그 외에도 고객 서비스 업종에서 기피하는 손님으로, 악성 민원을 고의적 상습적으로 제기하는 소비자인 '블랙컨슈머', 고객에서 유래한 인터넷 은어인 '고갱' 등이 있습니다. 이런 것은 손님인 것을 빙자해서 각종 해악을 끼치는 자들을 지칭하는 말로 쓰이고 있습니다. 어떤 일을 하든 어느 장소에 가든, 무례한 말과 태도로 필요 이상의 요구를 하거나 억지 부리는 행위를 하는 '진상'이라는 소리는 듣지 말아야겠습니다.

삼매경에 빠지다

매월 마지막 주 수요일 홍보 마케팅실 주관의 '디지털 삼매경'이라는 회의에 참석합니다. 16층 회의실에서 임원 및 관련 부서 직원들과 4차 산업 등에 대한 외부 전문가를 초빙하여 강의를 듣고 토의하는 시간입니다. 얼마 전 있었던 '디지털 삼매경'에서 'KT의 ICT 및 B2B 사업 관련 사례' 교육이 있었는데, 전날의 과음으로 인하여 꾸벅꾸벅 졸아서 깊은 삼매경에 빠지지 못했습니다.

삼매경[석 삼(三), 잠잘 매(昧), 지경 경(境)]은 일상적으로 독서 삼매경, 게임 삼매경, 쇼핑 삼매경, 비디오 삼매경 등 여러 곳에 쓰입니다. 그 뜻은 어떤 일에 마음을 빼앗긴 채 몰입한 상태를 가리키는데, '빠지다'라는 동사와 어울려 '삼매경에 빠지다'라고 말하기도 합니다. 재미있는 것은 이 삼매경(三昧境)이 한자의 음과 뜻과는 관계가 없다는 것입니다.

'삼매(三昧)'는 대부분 중국 한자어라고 생각하는데, 이것은 한자에서 온 용어가 아니고 인도 불교에서 유래한 용어입니다. '삼매'는 본래 산스크리트어 '삼마디(samadhi)'의 한자 표기로, 이 말은 '마음을 한 곳에 집중한다'는 뜻이며 '삼마디'의 경지는 곧 선(善)의 경지와 같은 것입니다.

우리말에는 불경에서 유래한 고사성어들이 많이 있습니다. 야단법석(野壇法席), 이판사판(理判事判), 아비규환(阿鼻叫喚) 등이 있으며, 삼매경처럼 그 유래가 잊힌 것도 있습니다. 삼매란 불교에서 잡념을 버리고 오랜 수행을 통해 얻은 경지로서, 오직 한 가지 일에만 마음을 집중시키는 경지(境地)를 말합니다. 남을 대하는 올바른 도리에 집중하는 경지를 말하며 한자로는 정(定), 또는 정(正)이라는 뜻과 어울리는 말입니다.

여러 삼매 중에서 가장 많이 듣는 '독서삼매'는 책을 읽을 때는 주위 환경에 휘둘리지 말고 정신을 집중하라는 말입니다. 독서삼매 하는 방법은 삼도(三到)가 있다고 하는데, 심도(心到), 안도(眼到), 구도(口到)인 '마음과 눈과 입을 함께 기울여 책을 읽으라는 것'입니다. 독서 삼매경에 빠진다는 것은 독서에 푹 빠져들어 다른 것에 정신이 가지 않는 마음의 경지를 가리키는 말입니다.

개인적으로 끈질김이 부족하고 잡생각이 많지만 책은 자주 보려고 합니다. 삼매 방법의 삼도에 집중하여 책을 보려고 하지만, 다른 생각은 하지 않고 오직 책 읽기에만 몰두하기는 정말 쉽지가 않습니다. 요즘 개인적인 불안과 회사의 이런저런 업무 등 상념이 많아 집중이 어렵습니다. 그래서 가끔은 일상의 잡다한 생각을 다 떨쳐 버리고 사찰 같은데 들어가서 오직 책 읽기에 한 번쯤 푹 빠져 봤으면 하는 마음이 간절합니다.

과거 중고등학교 시절, 잡생각 등으로 수업에 집중하지 않을 때가 많았습니다. 특정 수업은 시간 내내 선생님 말씀에 귀 기울여 듣는 학생이 별로 없을 때도 있었습니다. 이성 생각, 게임 생각, 쉬는 시간 생각 등 별의별 오만가지 생각이 머리에 차 있으니 좋은 성적이 나올리가 없는 것이지요. 수업에 집중하지 않고 멍때리고 있다가 지적을 받으면 잠시 수업에 집중했다가 다시 다른 생각을 또 하고 이 과정을 계속 반복하는 것입니다.

우리가 사는 현시대에서는 어떠한 일이나 공부를 하는 과정에서 한 가지 일에 집중할 수 있는 환경 조성이 제대로 되어있지 않은 경우가 많습니다. 모든 업무나 일에 성과를 높이려면 집중력이 있어야 합니다. 이러한 집중력을 높이는 방법은 우선 환경적으로 잘 정리가 되고, 시간상으로 개개인이 집중되는 시간대를 잘 파악해야 합니다. 그리고 심리적으로 안정되고, 일에 대한 호기심과 흥미, 그리고 결과의 기대치를 높여야 합니다.

사람들은 주변 환경과 과거의 일과 잡다한 것에 마음을 빼앗기거나 미래의 엉뚱한 일을 생각하느라고 지금 하는 중요한 일에 집중하지 않고 놓치는 경우가 많습니다. 바쁠수록 돌아가라는 말이 있듯이 일상에서 경중과 완급을 가리며 자기발전을 위해 삼매하여야 합니다. 집중할 수 있는 목표가 있었으면 합니다.

참 나와의 만남

세상에 거짓이 많아서 그런지 일상 생활을 하다 보면 자신도 모르게 '참'이란 말을 자주 쓰게 됩니다. 말 중에 가장 진솔한 말이 '참말'이고, 나무 중에 최고가 '참나무'이고, 나물 중에 최고가 '참나물'이며, 기름 중에 최고가 '참기름'이고, 깨 중에 진짜 깨는 '참깨'입니다. 또한, 사랑 중에 최고 지고지순한 사랑이 '참사랑'이고, 이웃집 딸을 제일 좋게 말할 때는 '참 참하다'라고 합니다. 이외에도 참꽃(진달래), 참숯, 참새, 참쑥, 참외, 참대, 참붕어, 참종개, 참다랑어, 참다래, 참나리 등이 있습니다. 그리고 참으로, 참모습, 참 좋은, 참뜻, 참 잘했다 등 우리 일상에서 '참'을 정말 많이 쓰고 있습니다. 우리가 자주 먹는 소주(燒酒) 이름이 참이슬(진로:眞露)이기도 합니다.

'참'이란 아주 좋은 뜻이며 진짜를 의미입니다. 한문으로 '참 진(眞)' 자를 써서 참이라 하는데, 과연 참이란 말의 진짜 의미는 무엇일까요? 한마디로 그 분야에서 최고이고 으뜸이란 뜻으로 '좋고 충실하다'는 뜻이 내포되어 있습니다.

그렇다면 참의 반대말은 뭘까요? 참이 진짜이면 반대는 거짓이 아닌가 생각되는데, 아이러니하게도 반대 의미는 '개'입니다. 그래서 참꽃이 있으면 개꽃이 있고, 참쑥이 있으면 개똥쑥이 있고, 참말이 있으면 개소리도 있는 것입니다. 그 외에도 개살구, 개복숭아, 개구멍,

개나발, 개자식 등등 개가 들어가면 일단 좋은 이미지가 아닙니다.

세상에 태어나 그동안 수많은 사람을 만났지만 '참 자신'을 만나본 적이 있나요? 살아온 과정이 긍정적이든 부정적이든 상관없이, 실제 그때로 되돌릴 수는 없겠지만 누구나 참 나를 만나기 위해 노력해야 합니다. 그 방법으로 나의 건강을 챙기기 위해 운동하고, 나에게 맛있는 음식을 대접해도 좋고, 나의 기분을 좋게 만들어 주는 어떤 일이든 해야 합니다. 내가 나를 응원하고 세상이 가장 필요로 하는 사람이 나이고, 나의 사랑을 가장 원하는 사람 역시 '나'라는 사실을 알고, 참 나를 만나고 진심으로 나를 사랑해 주어야 합니다.

이건희 삼성 회장이 국내 유명 기업가로서 자신을 만나고 자생(自生)한 계기에 관한 일화가 있습니다. 세계적인 유명 기업으로 모르는 사람이 없는 오늘의 삼성이 있게 한 유명한 사건입니다.

이 회장이 승계 이후 1993년 2월 미국을 시찰하다가 LA 지역에 있는 베스트바이(Best Buy) 매장 구석에서 포장도 안 벗긴, 뽀얀 먼지가 쌓인 채 방치돼 있던 삼성전자 가전제품을 목격했다고 합니다. 너무나 충격적인 모습의 자사 제품을 보면서 실망한 그는 고민 끝에 그곳에서 참 자신을 만났다고 합니다.

'나는 누구인가? 왜 사업을 하는가? 과연 어떻게 사업하는 것이 잘하는 것인가?'

이런 질문을 안고 돌아온 이 회장은 독일 프랑크푸르트에서 핵심 경영진 200여 명을 모아놓고 "마누라와 자식 빼고는 다 바꾸자!"라는 말과 함께 신경영을 선언했습니다. 이후 삼성은 뼈를 깎는 체질 개선을 통해 세계적인 기업으로 부상했으며, 그 후 삼성그룹 매출이 점차 증가하기 시작했다고 합니다. 그는 "사회는 끝없이 변화를 요구하고 있다. 변화에 동참하지 않으면 망하고 사라진다."라고 설명하면서 질(質)을 위해서라면 양(量)을 희생시켜도 좋다고 강조했습니다. 자신의 책상 위에 삼성전자 제품을 일렬로 진열한 뒤 망치로 이를 하나하나 부수면서 "모든 것을 다시 만들라"고 호통치기도 했다고 합니다.

나를 발견하고 나를 파괴하는 아픔이 있어야 하며, 이렇듯 솔직한 나를 발견했기 때문에 오늘의 삼성이 존재한다고 생각합니다. 중요한 사실은 세상에서 가장 만나기 어려운 사람이 바로 '나'라는 것입니다.

몇 년 전 보도에 보니 오바마 미국 대통령이나 푸틴 러시아 대통령과 점심 한 끼를 먹는 가격이 경매에서 10억 원이 넘었다고 합니다. 그리고 미국 투자의 귀재이자 기부의 왕이라고 하는 워런 버핏을 만나는 일 또한 얼마나 어렵습니까? 그런데 이들보다 몇 배 더 만나기 어려운 사람이 바로 '나' 자신이라고 합니다.

자신이 자신을 만나는 방법은 사람마다 다를 것입니다. 예를 들어 어떤 사람은 술로 만날 것이고, 어떤 사람은 수다로 만나기도 하며, 어떤 사람은 쇼핑으로, 어떤 사람은 여행으로 만납니다. 이처럼 자신을 만나는 계기와 방법을 만들어야 합니다. 힘든 상황에 놓였을 때 참 나와 만나기가 가장 쉽다고 합니다. 윤달이 끝나는 주말 그동안 연장 근무하면서 묵묵히 자신(나)에게 주어진 일에 최선을 다하는 우리 직원들 수고에 큰 박수를 보냅니다. 이제 자신과 만나는 계기를 자주 만들었으면 합니다.

4장

인연은 오고 간다

인간관계 이야기

세상에서 가장 아름다운 것

올해 2017년의 추석 연휴는 연휴 앞뒤 임시 공휴일 지정으로 10일이나 됩니다. 우리 직원들은 추석 전후 기간에 성묘 지원 근무로 인해 온 가족이 만나는 한가위 명절 추석을 반납해야 합니다.

가족과 가정은 어떤 차이가 있을까요? 가족이란 부부, 부모, 형제자매 등 혈연과 혼인 관계 등으로 이룬 작은 집단으로, 법률적으로는 동일한 호적 내에 있는 친족을 말합니다. 가정이란 한 생명체가 태어나 최초로 속하는 가장 규모가 작은 혈연 사회로 소규모 활동이 이루어지는 기초적인 사회 집단입니다. 쉽게 말해서 가정은 이런 작은 집단의 가족들이 모여 사는 집으로 '가족의 구성원들이 생활하는 장소'입니다.

어느 나라에 '세상에서 가장 아름다운 것'을 작품으로 그리고 싶어 하는 화가가 있었습니다. 어느 날 그는 막 결혼을 앞둔 예비신부에게 "세상에서 가장 아름다운 것이 무엇이냐?"라고 물었습니다. 그러자 그녀는 "사랑이지요. 사랑 없이는 아무런 아름다움도 없어요."라고 대답했고 화가는 고개를 끄덕였습니다. 다음엔 교회의 목사님에게 같은 질문을 하였는데 "믿음이지요. 하나님을 믿는 간절한 믿음이야 말로 세상에서 가장 아름답습니다."라고 답해 목사님의 말에도 수긍하였습니다. 그러나 그는 더 아름다운 무엇이 있을 것만 같았습니다.

때마침 전쟁터에서 돌아온 한 군인에게 같은 질문을 하였더니 "전쟁이 없는 평화가 제일 아름답지요."라고 대답하였습니다.

화가는 이 세 사람이 말한 아름다운 세 가지 '사랑, 믿음, 평화'가 함께 있는 그림을 그려야겠다고 마음먹었습니다. 그 화가는 '무엇을 어떻게 그려야 할까?' 고민하며 세상의 이곳저곳을 돌아다녔습니다. 세상에서 가장 아름다운 것을 담은 그림을 그리고자 하였으나 좀처럼 그 그림의 대상과 소재를 찾을 수가 없었습니다. 그는 가지고 있던 돈도 떨어져 먹을 수도 차를 탈 수도 없어 걷고 걸었지만 대상을 찾지 못하고 지치고 말았습니다.

그는 갑자기 가족 생각이 간절해져서 '그래 집으로 돌아가자. 돌아가서 푹 쉬면서 고민하자.'라고 생각하고 집으로 향했습니다. 집에 도착하자 "아빠다!" 하고 아이들이 소리를 지르며 문을 열어주면서 뛰어 나와 오랜만에 본 아빠를 껴안고 얼굴을 비비고 매달렸습니다. 저녁 식사를 준비하던 아내는 "이제야 오세요? 어서 식탁에 앉으세요." 하며 미소로 그를 맞이했습니다.

화가는 아이들과 아내의 모습에서 문득 보이는 게 있었습니다. 아이들의 눈 속에는 '사랑'이 보였고, 아내의 모습에서 '믿음'이 보였고, 그리고 그 사랑과 믿음을 토대로 세워진 가정에 '평화'가 있는 것을 보게 되었습니다.

"아! 나의 집, 나의 아내, 나의 아이들이 가장 아름다운 그림이구나."

얼마 후 그는 세상에서 가장 아름다운 그림을 완성하였습니다. 그 작품의 제목은 『가정(家庭)』이었습니다.

가정은 좁은 의미로 가족이 살아가는 공간적 장소를 가리킵니다. 넓은 의미로는 인간관계에 초점이 맞춰지는 가족, 생활과 거주 장소에 초점이 맞춰지는 집입니다. 공동의 소득에 근거한 생산 소비 활동의 단위인 가계, 의식주를 비롯한 가족의 관리 활동을 모두 포함하는 개념이라고 합니다.

가정의 핵심은 가족이며, 가정의 목표는 모든 가족 구성원의 행복과 즐거움, 그리고 복지 향상입니다. 이러한 목표를 달성하기 위해서는 다양한 기능과 여러 가지 일을 수행해야 합니다. 부모의 기능과 일, 자식의 기능과 일을 유기적으로 수행해야 합니다. 가정은 삶의 기본 바탕이 되고 에너지를 충전하고 삶의 활력소를 만듭니다.

따라서 가정은 개개인이 생활하고 보호받는 터전인 동시에 우리 사회를 유지 · 존속시키는 최소의 단위입니다. 즉 개인과 사회를 연결하는 중간 고리라고 할 수 있습니다.

산소가 중요한 것을 모르는 것 같이 항상 옆에 있다는 것을 알면서도 가정이 가장 소중하다는 것을 가끔 잃어버리고 삽니다. 추석 연휴 이번 주도 파이팅하면서 가정의 소중함을 깨닫는 한주가 되었으면 합니다.

돈 안 드는
운동 기구

건강에 대한 관심이 갈수록 높아지고 있으며, 매년 해가 바뀔 때 새해 목표 중 빠지지 않는 게 '건강'에 관한 다짐입니다. 2017년도 한 포털 조사에서 새해 계획 1위가 '다이어트 및 건강 관리'(60.5%)였습니다. 문제는 실천인데 대부분은 작심삼일로 끝나고 맙니다. '시간이 없다'는 것이 가장 큰 핑계입니다.

요즘 우리 본부 내 L 팀장이 건강상 음주를 줄이고, 매주 혼자 등산을 하면서 체중을 줄이는 등 건강 관리에 몰두하고 있다는 얘기를 듣고 좋은 현상이라고 칭찬해 주었습니다. 주말에 시간을 따로 내지 않고 평소 직장에서 할 수 있는 것 중에서 제일 쉬운 운동이 '계단 오르기'입니다. 점심 후 종종 L 팀장과 같이 사무실이 있는 14층까지 계단으로 걸어 오르고 있습니다.

그저 계단만 오르내리는 것이 무슨 운동이 될까 싶지만, 사실 계단 오르기 운동은 생각보다 칼로리 소모가 큰 다이어트 운동 방법입니다. 바쁜 현대인들이 쉽게 하기 좋은 운동으로 매일 규칙적이고 반복적으로 할 수 있습니다. 계단을 10분 정도 오르내리면 열량이 70㎉ 정도 소모된다고 합니다.

'계단을 오르면 건강도 올라갑니다.'라는 문구가 사무실 1층 계단 입구에 적혀 있습니다. 가볍게 3층까지만 올라도 효과가 나타나기 시작합니다. 계단을 오르면 '보통 걷기'의 3배, '빨리 걷기'의 2배가

량 칼로리가 소모되며, 수영이나 사이클과 비슷한 운동 효과가 난다고 합니다. 혈액순환을 돕는 유산소 운동이어서 하체 근육과 혈관 강화뿐만 아니라, 신체 균형 능력까지 키워 주니 당연히 체중 감량에도 효과적입니다.

나이가 들거나 과체중인 사람은 골다공증이나 퇴행성 관절염을 대부분 겪게 됩니다. 관절 통증을 줄이고 연골 마모를 방지하기 위해서는 하체 근력을 보강하는 것이 중요합니다. 계단 운동은 뼈 주변 근육을 강화해 무릎 관절염과 발목 염좌 예방에 도움을 준다고 합니다. 그러나 관절이 좋지 않은 사람은 내려올 때 무릎에 무리가 가기 때문에 엘리베이터를 이용하는 게 좋습니다. 전문가들은 무턱대고 오르는 것보다 올바른 자세를 갖추는 것이 더 중요하다고 조언합니다. 발 모양은 11자 형태, 허리와 가슴은 곧게 펴고, 체중을 뒷발에 두며, 종아리 근육의 힘을 빼고 뒤꿈치가 계단 밑으로 향하게 해야 합니다. 또한 계단을 오를 때 무릎 관절을 곧게 펴라고 권하고 있습니다.

계단 다이어트를 하면서 계단을 발뒤꿈치를 들고 오르면 아랫배에 힘이 들어가 복부지방을 없앨 수도 있다고 합니다. 큰 효과를 내려고 한 번에 2~3개의 계단을 오르내리는 것은 좋지 않다고 합니다. 천천히 차근차근히 한 계단씩 오르면서 무리가 가지 않는 층수를 정해놓고, 점점 계단 층수를 높이는 것이 올바른 방법이랍니다.

요즘 공공기관이나 아파트에도 건강 계단이 많이 설치되어 있는데, 우리 청사도 20층 건물이라서 건강상 좌우 계단을 이용하도록 권장하는 문구가 많이 붙어 있습니다. 일반 기업 건물에는 계단별 칼로리 소모량이 표시된 곳이 많은데, 출퇴근 때나 점심시간에 계단을 오르내리며 운동과 다이어트를 함께 할 수 있도록 배려한 것입니다.

계단 오르기 운동은 개인도 건강해지고, 엘리베이터를 이용하지 않으니 그만큼 에너지 절약에 도움이 되어 일거양득입니다. 나에게도 도움이 되지만 회사에도 도움이 되는 것이 바로 계단 운동이라는 사실! 우리 일상에서 쉽게 발견할 수 있는 계단! 귀찮고 힘들어서 엘리베이터나 에스컬레이터를 이용하는 것보다 돈 안 드는 운동 기구로 생각하고 매일매일 조금씩 계단 오르기 운동을 해보는 것은 어떨까요?

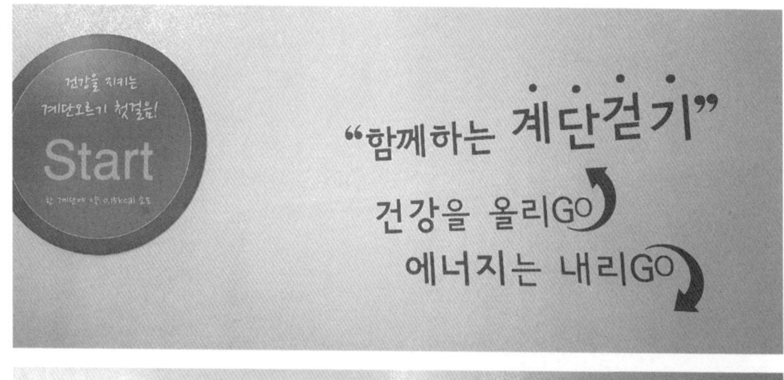

일하는 손이 아름답다

공단 생활 30여 년을 지나면서 ○○ 부서는 2번 근무하게 되었습니다. 과거(1999~2002년)에 3년을 과장으로 근무한 적이 있고, 이번 인사이동으로 다시 훌륭한 여러분과 같이 근무하게 되어 정말 반갑습니다. 우리 부서는 부대시설(식당 등) 소송 등 어려운 여러 가지 당면 현안과 각종 골치 아픈 민원 등이 가장 많은 부서로 소문이 나 있습니다. 그러나 어려운 여건 속에서도 서로 협력하고 단결이 잘되어 있는 부서입니다.

발령받은 날 밤, 법원의 강제 집행이 있어 1단계는 성공적으로 되었지만, 또 다른 시위, 소송 등에 따른 2단계 대책이 예상되어 더 어렵습니다. 이렇게 여러 가지 대외적으로 복잡하고 힘든 업무지만 최선을 다하는 자세로 업무에 임하고자 합니다. 당면한 여러 가지 문제점을 도출시키고 개선 방안을 찾아 같이 고민하고 해결점을 찾아야 합니다. 직원 모두가 그동안 업무 노하우를 활용하여 능동적이고 의욕적인 마음으로 일한다면 충분히 가능하리라 봅니다.

앞으로 함께 업무를 수행하기 위해 3가지 당부 말을 드리고자 합니다.

첫째, 기본(基本)과 기초(基礎)에 충실합시다. 기본은 근본, 도리, 바탕, 밑, 토대라고 말할 수 있습니다. 가끔 "저 친구는 기본이 되어있지 않다."라는 얘기를 들어본 적이 있을 것입니다. 기본은 도리, 즉 사람이 어떤 입장에서 마땅히 행하여야 할 바른길입니다.

기초는 주춧돌이지요. 집을 짓는 데 주춧돌을 잘 놓아야 무너지지 않은 큰 집을 지을 수 있습니다. 우리가 개인별로 업무를 수행할 때 관련 기초지식이 없으면 사상누각(砂上樓閣)이 되어 조금만 비바람이 불어도 바로 무너집니다. 해당 업무에 대한 기초지식으로 충분한 무장이 되어야 합니다.

둘째, 1.435m를 유지합시다. 과연 1.435m가 무슨 거리일까요? 이는 철길 두 궤도 간의 거리입니다. 이 거리가 지켜지지 않으면 그 기차는 목적지까지 가지 못하고 탈선하고 맙니다. 우리는 일상에서 또한 업무를 행하면서 많은 고객을 만납니다. 너무 가까우면 유착이 되어 비리가 발생하고, 너무 떨어지면 업무가 되지 않습니다. 적당한 거리를 유지하지 않으면 뜻하지 않은 많은 문제가 유발될 수 있으므로 항상 거리 개념이 필요하다고 봅니다.

셋째, 지금 내가 즐겁게 일합시다. 언젠가 해야 할 일이라면 지금 하고, 누군가 해야 할 일이라면 내가 하고, 어차피 해야 할 일이라면 즐겁게 일하자는 것입니다. 우선, '지금'이란 시간적 개념은 타이밍입니다. 업무 추진에서 적정한 시간(때)을 놓치지 않도록 해야 합니다. 보고 시기, 계획된 일자 등 업무 추진에 적기가 있는데, 이 시간을 놓치면 그동안 힘들게 쌓아놓은 실적 등 공든 탑이 순간에 무너질 수도 있습니다.

다음은 '내가'라는 솔선수범입니다. 물론 기본 업무 분장이 있지만, 큰 틀에서 한 팀의 공동 목표 달성을 위해 동료에게 전가하지 않고 내가 하겠다는 자세로 업무를 수행합시다. 다음으로 '즐겁게 일하자'는 것은 '피할 수 없으면 즐기라'는 말이 있듯이 조직에 몸담고 있으면 어차피 그 조직의 일을 해야 하는데, 그럴 때 짜증내며 일하지 말고 즐겁게 긍정적으로 일하자는 뜻입니다.

개인의 능력은 큰 차이가 없다고 보며 그 사람이 얼마나 열정적으로 일하느냐가 평가의 척도라고 봅니다. 다시 초심과 열정으로 주어진 업무에 차질이 없도록 조직의 흐름을 정확히 알고 변화에 맞는 트렌드로 바꾸어 일했으면 합니다.

'일하는 손이 아름답다'는 말이 있습니다. 일하는 손은 창조와 발전의 손이고, 성실과 겸손의 손이며, 진실과 순수의 손이기 때문입니다. 거친 나무를 대패로 다듬어 자기 역할이 분명한 물건으로 탄생시키는 목수의 손을 보십시오. 우리 모든 직원의 손은 '일하는 아름다운 손'이 되었으면 합니다.

한 부서의 장으로 이제 직원 여러분과 같은 배를 탔으니 제가 선장으로 방향키를 잡고 여러분은 노를 힘차게 저어서 거세게 불어 닥치는 폭풍을 이겨냅시다. 배가 침몰하지 않고 순항할 수 있도록 서로가 합심하여 효율적인 업무 수행에 차질이 없도록 노력합시다.

노쇠하지 않은 노인

나의 아버지는 노화하여 허리가 자꾸 굽어지고 있으며, 어머니는 노쇠하여 일주일이 멀다 하고 병원을 다니는데 점점 몸이 말라서 체중이 50kg이 조금 넘습니다. 오래된 기계가 삐걱거리듯이 나이가 들어 늙어지면 몸 이곳저곳에서 말썽이 나게 마련이며 젊었을 때와 달리 쉽게 병이 납니다. 가벼운 질환에도 회복이 더디며, 병원에선 어떤 병인지 진단되지 않지만 쑤시고 아프고 불편한 곳이 한두 군데가 아닙니다.

이고 진 저 늙은이 짐 벗어 나를 주오
나는 젊었거니 돌인들 무거울까
늙기도 설워라커든 짐을 조차 지실까

조선 중기 송강 정철이 지은 시조입니다. 우리 인간의 짐 중에 가장 무거운 짐이 늙음의 짐이 아닐까요? 사람은 보통 20세까지 성장하게 되며, 이후 더는 성장하지 않는다고 합니다. 이때부터는 아주 조금씩 신체가 약해지기 시작하는데 이때부터 노화가 시작된다고 합니다,

나이가 들면 누구나 노화가 진행돼 허리가 굽고 운동 능력이 감소하는 등 신체 변화와 기능 저하가 나타나는데, 예전에는 이런 신체 기능 저하를 나이가 들면 으레 나타나는 현상으로 생각했습니다. 그러나 같은 70, 80대라도 건강하고 활력 넘치는 노인이 있는가 하면

항상 아프고 기운이 없는 노인이 있습니다. 이것을 의학계에선 '노화(老化)'와 '노쇠(老衰)'의 차이라고 설명합니다. 신체의 나이는 '노화 나이와 노쇠 나이를 합친 것'이며, 노화와 노쇠에 대해서 잘 알고 대처한다면 평생 행복할 수 있는 길이 보입니다.

노화는 세포 기관 또는 개체에 진행되는 변화로 성질이나 기능이 약하게 되는 것인데, 쉽게 말해서 나이가 점점 들어가면서 어쩔 수 없이 신체도 점점 늙는 것을 말합니다. 그리고 노쇠는 이와 같은 노화 현상으로 조직이 퇴행하여 기능이 감퇴하고 항상성 유지가 어려워지는 현상을 말합니다. 일상생활을 방해할 정도로 노화의 가속화가 많이 진행된 것을 일명 '허약(虛弱)'이라고도 합니다.

노쇠는 몸이 약해지는 것과 함께 영양의 불균형, 질병, 운동 부족 등과 같은 원인이 유기적으로 작용해 체력이 많이 떨어진 것을 말합니다. 노화가 단순히 나이 들어 기력이 떨어지는 정도에 그친다면 노쇠는 일상생활에 지장을 줄 정도로 기능이 심하게 저하된 상태를 말합니다. 노쇠는 근육량 감소와 매우 관계가 깊으며, 근육은 면역력을 높이고 염증을 줄이는 중요한 역할을 합니다.

노화는 인위적으로 막을 수 없지만, 노쇠는 몸을 어떻게 관리하느냐에 따라서 얼마든지 예방할 수 있습니다. 6대 영양소(탄수화물, 단백질, 지방, 무기질, 비타민, 수분)가 들어가 있는 음식을 골고루 먹고, 평소 꾸준히 근력 운동을 한다면 노쇠를 방지할 수 있음은 물론, 신체의 나이를 줄여 또래보다 더욱 젊게 살 수 있습니다. 운동, 고단백질 식사, 사회 활동 등 생활요법을 잘해야 합니다.

우리나라의 85세 이상 인구의 5명 중 1명이 노쇠이며, 65세 이상 인구의 절반이 노쇠 위험 인구입니다. 노쇠는 새롭게 발생한 질병은 아니지만 중증 질환 못잖게 중요해졌습니다. 같은 나이일지라도 노쇠에 걸리면 혼자 힘으로 움직이기 힘들 정도로 몸이 많이 약해집니다. 노쇠를 예방할 수 있는 가장 대표적인 방법은 바로 근육량 증강이라고 합니다. 근육량을 증가시키려면 우선 자신의 몸에 맞는 적정량의 육류를 섭취해야 하고, 이외에도 비타민D를 꾸준히 섭취하면서 동시에 운동도 꾸준히 해야 합니다.

A 병원 노인병 전문의는 노쇠하지 않은 노인은 비록 나이가 많더라도 힘든 치료를 잘 받고 회복을 잘해 다시 건강을 찾을 가능성이 크기 때문에 적극적인 치료를 할 수 있다고 합니다. 그러나 노쇠한 노인은 예기치 않은 합병증이 나타나고 치료 기간이 길어져 결국 수술이나 치료 후도 건강 회복 능력이 급격히 떨어지기 때문에 소극적 치료밖에 할 수 없어 정말 어렵다고 합니다.

우리나라도 100세 시대 고령화 사회로, 연로한 부모님을 두고 있는 우리가 한 번쯤은 이 문제를 고민해 봐야 하기에 여러 가지 생각을 정리해 봤습니다. 앞으로 우리 각자도 다가올 노쇠 예방과 극복법에 대해 더 관심을 가져야만 고령사회에서 건강한 노후 생활을 영위할 수 있습니다.

대나무의 쉼과 마디

결혼 전 서예에 빠져서 2년 정도 학원에서 공부한 적이 있습니다. 글씨 쓰는 실력이 어느 정도가 되면 사군자를 꼭 멋있게 그려야겠다고 다짐했는데, 결혼하고 직장생활에 얽매여 그 다짐이 수포가 되었습니다.

사군자(四君子)는 일 년을 말하는데, 매 · 난 · 국 · 죽의 순서는 춘하추동에 맞추어 놓은 것입니다. 매화(梅花)는 이른 봄의 추위를 무릅쓰고 제일 먼저 꽃을 피우고, 난초(蘭草)는 깊은 산중에서 은은한 향기를 멀리까지 퍼뜨립니다. 국화(菊花)는 늦은 가을에 첫 추위를 이겨내며 꽃을 피우고, 대나무(竹)는 모든 식물의 잎이 떨어진 추운 겨울에도 푸른 잎을 계속 유지합니다. 이러한 4가지 식물의 특이한 장점을 군자, 즉 덕과 학식을 갖춘 사람의 인품에 비유하였습니다.

사군자 중 대나무는 다른 식물과 달리 한자어가 맞지 않습니다. 대목(大木)으로 해야 맞을 것 같은데 그냥 竹(죽)이라고 합니다. 이는 대나무가 중국 남방에서 북방으로 옮겨질 때의 명칭으로 남방음 '竹'이 '덱(tek)'인데 끝소리 'ㄱ' 음이 약하게 되어 한국에서는 '대'로 불렸습니다. 일본에서는 한국어의 '대'가 '다'로 변천되었고 나무를 뜻하는 '케(木)'와 함께 '다케'로 불리게 되었습니다.

대나무는 나무라고 부르지만, 식물학적으로는 단자엽식물인 풀에 속합니다. 대나무는 습기가 많은 열대 지방에서 잘 자라기 때문에 우리나라에서는 중부 이남과 제주도에 대나무가 많이 자라고 있습니다. 대나무는 건축재 등을 비롯하여 바구니, 가구 등 수많은 죽세 공예품에 이르기까지 그 용도가 다양하며 정원수 등 관상용으로도 많이 심고, 어린 죽순은 요리하여 먹기도 합니다.

대나무는 무엇보다 곧게 자라는 특징 때문에 조선 시대에서는 지조 있는 선비의 곧음과 청빈을 상징했으며, 대쪽같은 기질은 절개와 정절을 상징했습니다. 그리고 무속신앙에서는 대나무를 신령스러운 나무로 여겨서 무속인 집에 대나무를 세워두기도 합니다. 이런 여러 가지 이유로 대나무는 동양의 수묵화에서도 중요한 소재로 등장하고, 화병과 주전자 등 도자기에도 대나무는 다양한 문양으로 표현됩니다.

대나무가 가늘고 길게 자라면서 강풍에도 꺾이지 않는 이유는, 일정한 간격을 두고 형성된 마디와 속이 빈 것 때문이라고 합니다. 만약 마디 없이 직선으로 자라기만 한다면 부러지거나 갈라지거나 쉽게 꺾여서 높게 자라기 어렵다는 것입니다. 대나무가 짧은 기간에 수십 미터 높이로 급성장할 수 있는 것도, 자라는 동안 쉬어 가면서 줄기에 마디를 만들 여유가 있어서 가능한 일입니다. 만일 대나무가 쉬는 시간의 여유로움으로 마디를 만드는 쉼과 호흡이 없으면, 가벼운 바람에도 쉽게 부러질 것입니다. 참으로 성장과 마디의 신비한 조화입니다.

이처럼 나무도 쉼이란 여유로운 시간을 자신을 강하게 다듬는 기회로 삼는데, 우리 현대인의 삶은 성장과 성공이란 지상 최대의 목표

아래 '쉼과 여유'는 한낱 사치로 치부해 버리는 경향이 있습니다. 우리의 삶에서도 하던 일을 잠시 멈추고(쉼) 매듭지어 줄 마디의 역할이 있어야 합니다. 일과를 마무리할 때나 일주일, 혹은 한 달 단위로 매듭을 짓고 다시 시작해 보는 것입니다. 그런 인생의 마디가 많아질수록 어떠한 고통과 어려움이 닥치더라도 무난히 이겨낼 수 있습니다.

모든 생명은 성장과 존재를 위해 질주하지만, 어느 땐가 쉬는 시간이 필요합니다. 나무가 나이테를 만들고, 대나무가 마디를 만드는 지혜로운 삶에 귀 기울여 보는 것도 바삐 살아가는 현대인들에게 필요한 가치라고 생각합니다. 대나무가 속이 빈 것은 욕심을 덜어내고 마음을 비우라는 뜻이라고 합니다. 사람마다 겪는 좌절, 갈등, 실수, 실패, 절망, 아픔, 병고, 이별 같은 것은 마디가 없으면 우뚝 설 수 없는 것입니다.

나무는 마디가 있기에 더 견고하게 자신을 지탱하며 서 있을 수 있습니다. 오히려 쭉쭉 뻗어 나갈 때보다 그 마디 하나를 만드는 시간이 더 오래 걸린다고 하니 그것이 우리의 마음을 만들어가는 과정이란 생각도 듭니다. 우리는 대나무의 마디 구조가 왜 튼튼하고 높이 올라갈 수 있는 것인지 알았습니다. 끊임없이 이어지는 우리의 삶에서도 본인에게 필요한 기간(단위)으로 매듭(쉼)을 짓고 새로움을 다지는 마디를 설정해 두었으면 합니다. 이번 주도 한마디 만들고 깔끔하게 마무리합시다.

말년에
향기나는 사람

말년(末年)이란 '인생의 마지막 무렵'이란 뜻도 있고, '어떤 시기의 마지막 몇 해 동안'의 뜻도 있습니다. 예를 들어 "말년에 이게 무슨 고생이람", "말년에 얻은 자식이 효도한다.", "정권 말년에 히틀러는 거의 미치광이처럼 유태인을 탄압하였다.", "희철이는 군 생활 말년이 되자 사회로 나갈 준비를 하기 시작하였다." 등으로 표현됩니다.

"젊었을 때는 사서 고생을 한다."라는 말도 있습니다. 그런데 만일 그런 일을 중년이나 말년에 만난다면 양상이 달라집니다. "제대 말년에 몸조심하라."라는 말은 군 제대를 앞둔 병사들 사이에서 하는 말이지만, 직장에서 퇴직을 앞둔 사람들이나 인생을 마감할 나이에 있는 사람들에게도 중요한 의미로 와 닿는 말입니다.

사람들 대부분이 자신의 미래를 걱정하느라 현재 자신의 일에는 소홀하고 관심이 적습니다. 인생의 길을 가는 과정에서 현재 어떤 순간의 기쁨과 감동은 눈 깜짝할 사이에 지나가 버립니다. 바로 여기에 인생의 많은 현재 시간을 무의미하게 보내버리고 잃어버리는 이유가 있습니다. 잘될 것이라는 미래에 대한 지나친 기대와 과거에 대한 향수가 크기 때문입니다.

우리는 때로는 시간이 있으면 돈이 없고, 돈이 있으면 시간이 없다고 불평을 많이 합니다. 그리고 돈도 있고 시간도 있는 경우에는 건강이 허락하지 않는 경우도 많습니다. 참으로 아이러니합니다. 과거는 유효기간이 지난 휴짓조각에 불과하며, 미래는 아직 발행되지 않은 어음일 뿐입니다. 그래서 언제나 사용 가능한 현금 가치를 지닌 것은 오직 현재, 바로 '지금'입니다.

요즘은 좀 덜하지만, 과거 군에서는 종종 "말년에는 떨어지는 낙엽도 조심하라."라는 말을 많이 했습니다. 병역 의무를 충실히 이행한 대한민국 남성이라면 한 번쯤 듣고 해본 말일 것입니다. 제대 말년에 책임감 없이 해이해진 정신 상태로 예기치 못한 사고가 나서 불행해지는 경우가 많기 때문입니다. "떨어지는 낙엽도 조심하라"는 말년 병장을 향한 조언 속에는 낙엽처럼 가벼운 작은 실수도 하면 안 된다는 의미가 있습니다. '마지막 순간의 작은 방심으로 지난 2년여의 세월을 그르치지 말라'는 뜻이 담겨 있습니다.

"야구는 9회 말 투아웃부터"라는 말이 있듯이 한 명의 타자만 잡으면 경기가 끝난다고 방심하다가 역전당하는 경우가 많습니다. 축구 경기에서도 마지막 몇 분을 방심하여 패하는 경우가 많이 있으며, 심지어 인저리 타임(Injury time)에 골이 터지기도 합니다. 축구 해설가들은 종종 시작하고 5분, 끝나기 전 5분을 특히 조심해야 한다고 충고합니다. 종료 휘슬이 울리기 전까지는 경기가 끝난 것이 아니라는 말입니다.

"마지막이 좋으면 다 좋다."라는 말을 "과정과 절차는 아무래도 상관없다."라는 뜻으로 아는 것은 잘못된 해석입니다. 사람의 인식 작용은 묘한 데가 있어서 중간보다는 마지막 인상을 또렷하게 기억하는 경향이 있습니다. 마지막 인상이 가장 깊고 오래 남으므로 우리는 마지막에 헤어질 때 잘 헤어져야 합니다. 조직이나 사회에서 마지막 무렵이라고 생각하는 순간 자기도 모르게 빠지게 되는 것이 있습니다. 그것이 바로 안일함과 나태, 도덕적 해이, 긴장감의 실종인데, 이것을 경계하라는 메시지가 숨어 있지 않나 싶습니다.

시곗바늘처럼 바쁘게 하루를 살아가는 것도 중요하지만, 가끔 자신의 삶을 음미할 시간을 가지는 것도 중요합니다. 누구에게나 똑같이 하루 24시간이라는 시간이 주어지지만 그것을 즐기고 이용하는 방법은 사람마다 모두 다릅니다. 세상이라는 틀에서 하루하루를 바쁘게 살아가며 흘러가는 시간에 무감각하게 몸을 맡기는 것이 조금은 안타깝습니다. 나 때문에 타인이 손해를 보고 불행해지지는 않은지 한 번쯤은 고민해 봐야 합니다. 다른 사람을 위하는 시간도 가져 보고, 힘들어하는 친구나 동료를 위해 편지 한 장을 쓰는 시간도 삶에서 우리에게는 필요합니다. 소중한 우리의 인생도 이렇듯 어떠한 업무(일)에도 말년에 향기가 나는 사람으로 유종지미(有終之美)할 수 있도록 지금 우리 각자의 노력이 필요합니다.

빈손으로 나누는 악수

언제부턴지 직원이나 지인을 만날 때마다 자주 악수를 합니다. 세계 어느 나라든 간에 사람들의 전형적인 인사 방법이 악수입니다. 악수는 손과 손을 맞잡는 행위로 남성들이 주로 하곤 했습니다. '握(쥘 악)手(손 수)'란 말 그대로 '손을 잡는다'는 뜻입니다. 악수는 두 사람이 나누는 공개적이고 안전한 인사법인데, 가장 일반화된 비즈니스 예절로서 손을 세게 잡는 것은 '확신'을 의미합니다.

그 유래는 여러 가지 설이 있으나 손에 무기가 없다는 의미의 설이 유력합니다. 우리 인류는 수백 년 전 빈번하게 부족 간 또는 국가 간 전쟁이 끊임없이 이어져 사람들은 피폐해졌고, 언제 어디서 공격을 받을지 모르니 신경이 곤두서있는 상태였습니다. 그러니 모든 사람이 경계의 대상이 되었지요. 밖으로 나갈 때는 상대의 공격에 대비하여 항상 칼이나 총 같은 무기를 가지고 다녔습니다. 그런데 여성 대부분은 무기를 소지하지 않았으며 소지가 허락되지도 않았습니다. 이러한 역사적 사실이 최근까지 여성들 사이에서는 악수가 일반화되지 않은 이유라고 합니다.

잉글랜드에서는 당신을 해할 수 있는 '무기가 손에 없다'는 것을 증명하기 위해 악수를 했다고 합니다. 악수는 직접적인 신체 접촉을 통해 믿음과 평등을 확인시켜 줍니다. 이렇게 해서 신임의 표시로 맨손으로 서로 손을 잡던 것이 오늘날의 악수로 발전한 것입니다. 악수할 때는 장갑을 벗는 것이 지켜야 할 예의가 된 것도 맨손으로 서로 잡았던 흔적 때문입니다.

오늘날 악수는 세계 여러 나라에서 보편적으로 통용되는 인사법입니다. 악수하는 방법이 모두 똑같은 것은 아니며 악수하는 방법도 여러 가지가 있습니다. 일본인들은 악수할 때 비교적 손을 많이 흔들고 동시에 고개를 숙이며, 유럽 대부분 나라에서는 서로 잘 아는 친구 사이는 만나자마자 바로 악수를 합니다. 쿠웨이트에서는 남자와 여자가 서로 악수하지 않는 것이 원칙이며, 인도에서는 양손으로 상대방의 양손을 잡는 것이 악수법이라고 합니다.

미국에서는 악수도 물론 많이 하지만, 이외에도 젊은이들 사이에는 서로 주먹을 부딪치는 '댑(dap)'이나 '하이파이브' 같은 인사법이 유행하고 있습니다. 하지만 누군가의 손을 잡고 가볍게 흔드는 친근한 인사법인 악수를 대체하지는 못할 것입니다.

내가 누군가의 손을 잡고 악수를 하려면 내 손이 반드시 빈손이어야 합니다. 내 손에 많은 것을 움켜쥐고 있거나 너무 많은 것을 올려놓지 말아야 합니다. 내 손에 다른 무엇을 잡고 있거나 가득 들어 있는 한 남의 손을 잡을 수 없습니다.

뭔가를 가지고 있는 손은 반드시 상대에게 상처를 입히지만, 텅 빈 손은 다른 사람의 생명을 구하기도 합니다. 그동안 내 빈손이 다른 사람의 손을 얼마만큼 잡았는지 생각하면 참 부끄러울 때가 있습니다. 어차피 빈손으로 와서 빈손으로 가는 인생인데, 무엇을 욕심내고 무엇이 못마땅하겠습니까? 오만과 욕심을 버리지 않는 한 누구도 내 손을 잡아 줄 리가 없습니다. 용서와 배려를 모르는 누구에게도 내 손을 내밀 수 없습니다.

악수할 때는 꼭 오른손을 내밀어 '나는 당신에게 적대감이 없다.'라는 사실을 확인시켜 주었습니다. 이제는 친밀감의 표시로 보편화 되어 사람과 사람 사이를 이어주는 따뜻한 인사법으로 자리를 잡게 되었습니다. 오늘도 누군가의 손을 따뜻하게 잡아주면서 진정 마음으로 "나는 당신을 사랑합니다."라는 따뜻한 메시지를 악수를 통해 아름답게 전해 보면 어떨까요?

이번 주는 설날 연휴 4일간 성묘 행사 준비에 차질 없도록, 또한 이 기간 중 시민 불편이 없고 민원이 생기지 않도록 본인 업무에 최선을 다해 주시기 바랍니다. 직원 상호 간 친밀감을 나누는 악수가 많았으면 합니다. 그리고 비상근무 때문에 고향에 못 가는 직원들은 부모와 형제에게 한 통의 전화라도 할 수 있는 여유를 가졌으면 합니다.

명장 목수의 후회

이제 2년 후면 33여 년의 직장생활을 마무리하게 됩니다. 이제 제2의 후반전 삶을 시작할 준비를 하고 있습니다. '유종지미'라는 말처럼 시작한 일을 끝까지 잘 마무리하는 마음으로 근무할 예정입니다. 인생 후반전은 삶을 마무리하는 시간으로 "아는 것도 모르는 척, 보아도 못 본 척하고, 내 주장 내세우고 누굴 가르치려 하지 마라"고 합니다.

살아가면서 어떤 일을 할 때 처음과 끝이 정말 중요합니다. 많은 사람이 처음에 거창하게 시작했다가 마무리가 잘 안 되어 실패하고 후회합니다.

처음과 끝이 다른 어느 명장 목수의 마지막 집 한 채에 관한 슬픈 얘기가 있습니다.

나이가 많아 은퇴할 때가 된 어느 명장인 한 목수가 어느 날, 고용주에게 이제 일을 그만두고 남은 삶을 가족과 보내고 싶다고 말했습니다. 고용주가 극구 말렸지만 목수는 그만두겠다고 고집했습니다. 고용주는 훌륭한 일꾼을 잃게 되어 무척 유감이라고 말하면서 마지막으로 집을 한 채만 더 지어 달라고 간곡히 부탁했습니다. 목수는 간곡한 고용주의 부탁에 "네 그러면 그렇게 하겠습니다."라고 대답했지만, 그의 마음은 이미 집 짓는 일에서 멀어져 있었습니다. 그는 실력이 형편없는 싸구려 일꾼들을 모으고, 싸고 조잡한 건축 자재를 사용하여 대충 빨리 집을 지었습니다. 집이 완성되었다고 했을 때, 고용주가 명장 목수에게 현관 열쇠를 쥐여주면서 "이것은 당신의 집입니다. 오랫동안 저를 위해 일해준 보답으로 드립니다."라고 말했습니다.

기절할 정도로 충격적인 말이었습니다. 만일 목수가 자신의 집을 짓는다는 사실을 알았더라면 아마도 그는 완전히 다른 방식으로 집을 지었을 것입니다. 이 집이 내 집이라고 처음부터 생각하고 최선을 다해 집을 지었다면 마지막에 전혀 다른 좋은 집으로 완성되었을 것입니다. 훌륭한 기술자와 좋은 건축 자재를 선택하여 못을 박고 판자를 대고 벽을 세우는 등 매 순간 정성을 다해 집을 지었을 것입니다.

노자는 "끝 조절을 처음과 같이하면 실패하는 일이란 결코 없다."라고 말했습니다. '초심불망(初心不忘) 마부위침(磨斧爲針), 처음 시작할 때 마음을 잃지 않고, 도끼를 갈아 바늘을 만든다.'라는 말이 있습니다. 우리 속담에 "뒷간 들어갈 때와 나올 때 다르다."라는 말이 있듯이 처음과 끝이 똑같아야 복이 오는 것입니다. 시작이 반이라는 말도 있지만, 끝은 전부입니다.

목수는 마지막 한 채의 집을 대충 지어냄으로써 자신이 명장 목수였다는 것을 인생에서 부정해 버렸습니다. 이 집이 당신의 집이라고 주인이 준 열쇠는 바로 그가 지은 집의 현관 열쇠였습니다. 지금 마지막 집을 짓는 사람은, 지금 짓는 집이 마지막 집이라는 생각을 버려야 합니다. 지금 마지막 공을 던지는 사람은, 지금 던지는 공이 마지막이라는 생각을 바꿔야 합니다. 마지막은 새로운 시작이므로 참된 뜻에서 마지막은 없는 것입니다.

어떤 할머니가 의식도 없이 몸져누운 남편의 손과 발이 되어 대소변을 받아내고 목욕을 시키는 방송을 본 적이 있습니다. 그 자신도 건강하지 않은 칠순 할머니의 인터뷰가 생각납니다. 할머니는 할아버지를 돌보는 육체적인 고단함과 정신의 피로를 숨기려 하지 않았습니다. 그런데도 자신이 그 일을 하는 것은 그럴 수밖에 없었다고 하는데 "남편이 한을 가지고 떠나게 할 수는 없어서"라고 했습니다. 힘들다고 남편과 살아온 한평생을 부정할 수는 없다는 뜻입니다. 그 할머니에게 그것은 남편의 삶에 대한 부정이면서 자신의 삶에 대한 부정이기도 할 것입니다.

어제는 지나갔기 때문에 좋고, 내일은 올 것이기 때문에 좋고, 오늘은 무엇이든 할 수 있어서 좋습니다. 우리는 어제를 아쉬워하거나 내일을 염려하기보다는 주어진 오늘을 사랑하고 기뻐하는 마음이 필요합니다. 모든 일엔 아쉬움이 남기 마련이며, 후회와 걱정으로 하루를 사는 것보다 현재의 자리에서 최선을 다해 하루하루를 보내는 의미 있는 삶을 살았으면 합니다.

1주일 남은 '생사 문화주간 행사'는 우리 부서가 하는 1년 중 가장 큰 행사입니다. 계획된 모든 일이 잘 진행되도록 모든 직원의 관심과 힘을 모아주시기 바랍니다.

미소는 행복의 크기

일상생활에 어떠한 비용도 안 들이고 상대방에게 무한 감동을 주며 쉽게 다가설 수 있는 여러 방법이 있습니다. 그런데 그것이 정말 소중하고 가치 있는 것이라는 걸 알지 못한 채 지나쳐 버리는 경우가 많습니다. 소중한 그것이 바로 '미소와 친절'입니다. 미소(微笑)란 볼웃음 표정의 하나로 입 주변 근육을 많이 움직여서 짓습니다. 일반적으로 인간의 즐거움을 나타내는 표정이지만, 불안을 표현할 때 씁쓸한 미소를 짓는 때도 있습니다.

우리 한국인은 조금 무뚝뚝하고 친절과 미소가 부족하다고 합니다. 국적을 떠나서 언제 어디서나 미소와 친절을 보여주는 사람은 대부분 여행객입니다. 특히 개인주의가 심할 것으로 생각되는 서양인들이 오히려 더 친절한 경우가 많다고 합니다.

친절에 있어서 빼놓을 수 없는 것이 바로 미소입니다.

최근 터키의 산업 디자이너인 베르그 일한(Berk Ilhan)이란 사람은 보는 사람이 미소를 지어야만 작동되는 하이테크 거울을 개발했다고 합니다. 터키의 여러 암 병원에서 환자, 종양 전문 의사 및 간병인과 함께하는 3주를 보내던 중 암 진단을 선고받은 사람들이 현실을 받아들이기 힘들어하며 굳어 있는 얼굴 모습을 보고 많은 생각을 하게 되었다고 합니다.

암 환자의 삶의 질을 개선하기 위해 개발된 이 하이테크 거울의 플러그인 장치는 카메라가 내장된 태블릿처럼 보이는데, 미소를 지어야만 자신의 얼굴을 볼 수 있다고 합니다. 그가 뉴욕의 School of Visual Arts에서 석사 학위를 받을 당시 제출했던 포트폴리오를 개념화한 이 미소 거울(Smile Mirror)은 사용자의 미소를 인식하면 표면이 원래 거울과 같이 사람의 모습을 보여줍니다.

미소와 친절에 대한 세계적 석학들이 말한 내용을 보면, 러시아의 작가 톨스토이는 "이 세상을 아름답게 하고, 모든 비난을 해결하고 얽힌 것을 풀어헤치며, 어려운 일을 수월하게 만들고 암담한 것을 즐거움으로 바꾸는 것이 있다면 그것은 바로 친절이다."라고 했습니다. '신은 죽었다'고 말한 독일의 실존주의 철학자 니체는 "친절하면서 웃지 않는 사람은 없을 것이다."라고 하면서 어린이에게 미소를 가르치라고 말했습니다.

미소가 흐르는 얼굴은 자신 있게 보이며 미소가 흐르는 표정은 용기 있어 보이기까지 합니다. 이런 친절은 소극적인 행동이 아니라 적극적인 행동이며, 성공한 사람들은 대부분 적극성을 갖고 있습니다. 따라서 성공하고 싶다면 친절을 계속해서 늘려나가야 합니다. 인도의 정신적 지도자 간디는 비록 몸은 왜소했지만 그의 얼굴에는 항상 미소가 흘렀기 때문에 인도의 지도자로 존경을 받았습니다. 일찍이 도산 안창호 선생도 "우리 민족에게 미소가 필요하다."라고 주장하면서 화내지 않고 웃으면서 사는 민족이 강한 나라를 만들 수 있다며 미소를 거듭 강조했습니다.

요즘은 우리나라 기업체나 공무원들에게 교육을 많이 하고 있는데, 그때마다 빠뜨리지 않고 하는 교육이 친절과 미소에 관한 내용입니다. 21세기는 나를 상품화하는 시대로, 나의 미소는 나를 명품으로 만드는 데 꼭 필요한 필수 요소입니다. 처음 상대방을 대할 때 가장 먼저 그 사람의 표정을 보는데, 이것은 그 사람의 인상을 보는 것입니다. 이처럼 우리의 첫인상이 정말 중요합니다.

함께 일하거나 길에서 잠시 눈을 마주칠 때 사람은 언제나 좋은 인상을 주려고 합니다. 관공서 민원 창구 이용 시 담당자도 시민을 대할 때 좋은 인상을 주려고 합니다. 항상 긍정적인 생각을 하고 매사에 감사하는 마음을 가지고 부드러운 말을 쓴다면 우리도 미소의 주인이 될 수 있습니다. 미소의 크기는 행복의 크기와도 비례하여 그 사람도 행복합니다.

우리 부서는 업무 특성상 슬픔을 당한 시민을 대상으로 업무를 수행합니다. 웃거나 너무 미소를 짓는 것은 맞지 않지만 친절은 필요합니다. 업무 외적 다른 대인관계 등에서는 친절하고 밝은 미소가 나의 값을 높이는 것임을 잊지 맙시다.

세상을 밝히는 3%

회사 사무실마다 걸려있는 직원 사명(使命)의 3번째가 '동료에게 배려와 존중을'입니다. 어쩌면 우리 인간 세상은 배려에서 출발하는 것일지도 모릅니다. 예의범절이나 법질서, 제도 같은 모든 것이 서로의 공존을 위한 배려에서 나오기 때문입니다. 예수나 석가, 공자, 소크라테스 같은 성인들이 제각각 다른 표현으로 '인간의 도리'를 강조했지만 그것을 꿰뚫고 있는 공통된 원칙은 바로 '배려'입니다. 배려는 한자로 '配(짝 배)慮(생각할 려)'로 짝을 생각하는 마음으로 다른 사람을 생각하는 것입니다. 사전적 정의로 배려란 '도와주거나 보살펴 주려고 마음을 쓰는 것'인데 이는 타인과의 관계를 전제로 합니다.

다른 사람을 배려하면 어떤 점이 좋을까요? 작은 정성과 관심으로 모두가 행복해질 수 있을 뿐만 아니라 배려하는 마음이 모이면 나도 남에게 배려를 받을 수 있습니다. 넓은 의미에서 배려는 인간뿐 아니라 사물 및 환경과의 상호작용을 일컬으며, 좁은 의미로는 스스로 돌볼 수 없는 사람을 보살펴 주는 실질적인 행동을 말합니다.

배려는 나를 넘어서는 도약대이며 세상과 조화를 이루는 연결고리라고도 합니다. 서로 주고받는 배려는 세상을 이끌어온 원동력이기도 합니다. 우리 사회는 무한경쟁의 사회지만 공존을 위해서는 상호 배려가 정말 필요합니다. 배려와 경쟁은 어쩌면 이율배반적인 것으로 보이지만 우리 삶을 지탱해주는 기본 원칙입니다.

거란과의 귀주대첩에서 승리한 강감찬 장군을 위해 고려왕 현종이 잔치를 베풀었습니다. 잔치가 무르익어 술이 한 순배 돌고 난 뒤, 밥그릇 뚜껑을 열던 강감찬 장군은 그릇 안에 밥이 없다는 것을 알게 되었습니다. 높은 지위에 있는 사람들이 흔히 그러하듯 밥을 다시 가져오라고 호통치면서 주방장을 혼내 줄만도 했지만, 장군은 그냥 조용히 화장실을 가는 척하며 밖으로 나왔습니다.

그리고는 주방장을 불러 밥그릇에 밥이 비었음을 말한 후 어떤 지시를 내렸습니다. 잠시 후 다시 장군이 들어가 자리에 앉자 주방장이 들어와, "오래 자리를 비워 밥이 식었을 것인즉 다시 따뜻한 밥을 드리겠습니다."라고 하며 빈 밥그릇을 가지고 나간 후 새 밥그릇을 가지고 왔다고 합니다. 강감찬 장군의 배려와 기지로 주방장은 중형을 면할 수 있었다고 합니다.

자동차를 타고 가다가 서로 양보하는 일, 양보하지 못했을 때는 손을 들어 인사하는 일, 공공장소에서 어른들에게 자리를 양보하는 일, 먼저 인사하는 일, 직장에 일찍 출근하여 회의 준비를 깔끔하게 해놓고 상사와 회의 참석자를 기다리는 일 등은 자신의 마음을 흐뭇하게 할 뿐만 아니라 배려를 받은 모든 이의 가슴을 따뜻하게 해줄 것입니다. 이런 조그만 배려들이 모이고 퍼질 때 사랑과 활기가 넘치는 훈훈한 사회나 조직이 될 것입니다. 인도 간디가 막 출발하는 기차에 간신히 올라탔는데 서두르는 바람에 그만 실수로 신발 한 짝이 플랫폼에 떨어졌습니다. 기차가 출발해서 다시 주워오기 어렵게 되자 다른 한 짝을 얼른 벗어서 아까 떨어졌던 곳에 남은 한 짝마저 던져 버렸습니다. 그리고는 그 이유를 "어떤 가난한 사람이 줍는다면 한 짝으로는 아무 쓸모가 없지만 이제는 나머지 한 짝마저 가질 수 있으니 얼마나 다행한 일입니까?"라고 했습니다. 크지 않은 조그만 배려지만 우리 모두의 가슴을 따뜻하게 해주는 이야기입니다.

이렇게 상대방에 대한 배려는 늘 세상을 따뜻하게 합니다. 3%의 소금이 바다를 썩지 않게 하듯 3%의 따뜻한 마음이 세상을 밝히는 등불이 됩니다. 세상을 나의 눈으로만 보지 않고 때로는 남의 눈으로도 볼 수 있다면 꽃보다 더 아름답고 행복한 세상이 될 수 있습니다. 배려는 세상에 찌든 마음을 맑게 하며, 우리의 생활 속에서 사람과 사람을 이어주는 보이지 않는 끈입니다.

무턱대고 배려하는 것이 아니라 배려하기 전에 상대방의 마음을 잘 살펴보아야 합니다. 상대방이 가장 기뻐하고 행복해하는 방법으로 배려해야 합니다. 이번 주도 '동료에게 배려와 존중'을 하면서 힘차게 파이팅합시다.

날씨가 추워지고 난 후에야 소나무의 푸름을 안다

지인들과 제주 서귀포에 있는 김정희 유배지 제주 추사관을 다녀왔습니다. 추사관 건물은 2010년 5월에 건립되었는데 추사 김정희 선생님의 작품을 모아둔 공간입니다. 이 집은 추사(秋史) 김정희(金正喜) 선생께서 살아생전 그리신 세한도의 배경에 소나무와 창문이 달린 모던한 집을 콘셉트로 현시대에 맞추어 지은 의미 있는 건축물입니다.

공자 유교의 다섯 가지 덕목인 오륜에서 '붕우유신(朋友有信), 친구 사이에는 믿음이 있어야 한다.'라는 것이 있습니다. '유붕자원방래 불역락호(有朋自遠方來 不亦樂乎), 벗이 먼 곳에서 찾아오면 이 또한 즐겁지 않은가?'는 공자의 『논어』 학이편에 나오는 친구에 관한 유명한 말입니다. 오랜만에 멀리서 찾아온 벗을 맞이하기 위해서 기뻐서 버선

발로 맞이하는 모습이 보이는 것 같습니다.

이 세한도에는 친구에 관한 이야기가 숨어 있습니다. 조선 말기 서예가이자 실학자인 추사 김정희 선생의 아름다운 우정 이야기가 담겨 있습니다.

잘 나가던 추사 선생이 풍양 조씨, 안동 김씨 등의 세도정치에 도전했다가 쫓겨나 멀고도 먼 제주도에 유배되었습니다. 관직에 있을 때 그렇게 많던 친구들은 다 어디로 갔는지? 요즘도 그렇지만 잘나갈 때는 그렇게 문전성시 시끌벅적 많이 모여들더니 막상 귀양살이하니 누구 한 사람 찾아주는 이가 없었다고 합니다.

그렇게 극도의 외로움과 어려움에 육체적 정신적으로 힘들어하던 때, 추사에게 소식을 전한 사람이 있었는데, 예전에 중국에 사절로 함께 간 제자이자 친구인 역관 '이상적(李尚迪)'이라는 선비였습니다. 그는 불우한 처지에 놓인 김정희를 끝까지 지켜주며 그 의리를 잊지 않았고, 두 번이나 북경에서 귀한 책을 사들여 유배지인 제주도까지 전달했습니다.

세한도에는 이렇게 적혀 있습니다.

"세상은 흐르는 물살처럼 오로지 권세와 이익에만 수없이 찾아가서 부탁하는 것이 상례인데, 그대는 많은 고생을 하여 겨우 손에 넣은 그 책들을 권세가에게 기증하지 않고 바다 바깥에 있는 초췌하고 초라한 나에게 보내주었도다. 그대와 나의 관계는 전이라고 더한 것도 아니고 후라고 덜한 것도 아니다."

이 글은 제주로 귀양을 간 추사 김정희 선생을 모두가 외면할 때, 끝까지 귀한 서적을 멀고도 먼 제주까지 보내준 제자 이상적에게 뜻을 전하는 글입니다. 그의 우정은 엄청난 위로와 감동으로 다가와 추사는 이상적의 인품을 칭송하며 답례로 둘 사이의 아름답고 절절한 우정을 한 폭의 그림에 담았습니다. 그것이 바로 유명한 '세한도(歲寒圖)'입니다. 세한도라는 이름은 『논어』의 한 구절에서 따왔는데, '세한연후 지송백지후조야(歲寒然後 知松栢之後彫也), 날씨가 차가워지고 난 후에야 소나무의 푸름을 안다'라고 했던 것이지요.

세한도는 국보 제180호로서 김정희는 이 그림에서 이상적의 인품을 날씨가 추워진 뒤에 푸름을 알 수 있는 소나무와 잣나무의 지조에 비유했던 것입니다. '권세와 이익으로 합친 자들은 그 권세와 이익이 다하면 사귐이 시들해진다'고 말하고 있습니다. 잎이 무성한 여름에는 모든 나무가 푸르지만, 날씨가 차가워지는 늦가을이 되면 상록수와 활엽수가 확연히 구분되듯이 자연의 이치는 친구 관계와 닮은 데가 많습니다.

친구를 영어로는 'Friend'라고 하는데 철자 하나하나마다 깊은 뜻이 숨어 있습니다. 이 뜻풀이가 진정한 친구의 의미이기도 하지요! Free(자유로울 수 있고), Remember(기억에 남으며), Idea(항상 생각할 수 있고), Enjoy(같이 있으면 즐겁고), Need(필요할 때 옆에 있어 주고), Depend(힘들 땐 의지할 수 있는 고귀한 존재)라는 것입니다.

새뮤엘 존슨이라는 사람은 "좋은 친구를 만나고 싶거든 내가 먼저 좋은 친구가 되어야 한다."라고 했습니다. 모든 사람은 유유상종이라 해서 끼리끼리 어울리며, 본인도 모르게 그 친구들의 영향을 받는 경우가 많습니다. 마치 안개 속에서 모르는 사이에 옷이 젖어드는 것과 같지요. 친구 사이의 우정을 두텁게 하지 않고 아무렇게나 지내는 것은, 예쁜 꽃에 물을 주지 않고 시들게 내버려 두는 것과 같습니다. 물을 주고 김을 매며 꽃을 가꾸듯이 아름다운 우정을 가꾸는 것이 정말 중요합니다.

손발이 잘 맞아야

아이들이 어릴 때 밖에 나가서 놀다 오면 손을 씻으라는 예기를 자주 했습니다. 사람의 신체 중에서 가장 더러워지기 쉬운 부위가 손인데, 밖에 나가서 더러운 것을 만지고 노는 것은 대부분은 손으로 하는 것이 많아서입니다. 손과 발을 청결하게 해야 할 이유는, 정도 차이는 있지만 외출하고 돌아와서 비누로 손과 발을 깨끗이 씻는 것이 개인위생과 가족을 위해서 유익하기 때문입니다.

성인의 뼈가 206개라고 하는데, 전체 뼈 중에 손(64개)과 발(62개)의 뼈를 모두 합하면 절반(126개)이 넘습니다. 그리고 뼈마디가 많이 있는 곳은 관절이 많은 손과 발 부분입니다. 그와 관련한 근육의 방향도 다양하여 많은 관절을 통하여 여러 가지 근육을 동시에 움직여 다양하고 섬세하게 일할 수 있는 것입니다.

사람의 손은 섬세한 일을 할 수 있는데 항상 노출되어 있습니다. 모든 일에 최종적인 마무리는 '사람의 손이 가야 한다'는 표현을 많이 합니다. 사람의 생각을 전달하고 다양하게 훈련하여 움직일 수 있는 것은 손이기 때문입니다. 숙련된 장인의 대부분은 손으로 하는 기술이 많은데 오랜 기간 손을 통해 뇌를 훈련한 결과이며, 반대로 뇌를 통해 손을 훈련한 결과입니다.

우리 인간이 다른 동물과 구별되는 큰 특징 중의 하나는 직립보행입니다. 인간이 두 발로 서서 걷는 것은 인류의 역사에서 첫 번째이자 가장 커다란 혁명이라고 할 수 있습니다. 두 발로 걸음으로써 두 손이 자유롭게 되어 인류의 문명이 시작된 것입니다. 발은 우선 몸을 필요한 곳으로 이동하는 데 큰 도움을 줍니다. 외부의 위험을 피하거나 위기 상황에서 몸을 민첩하게 움직일 수 있는 것도 발이 있어야 합니다. 위기 상황에서 몸을 피하기도 하지만 생존하기 위해 사냥할 때 동물을 잡기 위해 뛰어가는 것도 발이 없으면 할 수 없습니다. 손과 발은 사람의 생계를 유지할 뿐만 아니라 다양한 역할을 합니다.

타인에게 음식 등 여러 가지 배려할 수 있는 넉넉함을 '손이 크다'라고 합니다. 일을 오랫동안 바쁘게 많이 할 때 사용하는 말로는 '손발이 닳다', 일할 사람이 부족할 때 '손이 모자라다', 공동의 목적을 위해 긴밀하게 협력할 때는 '손을 맞잡다', '손발이 척척 잘 맞다'라고 표현합니다. 어떤 업무나 일 처리가 빠를 때 '손이 빠르다'고 하고, 일이 몸에 익숙하지 않을 때는 '손이 서툴다'고 합니다.

손에 대한 부정적인 표현도 있는데, 우리가 하던 일을 그만둘 때는 '손을 떼다' 혹은 '발을 빼다'라고 합니다. 또한 '손을 씻다' 같은 표현은 손을 청결하게 한다는 일반적인 뜻 외에도 악한 일에서 혹은 범죄에서 과거를 청산하는 것을 뜻하기도 합니다.

대부분 손이 다른 부위보다 피부가 두껍다고 생각하지만, 손은 얇은 피부를 가지고 있다고 합니다. 게다가 외부 환경에 항상 노출되어 있고, 물건을 들거나 잡는 등 사용 횟수가 많으므로 노화가 매우 빠른 부분이라고 합니다. 그래서 되도록 맨손으로 어떤 일을 하지 않는 것이 좋다고 합니다.

열심히 일하는 손은 아름답습니다. 비록 일하는 과정에서 더러워지고 거칠어지며 상처가 생길 수 있지만, 손과 발은 열심히 일하며 보람을 찾습니다.

진정 아름다운 손과 발은 늘 일하는 과정에서 서로 긴밀하게 협력하여 선한 결실을 맺는 것인데, '손발이 잘 맞다'는 표현은 '호흡이 잘 맞다'는 의미입니다. 이는 생각과 뜻, 방법이 잘 맞아 일을 순조롭게 이루어 나가는 것을 뜻합니다. 일하다가 혹시 어려움을 당할까, 때로는 상처받을까 두려워하지 말고 손과 발처럼 주어진 업무에 열심을 내어 보면 좋겠습니다.

순리대로 합시다

우리는 가끔 막다른 곳까지 다다랐을 때 “순리대로 해라!”라는 조언을 들을 때가 있습니다. 그 반대의 말을 찾아보면 “무리해서라도 해라!”가 그와 상반된 말이 아닐까 합니다. 순리대로 하는 것과 무리해서라도 하는 것은 각각 큰 차이가 있습니다. 순리(順理)란 ‘무리가 없는 순조로운 이치나 도리’라고 합니다.

그렇다면 순리대로 한다는 것의 참 의미는 무엇일까요?

자연을 둘러보면 물은 절대 높은 데로 흘러가지 않으며 낮은 데로 흐르는 것이 순리입니다. 자연은 어느 것 하나 세상에 맞서는 것 없이 모두 순리대로 살아갑니다. 꽃이 시간을 이기려 하지 않고, 구름이 바람을 거슬러 흐르지 않고, 철새는 계절을 무시하지 않습니다. 태양의 빛과 바람이 있는 곳에는 습기와 곰팡이가 없듯이, 우리 인간도 순리대로 살면 병의 치료와 완치도 저절로 됩니다.

사람은 자연과는 달리 순리대로 살지 않는 경우가 많습니다. 우리가 살면서 반드시 지켜야 하는 것은 순리, 절차, 도리라고 합니다. ‘순리’라는 것은 원리와 원칙에 순종함이며, ‘절차’는 일의 순서와 질서를 따름이며, ‘도리’는 사람이 반드시 지켜야 할 계율입니다. 사물의 이치인 순리를 따르면 탈이 없고, 진리를 구하면 고통이 없다고 합니다. 사회 활동을 하면서 알아야 할 것을 확실하게 아는 것은 지적(知的)인 순리입니다. 아니고 틀린 것은 버리고 약자를 돌봄은 인성(人性)

의 순리이며, 힘들고 벅차면 멈추는 것이 몸의 순리라고 말합니다.

벌을 키우는 양봉인들 지침서에는 '벌 순리에 맞게 자연 이치에 맡기라'는 내용이 나옵니다. 어느 양봉업자가 한꺼번에 많은 꿀을 생산하기 위하여 자기의 꿀벌들을 열대 지방으로 옮겨 놓았습니다. 열대 지방은 사계절이 여름으로 꽃이 만발하는 곳이기 때문입니다. 그곳에 꿀벌들을 풀어놓으면 꿀벌들이 쉬지 않고 꿀을 따와서 지금보다 수확량이 훨씬 더 늘어나 큰돈을 벌 수 있을 것으로 생각했습니다.

이 양봉업자가 꿀벌들을 열대 지방에 옮겨 놓은 첫해, 그의 예상은 적중하였고, 많은 양의 꿀을 수확하게 되었습니다. 하지만 이듬해부터 양봉업자의 벌통은 텅텅 비었습니다. 꿀벌들이 꿀을 모으지 않았기 때문입니다. 열대 지방에 추운 겨울이 없다는 것을 알게 된 꿀벌들이 꿀을 더 이상 저장하지 않는 것입니다. 결국 사계절 꽃이 피는 열대 지방으로 꿀벌을 이전한 양봉업자의 꿈은 실패로 끝나고 말았습니다. 그는 순리를 알아야 했습니다.

이 이야기는 삶의 순리를 이탈한 욕심은 곧 실패와 허무뿐임을 알게 합니다. 욕심은 "내가 욕심이다."라고 하면서 마음으로 오지 않습니다. 욕심이 내 마음에 올 때는 말 없이 오지만, 욕심이 떠나갈 때는 소리도 요란하고 냄새도 역겹고 크나큰 오욕만을 남깁니다. 욕심은 또 다른 욕심을 낳고, 욕심으로 가득 찬 마음은 불안하고 초조합니다. 세상의 모든 일은 욕심으로 되는 게 아니고 순리가 있습니다. 그 순리의 흐름을 배반하고 욕심으로 채워진 마음에는 더 큰 욕심만 자꾸 밀려오고 실패의 연속일 뿐입니다.

우리 인간에는 3가지 마음(心)이 있는데, 이 3가지 마음으로 인생을 살아야 합니다. 첫 번째 마음이 초심(初心)이며, 둘째 마음이 열심(熱心)이고, 셋째 마음이 뒷심(後心)이라고 합니다. 삶을 다시 시작하고 싶은 첫 마음(初心)으로, 목표를 향해가는 처음 같은 기분으로 불의한 마음의 욕심부터 내려놓아야 합니다. 그러면 우리가 가는 길에 맑고 깨끗한 순백 같은 마음의 길이 열릴 것입니다.

지난 토요일 우리 부서 직위자들은 '청렴, 소통, 화합으로 거듭나자'라는 주제를 가지고 선자령으로 신년 다짐 워크숍을 다녀왔습니다. 모든 것은 마음대로 되는 것도 아니고, 또 억지로 한다고 해서 되는 것이 아닙니다. 모든 것이 순리대로 풀려야 하고, 모든 것이 진리대로 나아가야 합니다. 내게 주어진 업무에 최선을 다하고 솔선수범하면 우리 부서의 사랑하는 직원과 함께 부족한 부분을 초심으로 다 채울 수 있을 것입니다. 순리를 이탈한 욕심을 버려야겠습니다.

아름다운 2등

모든 경기에는 Start와 Finish가 있는데, 우리의 모든 사회현상에도 시작과 끝이 있습니다. 더불어 우리 인생사에도 태어났으면 반드시 죽는 것이 만고불변의 진리인 것은 누구나 알고 있습니다. 그러나 대부분 나는 당장 죽지 않는다는 생각이 많은데, 조금은 주변을 돌아보는 여유가 필요합니다.

물은 건너봐야 그 깊이를 알고, 길은 걸어가 봐야 길이 좋은지 알게 되고, 산은 올라 가봐야 험한 줄 압니다. 길이 멀고 험해지면 말(馬)의 힘을 깨닫게 되고, 산이 높아지면 공기의 소중함도 깨닫게 됩니다. 사람은 겪어 보아야 사람을 알게 되고, 긴 세월이 지나가 봐야 그 사람의 마음도 엿볼 수 있습니다.

이렇게 사람을 만나고 다양한 경험들을 쌓아가야 하는데, 우리는 누군가를 눌러야만 살 수 있다는 것부터 배운다고 합니다. 사회현상의 옳고 그름을 배우는 것보다 누가 더 잘나가고 누가 더 못 나가는가를 먼저 습득합니다. 사회생활하면서 가꾸어 나가야 할 인간적인 가치인 아름다운 마음 대신 조직의 위계질서에 먼저 물들어버립니다.

2017년 말에 TV에서 감동적인 뉴스를 봤습니다. 본 사람도 있겠지만, 2017년 12월 10일 미국 텍사스 주 댈러스에서 열린 'BMW 댈러스 마라톤대회'에서의 일입니다. 여성부 1위로 달리고 있던 뉴욕 정신과 의사 첸들러 셀프가 결승선을 183m를 남기고 비틀거리기 시작했습니다. 다리가 풀린 그녀는 더 뛰지 못하고 그만 주저앉았습니다.그 뒤를 바짝 쫓고 있던 2위 주자에게는 1등을 할 좋은 기회였습니다. 그런데 2위 주자인 17세 고교생 아리아나 루터먼은 첸들러 셀프를 부축하고 비틀거리며 힘겹게 함께 뛰기 시작했습니다. 의식을 잃을 것 같은 첸들러 셀프에게 아리아나 루터먼은 "당신은 할 수 있어요. 결승선이 바로 저기 눈앞에 있어요."라고 끊임없이 응원하며 함께 달렸습니다. 그리고 결승선 앞에서 그녀의 등을 먼저 밀어주어 우승할 수 있도록 해주었습니다.이날 미국인들은 2시간 53분 57초의 기록으로 우승을 차지한 첸들러 셀프보다 2위인 아리아나 루터먼에게 더 큰 환호와 찬사를 보냈습니다.

아리나아 루터먼은 12살 때부터 댈러스의 집 없는 사람을 위한 비영리 단체를 만들어 돕던 학생이었습니다. 아리나아 루터먼의 인간적인 아름다운 모습이 전 세계에 방영되면서 우리의 모습은 어떤지 생각해 봤습니다. 곰곰이 생각해 보면, 우리가 여기까지 오는 과정에서 우리의 손을 잡아 당겨주고 등을 조용히 밀어주던 아름다운 누군가가 없었을까요? 아마 있었을 겁니다. 앞만 보고 열심히 달렸기에 미처 눈치채지 못했을 뿐, 우리는 많은 아름다운 다른 사람의 도움을 받으며 살아가고 있는 것입니다.

우리는 "군대는 줄이야, 줄을 잘 서야 해."라는 말을 자주 합니다. 성적으로 줄 세우고, 재산으로 줄 세우고, 권력(직위)으로 줄 세우고 등등 누구나 그 줄에서 앞에 서려고 합니다. 앞줄에 서려고 더 돈 많이 버는 직장, 더 좋은 대학, 더 좋은 고등학교에 보내기 위해 아이들을 줄 세우고 있는 게 우리나라의 현실입니다.

어려운 환경 속에서도 우리는 공직자라는 소명으로 올해 조직의 목표(결승)점으로 달려가고 있습니다. 그리고 중요한 게 하나 더 있습니다. 우리 역시 누군가의 등을 조용히 힘껏 밀어주며, 차가운 손을 잡아 당겨주는 따뜻한 손과 힘을 가진 아름다운 사람이라는 것입니다. 이제는 시대가 바뀌고 있습니다. 그 줄이 배경이 아니고 인간관계망(네트워크)이며, 다양한 사람들과의 인적 네트워크 시대로 변화하고 있습니다. 상당히 추운 날씨에 건강에 유의하시고 아름다운 사람으로 거듭납시다.

안전과 신뢰

공단 직원 사명(使命)을 제정했는데, 그 첫째가 "시민에게 안전과 신뢰를"입니다. 우리나라도 매년 크고 작은 각종 안전사고가 자주 일어나고 있습니다. 2015년 OECD(경제협력개발기구)가 발표한 통계 자료를 보면 한국이 산업 재해 사망률 1위, 교통사고 사망률 1위, 자살률 1위를 차지했다고 합니다. 정말 창피한 1위라고 할 수 있습니다.

우리 조직에서도 교통사고, 화재, 업무 중 각종 사고 등 다양한 분야의 사고가 끊임없이 일어나고 있습니다. 이러한 안전사고는 시민의 재산과 생명을 잃어버리는 엄청난 결과를 초래하기도 합니다. 그래서 경영 평가 지표에는 안전사고 건수가 차지하는 비율을 높이는 등 그 경각심을 정부에서도 높이고 있습니다. 이러한 안전사고는 조직의 근간을 흔들 수 있기 때문입니다.

직원 모두는 기본과 원칙에 충실해야 합니다. 이용자인 시민의 관점에서 보이지 않은 곳까지 세심하게 안전을 챙겨 시민의 재산과 생명을 보호하고 신뢰받는 조직이 되어야 합니다.

올해 초 우리 부서의 접수실 옆 출입 자동문에 시민이 끼이는 안전

사고가 났습니다. 더 이상 이러한 안전사고로 우리 부서가 흔들리지 않도록 각자 경각심이 필요합니다.

우리 말 중에는 "이 정도면 되겠지", "괜찮아", "대충대충", "빨리 빨리"처럼 철저하지 못한 면과 조급성을 보이는 말이 많습니다. 다른 분야와 달리 안전과 연관되는 업무에는 이러한 언어가 절대 통용되어서는 안 됩니다. 우리나라를 대표하는 부정적 이미지의 단어 중 하나는 '안전 불감증'이라고 합니다. 불안전한 상황인데도 안전한 상황으로 착각하고 관심을 두지 않습니다. 주변에서 발생하는 사고가 결국 자기 일로 다가오는데도 느끼지 못하는 안전 불감증의 문제는 정말 심각하다고 할 수 있습니다.

안전사고가 연속적으로 일어나고 있는 원인은 안전을 느끼지 못하는 의식에 있습니다. 일어나지 않을 사고가 '안전 불감증'으로 인해 큰 사고로 계속 이어지는 것입니다. 사고라는 것은 언제, 어디서, 누구에게나 일어날 수 있으며, 내가 방심할 때 예고 없이 다가온다는 사실을 명심해야 합니다. 재해를 방지하기 위해선 사고 근원 자체를 없애야 하며 안전의 중요성을 알고 행동으로 옮겨야 합니다.

생활화된 안전의식만이 우리의 생명과 재산을 지킬 수 있습니다. 일상에서 가스 밸브 잠그기, 피난 통로 확보, 소방시설 유지 관리, 무단횡단하지 않기, 안전띠 착용 등 우리가 가정이나 직장생활에서 쉽게 할 수 있는 가장 기본적인 안전 수칙부터 지켜야 합니다. "이 정도면 되겠지?"라는 식의 대충주의나 위험의 요소가 있는 곳을 보고도

"괜찮겠지" 하는 안일한 생각이 문제입니다.

'신뢰(信賴)'란 타인의 미래 행동이 자신에게 호의적이거나 또는 최소한 악의적이지는 않을 가능성에 대한 기대와 믿음을 말합니다. 신뢰는 상대가 어떻게 행동할 것이라는 믿음으로 상대방의 협조를 기대하는 것입니다. 시민이 우리 부서 시설을 안전하고 편리하게 이용하는데 신뢰를 줄 수 있도록 환경을 조성하는 것이 매우 중요합니다. 직원들의 안전의식 변화와 철저한 안전교육, 각종 분야별 기본 매뉴얼을 숙지하고 제도화를 통해 안전에 대한 신뢰 의식을 가져야 합니다.

'신뢰'는 절대적인 것으로, 믿음이 90%라면 신뢰는 100%입니다. 달콤한 말 한마디로도 믿음을 얻기는 쉽지만, 신뢰를 얻기는 어렵습니다. 신뢰를 얻기 위해서는 먼저 마음을 전해줘야 하기 때문입니다. 그래서 믿음의 단계를 넘어서 신뢰의 단계로 가면 그 관계는 더욱 특별해집니다. 아는 것이라는 의미의 지식과 지혜의 차이도 마찬가지입니다. 그것이 마음에 머무르면 지식이요, 의식까지 깊이 들어가면 지혜가 되는 것입니다.

번지 점프 시에 발목에 줄을 매고 절벽에 뛰어내릴 때는 줄이 끊어지지 않는다는 100% 신뢰가 있기 때문에 과감하게 뛰어내려 스릴을 만끽합니다. 업무를 수행하면서 우선 우리 직원이 안전해야 해야 합니다. 우리 역시 시민이 우리 시설물을 이용할 때 시민의 인체와 재산에 위해를 주는 요인을 찾아 없앰으로써 시민에게 신뢰를 줄 수 있어야 합니다. 이번 주도 안전! 안전! 안전!

오기의 에너지

오기(傲氣)란 '남에게 지기 싫어하는 마음, 또는 앞뒤 가리지 않고 어떤 일에 끝까지 덤비는 경향'이라고 합니다. '포기하지 않고 끝까지 버티기'라는 면에서는 고집과 비슷하지만 약간 다릅니다.

오기의 부정적인 면과 긍정적인 면에는 어떠한 차이와 의미가 있을까요? 부정적인 면의 오기는 '능력은 부족하면서 남에게 지기 싫어하는 마음'이라는 뜻입니다. 종종 부정적으로는 이런 말을 쓰는데, "쓸데없이 오기 부리더니 결국에는…."이라는 뉘앙스입니다. 비슷한 용어로는 만용(사리를 분별하지 않고 함부로 날뛰는 용기)과 객기(행동이나 말이 쓸데없이 부리는 혈기나 용기)라는 말도 있습니다.

재미난 것은 당사자는 오기를 오기라고 느끼지 못한다는 점입니다. 그러다 보니 의도하지 않은 분란으로 이어지는 일이 많습니다. 실제로 누구나 오기를 한두 번 정도 부립니다. 그래서 인간의 감정 중 가장 대접을 받지 못한다고 하는데, 이때는 오기라고 부르기보다는 '똥고집'이라고 하기도 합니다.

긍정적인 면의 오기라는 감정은 매우 강한 에너지(Energy)입니다. '보다 높은 목표를 위해', '보다 행복해지기 위해', '보다 강해지기 위해', '보다 가치 있는 삶을 위해' 인간이 신에게 선물 받은 강한 기운이 아닐까 생각합니다. 오기를 품고 미래의 어느 순간을 공상하면서 끊임없이 노력하고 도전하여 치열한 현대를 살아가야 합니다.

우리는 가끔 "오기 있는 사람이 되어야 한다."라는 말을 종종 들어왔습니다. 어떠한 정신적 충격을 받았을 때 오기가 생기는 경우가 많습니다. '경쟁자를 실력으로 이겨보겠다는 오기', '사랑에 실패한 후 더 행복해지겠다는 오기', '무시당했지만 보란 듯이 인정받겠다는 오기'를 품는 경우가 있습니다. 어쩌면 복수라고 할 수 있지만, 중요한 것은 그 과정에서 얻는 목표에 가까워지고자 하는 노력이라고 할 수 있습니다. 그와 더불어 좋은 습관을 갖게 된다는 점에서 오기는 성장과 성취를 위한 훌륭한 방법입니다.

치열한 경쟁 사회에서 오기 없는 사람의 공통적인 특징이 있습니다. 그런 사람은 현재 처한 상황에 잘 순응하며, 시간이 지나면 현재의 문제가 해결될 것이고, 노력해 봤자 문제를 해결할 수 없을 것으로 생각하는 사람입니다. 대부분 아래를 향해 기득권을 행사하면서 쌓인 불만을 해소하는 사람입니다. 즉 자신의 성장을 검증하는 방식이 위가 아닌 아래에서 이루려는 사람들입니다.

이런 사람들은 오기는 고사하고 똥고집조차 부리지 못합니다. 본인의 불만족 상태가 계속 유지되며, 결국 자신이 목표했던 삶에 다가서는 계기를 만들어내지 못함에 따라 실망과 좌절에 직면하게 될 것입니다. 따라서 오기를 용기로 바꾸고, 끈질긴 의지로 자신을 바꾸는 노력이 필요합니다. '마부위침(磨斧爲針)'이란 말이 있는데, 즉 '도끼를 갈아서 바늘을 만든다'는 뜻이죠. 적은 노력이라도 끈기 있게 계속하면 큰일을 이룰 수 있음을 비유한 말입니다.

오기는 도전의 에너지이며, 기필코 극복해 보겠다는 큰 목표이고 본인 스스로에게 하는 결심의 다짐입니다. 정신적 육체적 어려운 문제의 극복과 성취에 대한 시발점이 바로 오기입니다.

니체는 '인생의 목적은 끊임없는 전진'이라고 했으며, 거센 사회적 풍파를 이겨낼 수 있어야 한다고 했습니다. 그것은 개인의 인생 목적지에 반드시 다다르겠다는 의지, 즉 오기가 있어야만 가능한 것이 아니겠습니까?

인생의 주인공은 자기 자신이며 그 주인공이 되고자 하는 확신을 가져야 합니다. 이것이 오기입니다. 주인공으로 살겠다는 의지를 행동으로 옮기고 유지할 수 있는 에너지로 오기는 충분한 가치가 있습니다. 오기 부림을 경계할 것이 아니라, 오기조차 생기지 않는 자세를 두려워해야 합니다. 누가 뭐라고 비난하던지 '보다 더 행복하게, 보다 더 강하게, 보다 더 풍요롭게 살겠다'는 오기는 분명히 품어볼 가치가 있습니다.

인연은 오고 간다

우리말에 '춘삼월호시절(春三月好時節)'이란 말이 있습니다. 따스한 봄날 꽃이 피고 새가 울고 바람도 좋은 계절로서 인생에서 즐겁고 가장 행복했고 좋은 시절이란 뜻이 있습니다. 현역 시절에는 대기업 간부 직원으로 출세하여 기세가 등등하다가 정년퇴직을 하자마자 꽃이 지듯 시들어 버리는 사람이 있습니다. 이에 반해 현직에 있을 때 큰 출세는 못했지만 제2의 인생은 나름의 취미 생활로 사는 재미를 느끼며 살아가는 사람이 있습니다.

죽기 전에 꼭 해야 할 일이나 달성하고 싶은 목표, 즉 버킷 리스트(bucket list)를 작성해 보면 어떨까요? 100세 시대에, 가령 60세부터 90세까지라고만 해도, 그 엄청난 시간 동안 진정으로 하고 싶은 일이 무엇인지 찾아보아야 합니다. 그것이 남은 삶을 소중한 가치로 누리며 살아갈 수 있는 취미라면 새로운 춘삼월의 호시절이 되지 않을까 싶습니다.

요즘 100세 시대에 나이는 숫자에 불과하다고 합니다. 오늘도 내일도 주어지는 하루하루의 귀중한 촌음(寸陰)을 어디에서 어떻게 보낼까를 너무 고민할 필요는 없습니다. 이제부터 찬란한 이 호시절이 훌쩍 다 가기 전에 좋은 친구와 아름다운 자연의 경치가 있는 산천경계(山川境界)를 다니거나 아니면 가지고 있는 취미 생활로 제2 인생의 봄을 만끽할 수 있어야 합니다.

유명 여배우 탕웨이가 주연으로 나온 2012년 개봉한 중국의 영화 중 진정한 삶의 가치와 사랑을 찾아가는 과정을 그린 로맨틱 코메디 『시절인연』이라는 영화가 있습니다. 애인의 아이를 임신하여 시애틀을 찾은 쟈쟈(탕웨이)는 막무가내의 철없는 여자처럼 보이지만, 사실 그녀는 국가로부터 출산 허가를 받지 못해 아이를 낳기 위해 홀로 시애틀을 방문한 것입니다. 쟈쟈가 운전기사 프랭크의 도움으로 힘겹게 산후조리원에서 머물게 되지만 애인으로부터 연락은 오지 않고 낯선 곳에서 빈털터리가 되어 궂은일을 해가며 돈을 모으면서 펼쳐지는 이야기입니다. 한 시절 속에 영원히 기억될 사랑, 인연, 행복에 대해 생각하게 되는 감동적 영화입니다.

'시절인연(時節因緣)'은 '모든 인연에는 오고 가는 시기가 있다'는 뜻의 사자성어로, 불교 경전에 나오는 '회자정리 거자필반(會者定離 去者必返)' 만나면 언젠가 헤어지고 헤어지면 언젠가 다시 만날 수 있는 말처럼 꼭 만나게 될 인연은 반드시 만나게 된다는 것을 의미합니다. 사람과의 만남, 일과의 만남, 깨달음과의 만남 등등 시절의 때가 되면 기어코 만날 수밖에 없다는 뜻으로 만남도 헤어짐도 마찬가지라는 것입니다. 혈연, 지연, 학연 그리고 직장, 남녀관계, 종교, 취미 등등 과거 옛날에는 사람 사이의 관계가 단순했습니다. 그러나 현재는 복잡화, 다양화, 미묘화 되었고, 거미줄처럼 얽히고설킨 수없이 많은 복잡한 관계가 되었습니다.

모든 인연에는 오고 가는 시기가 있다는 뜻으로 굳이 애쓰지 않아도 만나게 될 인연은 만나게 되어 있고, 무진장 애를 써도 만나지 못할 인연은 만나지 못합니다. 아무리 만나고 싶은 사람이 있어도, 갖고 싶은 것이 있어도, 시절인연이 무르익지 않으면 바로 옆에 두고도 만날 수 없고 가질 수 없는 법이라고 합니다. 아울러 만나고 싶지 않아도, 갖고 싶지 않아도 시절의 때를 만나면 반드시 만나고 가질 수

밖에 없다는 것이지요. 헤어짐도 마찬가지로 헤어지는 것은 인연이 딱 거기까지이기 때문이라는 것입니다.

사람이든 재물이든 내 품 안에서, 내 손 안에서 영원히 머무는 것은 하나도 없습니다. 그렇게 생각하면 재물 때문에 속상해하거나 인간관계 때문에 섭섭해 할 이유가 하나도 없습니다.

과거 열정적으로 편지를 주고받았던 친구 중에 최근에는 이름조차 기억나지 않은 친구도 있고, 별다른 교류는 없었는데도 아직까지 연락하고 지내는 친구도 있습니다. 한 시절을 찰싹 붙어서 보낸 친구와는 미련이 남지 않아서 그런지 지금 나이가 들어서 이름조차 가물가물하기도 합니다.

2017년 3월 1일 자로 225명이 승진했고, 또한 장기 근무자 등 96명의 전보가 있었습니다. 승진자에게는 축하를 보내며, 우리 부서에 전입해 온 10명을 전 부서원이 환영합니다. 금년도 본격적으로 일할 시기에 좋은 시절인연이 되었으니 빠른 인수인계와 업무 파악으로 조직의 안정성을 갖기를 바랍니다.

일을 잘하는 사람

우리는 종종 "저 친구 정말 일 잘하는데, 우리 부서에서 함께 일했으면 좋겠다."라며 일 잘하는 사람을 선호하고 그에게 호감을 느낍니다. 일을 잘한다는 것은 무엇일까요?

며칠 전 신입사원 119명이 신고식을 했습니다. 입사 전형이 진행 중일 때, 어떤 간부가 "어떤 사람이 회사에 채용되었으면 합니까?"라는 질문에 무심코 '일 잘하는 사람'이라고 대답한 적이 있습니다. 그 뒤 정말 일 잘한다는 것이 어떤 의미가 있을까 생각해 보았습니다.

회사나 조직에서는 어떤 목표를 두고 주어진 자원으로 최대의 성과를 창출해 내야 합니다. 일을 잘한다는 것은 그 회사의 목표 달성에 많은 역할을 하고 아이디어를 내고, 회사가 원하는 방향으로 좋은 성과를 내는 데 큰 기여를 했다는 의미가 아닐까요?

일부의 경우는 '일을 잘하는 사람'이라는 말은 곧잘 '똑똑한 사람'이나 '좋은 대학교'를 나온 사람으로 바뀌어 버리는 경우도 많습니다. 관련 지식이 많거나 똑똑하거나 하는 것은 여러 조건 중 하나입니다. 결국 올바른 일이 무엇인지 잘 알고 이를 실제로 완성하는 능력, 그것이 어떤 결과물로 나타나는 능력이라고 할 수 있습니다. 고차원적으로 말하면 '일을 잘하는 사람'이란 '올바른 일이 무엇인지를 알고 이를 완성해 내는 사람'으로 말할 수도 있습니다.

다음 4가지 유형 중에 '진짜 일 잘하는 사람'은 어떤 사람일까요?

첫째, 단순히 자기가 맡은 일을 잘하는 사람. 둘째, 자기가 맡은 일과 그와 연관된 일까지 챙기는 사람. 셋째, 자기 일과 연관된 일과 연관된 사람까지 챙기는 사람. 넷째, 자신의 일, 연관된 일, 관련된 사람까지 챙기고, 윗사람까지 고려하는 사람. 물론 첫째 둘째 사람도 참 일을 잘한다고 할 수 있지만, 진짜 잘하는 것은 셋째 넷째 사람이 아니겠습니까?

무엇보다 중요한 것은 일을 통해서 사람과 관계 형성을 잘하는 사람입니다. 특히 나와 함께 일하는 직장 상사 또는 동료 등은 평생의 인연인 만큼 중요합니다. 일하면서 자신의 전문성을 키우는 것도 중요하지만, 또 하나의 사람을 남기는 것도 중요하다는 뜻입니다. 사회에 나와서는 진짜 자기 사람 만나기가 쉽지 않기 때문에 상사나 부하 또는 성별 관계없이 존경하는 좋은 사람과 지속적인 관계를 맺는 것이 정말 중요합니다.

조직에서 위로 갈수록 뛰어난 인재보다는 그 조직에 잘 맞는 사람이 남는다고 합니다. 조직에서는 자신의 역할과 책임에 충실하고 최대한의 성과를 내기 위해 최선을 다해야 합니다. 주어진 직무 향상을 위해서는 선기후인(先己後人) 해야 합니다. '다른 사람의 일보다 자기의 일에 우선 성실해야 한다'는 말입니다.

조직 사회는 나 혼자만 잘한다고 다 되는 곳은 아닙니다. 상사 혹은 후배들에게 좀 더 모범이 되고 때로는 같이 걱정해 주는 마음이 정말 중요합니다. 예를 들면 힘든 일이 있을 때 '고민을 들어 준다'든지 또는 상대의 '어려운 일을 함께한다'고 하는 의미 부여는 사회생활의 중요한 부분입니다. 관계 형성이 좋아지려면 좋은 성격도 중요하지만 공감할 수 있는 주제들을 찾는 것이 쉽게 빨리 친해지는 방법입니다.

사무적으로 어떤 일을 할 때 상사가 지시한 사항을 보다 빨리 파악해서 센스 있게 준비해야 합니다. 이런 부분이 사회에서 인정받는데 큰 요인이 됩니다. 때에 따라선 후배들에게 "힘든데 고생이 많다."라는 말 한마디가 중요합니다. 이러한 이미지가 조금씩 쌓이면 결국 본인도 모르게 "저 친구 괜찮은 친구야."라는 이야기가 나오게 됩니다.

누구를 의식해서 말과 행동을 하는 것이 아닙니다. 그냥 편하게 껄끄러움 없이 지내다 보면 결국에는 사람의 마음을 열게 됩니다. 마음을 여는 사람이 많을수록 사회생활을 잘하는 사람이란 인식은 높아집니다. 일 잘하는 사람이 힘들고 괴롭지만, 동료에게 마음의 문을 먼저 열고 다가가 보면 어느 순간 상대방의 태도가 달라집니다.

입꼬리 올리기

'꼬리'를 사전에서 보면 '사물의 한쪽에 길게 늘어진 부분을 비유적으로 이르는 말', '동물의 꽁무니에 가늘고 길게 내밀어 뻗친 부분'이라고 되어 있습니다. 이 꼬리의 역할은 대부분 동물과 어류가 이동할 때 매우 중요하게 사용됩니다. 균형과 안정성, 방어, 신호, 조종 등 그 동물이 생존하는 데 아주 중요한 역할을 하고 있습니다.

대부분 동물의 꼬리는 내려가면 기세가 약하거나 복종을 나타내고, 올라가면 기세가 세고 강함과 정복과 지배를 나타냅니다. 우리 생활에 가장 가까이 있는 개의 형태를 보면 바로 알 수 있습니다.

일반적으로 동물이나 어류에만 꼬리가 있는 것이 아니고, 사람에게도 꼬리 아닌 꼬리가 붙는 신체 부위가 두 군데 있습니다. 얼굴에 있는 입꼬리와 눈꼬리입니다.

사람이 만나 인사하면서 처음으로 보는 곳이 바로 얼굴입니다. 상대방이 이런 사람이구나 하는 첫인상은 얼굴만 보고 3초 만에 결정됩니다. 3초 동안 찡그린 인상을 하고 있거나 불쾌한 표정을 짓고 있다면 처음 보는 상대방에게 별로 좋지 않은 인상을 남기게 됩니다. 첫인상에서 좋지 않은 인상으로 기억되는 가장 큰 제공 부위가 바로 눈꼬리(눈매)와 입꼬리(입매)입니다.

눈꼬리는 우리 인상에서 높은 비중을 차지하는 부위입니다. 눈은 개인에 따라 개성이 있어 매력으로 작용하며 꼬리가 살짝 올라가는 것이 매력적입니다. 우리의 정신은 잠잘 때는 마음에 있고 활동할 때는 눈에 있다고 합니다. 눈은 인상의 핵심이라는 말입니다.

호감이 가는 좋은 인상이 반드시 예쁘고 잘 생겼다는 말은 아닙니다. 꼭 예쁘고 잘생긴 외모가 아니더라도 친근감 있고 신뢰감 있는, 그리고 밝은 이미지를 주는 것이 더 중요합니다. 요즘 아무리 '차도녀(차가운 도시 여자)'나 '차도남(차가운 도시 남자)'처럼 멋있어 보이는 시크한 이미지가 인기 있어도 무표정하고 입꼬리가 내려가면 좋은 인상이 아닙니다. 처진 입꼬리보다는 자연스럽게 올라가 미소 짓는 듯한 입꼬리가 더 좋은 인상으로 보이는 것은 분명한 사실입니다. 입술 양쪽 끝이 아래로 처지면 불만이 있어 보이고 인상이 밝지 못합니다. 입꼬리를 올리는 삶을 살아야 합니다.

입꼬리를 올리는 방법은 얼굴 근육을 운동으로 올리는 법과 수술을 하는 방법이 있습니다. 얼굴 근육 운동으로 입꼬리를 올리려면 기본적으로 많이 웃어야 합니다. 웃는 일이 많아지면 좋은 이미지도 갖게 되고, 입꼬리는 서서히 올라갈 수 있으니 많이 웃어야 하겠습니다.

얼굴 근육 운동으로는 '아에이오우'를 최대한 크게 해서 얼굴 근육을 풀어주는 방법이 있습니다. 다음은 '개구리 뒷다리'같이 뒤가 'ㅣ'자로 끝나는 단어를 말하고 끝에서 멈추는 것을 계속해줍니다. 3개월 정도 하면 충분히 효과가 있고 이전보다 밝은 이미지로 만들 수 있습니다. 웃기 싫어도 웃는 연습, 예쁜 미소 짓는 연습, 거울을 보면서 양쪽으로 미소 날리는 연습을 하면 입꼬리가 올라갑니다.

"사람에게 호감을 주는 얼굴로 만들라. 그러면 성공할 것이다."라고 했습니다. 웃는 얼굴, 온화한 얼굴, 평안한 얼굴로 살아야 합니다.

인상이 자꾸 찌그러지고 입꼬리가 자꾸 내려가는데, 입꼬리가 올라가야 하는 이유가 있습니다. 입꼬리가 올라가면 웃는 얼굴이고, 젊어 보이고, 인상학적으로 상당히 운에 강하다고 합니다.

사랑하는 사람을 선택하는 일부터 거래처, 고객, 직장 동료, 상사, 또한 정치인이 선거 시 유권자로부터 얼마나 많은 표를 얻어내는가는 그 사람의 표정에 달려 있다고 해도 과언이 아닙니다. 비즈니스와 세일즈에서도 표정으로 일을 성공시키는 사람은 정말 많습니다. 어떤 물건을 살까 말까 망설일 때, 점원이 상냥하게 웃으며 제품에 관해 설명해 주면 그 물건을 살 확률이 더 높습니다.

입꼬리를 올리며 산다는 것은 이렇게 중요한 의미가 있습니다. 가족보다 더 많은 시간을 함께하는 직장에서 많은 직원이 업무를 추진하면서 입꼬리를 올리며 일했으면 합니다. 이번에 승진 보직 인사로 입꼬리가 많이 올라간 직원들이 많은데 좋은 현상이지요. 나 역시 입꼬리 올리며 근무할 수 있도록 노력하려고 합니다.

있을 때 잘합시다

1979년도 노벨 평화상을 받은 인도의 테레사 수녀는 과거 바쁜 일정 속에서도 하루에 몇 시간을 내어 3가지를 묵상했다고 합니다. 공자(孔子)의 제자 중에 증자는 "三(석 삼)省(살필 성)吾(나 오)身(몸 신), 나는 하루에 세 가지로써 나 자신을 반성한다."라며 매일 3가지 자기 성찰을 했다고 합니다.

논어의 학이편에 보면 증자왈(曾子曰),

오일삼성오신(吾日三省吾身)

나는 하루에 세 가지로써 나 자신을 반성하노니

위인모이불충호(爲人謀而不忠乎)

다른 사람을 위하여 도모함에 충실하지 않음이 있었던가?

여붕우교이불신호(與朋友交而不信乎)

친구들과 사귈 때 진실한 태도로 대하지 않았는가?

전불습호(傳不習乎)

전수받은 것을 익히지 않았는가?

쉽게 말하면 '① 남을 위해 일하면서 최선을 다하지 않았는가? ② 친구와 사귀면서 믿음을 주지 않았는가? ③ 전해 오는 학문을 익히지 않았는가?'입니다. 남을 보는 눈이 있어도 자기 스스로를 보려면 거울이 필요합니다. 조직에서 리더가 되면 자신에게 듣기에 거북하고 기분이 나쁘지만 실제로는 유익한 말, 즉 고언을 해주는 사람은 줄어들고 자기의 말을 듣고 동조해 주는 사람이 늘어납니다. 예로부터 많은 지도자가 생각하지도 못하고 알지도 못하는 사이에 자신의 과실을 보지 못하는 사람으로 전락하는 경우가 많습니다. 그래서인지 증자는 "오일삼성오신(吾日三省吾身), 나는 날마다 나에 대해 세 가지를 살핀다."라고 했습니다.

지도자(리더)가 되면 바깥을 보는 것과 동시에 마땅히 자신의 '몸'과 '말'과 '마음'을 살펴보아야 합니다. 처지를 바꾸어 다른 사람 입장에서 생각하고 바라보아야 한다는 것입니다. 다른 사람의 허물과 과실을 보는 일이, 자기가 가진 똑같은 허물과 과실을 보는 것임을 알아야 합니다. 후회 없이 살 수는 없겠지만 되도록 적게 후회하며 사는 방법이 가요로 표현된 말이 있습니다. 가수 오승근 씨가 노래한 '있을 때 잘해'라는 가요에는 "후회하지 말고 흔들리지 말고 이번이 마지막 기회야 이제는 마음에 그 문을 열어줘"라는 가사가 나옵니다. 이 말은 현재에 최선을 다하는 자세가 필요하다는 뜻입니다.

자신한테 진정으로 고언이나 충고를 잘 해주는 사람이 정말 좋은 사람인데, 세상 살아가면서 그런 사람 만나는 건 쉽지 않습니다. 택시 한 대 놓치면 또 기다릴 순 있지만 사람 하나 놓치면 더는 찾기 어렵습니다. 우리는 옆에 있을 때나 어떤 조직에 같이 있을 때, 그 사람의 소중함을 느끼는 마음이 중요합니다. 있을 때 잘하는 모습이 중요합니다. 떠나버리고 후회한들 무슨 소용이 있겠습니까?

과거 많은 돈을 벌었거나 힘 있고 높은 위치에서 폼 잡던 시절이 있었던 사람이 그 시절만 생각하여 '왕년에 내가 어떤 사람이었는데' 하고 머물러 있다면 자기만 힘들 뿐이며 아무 도움이 되지 않습니다. 이보다는 지금 있는 곳에서 "있을 때 잘해."라고 해야 합니다. 돈이 있고 높은 직책에 있을 때, 그 돈과 직책이 내가 되지 않도록 관리해야 합니다. 돈이 없고 직책에서 내려왔을 때, 존경받고 함께하고 싶은 사람이 되어야 합니다.

항상 자신을 살피고 낮추면서 비우고 있을 때 잘하라는 이 정신이 우리 직위자들이 갖추어야 할 참 마음이 아닐까 하고 생각해봅니다. 오늘 할 일을 뒤로 미루지 않고 현재 내 주변에 있는 사람들이 가장 소중함을 깨닫고 감사하며 하루하루 최선을 다해야 할 것입니다. 최선을 다한 오늘이 쌓이고 쌓이면 반드시 밝은 희망의 내일이 다가올 것이기 때문입니다. 우리 모두 후회하지 말고 있을 때 잘합시다!

친구의 수

몇 년 전 중국어를 공부한 적이 있습니다. 한자에 관심이 많아서 시작했는데, 중국에서는 간서체를 사용하므로 우리가 쓰는 한자와는 많은 차이가 났습니다. 그래도 이왕 시작한 것이니 우리나라 사람이 가장 많이 아는 중국 노래 3곡은 원어로 부르겠다는 목표로 공부했습니다. 그래서 '첨밀밀', '붕우', '월야대표아적심'을 목표로 계속 연습해서 목표를 달성했습니다.

그중에 유독 중국 가요를 대표하는 대만 출신 가수인 주화건의 '붕우(朋友)'라는 곡이 마음에 들어 자주 부르고 있습니다. 가사는 친구와의 우정은 믿음이 중요하며 결국 인생에서 믿음, 즉 신용은 친구처럼 가장 기본적이고 중요하다는 내용을 담고 있습니다. 2003년 우리나라의 안재욱이 부른 '친구'는 1997년 발표된 주화건의 '朋友'를 한국어로 번안해서 부른 곡인데 가사 역시 친구에 대한 애틋한 정이 호소력 있게 들립니다.

우리 인간은 사회적 동물입니다. 혼자서는 살아가기 힘들며, 사회적 관계를 잘 유지하는 사람은 우리 사회에서 성공도가 높습니다. 그러나 사교성이 부족하고 혼자 있기 좋아하는 사람은 아무래도 사회생활에서 조금 불리한 측면이 있습니다. 사회생활에서 대인관계는 정말 중요한데, 우리 주변에 술 한잔 먹으면서 진솔한 이야기를 나눌 친구는 몇 명이나 있습니까?

친구 중에는 평생의 도움이 되고 마음의 안식처가 되어주는 친구도 있지만 그렇지 않은 애증의 친구도 많이 있습니다. 사람은 자기만의 가치관이 모두 달라서 친구라도 의견이 안 맞으면 투닥투닥 싸움도 하곤 합니다. 하지만 그래도 의지가 되고 좋은 친구들이 더 많습니다.

친구, 가족, 이웃 간에 유대 관계가 좋고 모임에 나가도 인기가 많은 사람이 더 오래 산다는 연구 결과가 나왔습니다. 반면 사회적 관계망이 적은 사람은, 하루 담배를 15개비 피우는 것과 같고, 알코올 중독에 빠진 것과 같다고 합니다. 그리고 운동하지 않는 것보다 더 해롭고, 비만보다 2배나 더 해로운 것으로 나타났습니다. 이 연구팀들은 기존에 발표된 여러 연구 결과를 분석해서 인간관계의 빈도와 건강 척도의 관계를 확인했는데, 그 결과 인간관계가 좋을수록 생존율도 높게 나타났습니다.

단명하는 사람과 장수하는 사람들의 차이점은 무엇일까요? 미국 어느 연구소에서 7,000명을 대상으로 9년간의 추적 조사에서 아주 흥미로운 결과가 나왔다고 합니다. 흡연량, 음주량, 일하는 스타일, 사회적 지위, 경제 상황, 인간관계 등에 이르기까지 다양한 결과를 찾아낸 것입니다. 우선 예상과는 달리 담배나 술은 수명과 무관하지는 않지만 결정적 요인은 아니었으며, 또한 일하는 스타일, 사회적 지위, 경제 상황 등등 그 어느 것도 결정적 요인이 아니었습니다.

오랜 조사 끝에 마침내 밝혀낸 장수하는 사람들의 단 하나의 공통점은 놀랍게도 '친구의 수'였다고 합니다. 친구의 수가 적을수록 쉽게 병에 걸리고, 일찍 죽는 사람들이 많았다는 것입니다. 인생의 희로애락을 함께 나눌 수 있는 친구가 많고 그 친구들과 보내는 시간이 많을수록, 스트레스가 줄어들고 더 건강한 삶을 유지할 수 있는 것이지요.

현대 사회에서의 사회적 관계는 과거 대가족 제도의 가족과 친척 중심으로 이루어졌던 것이, 핵가족화되면서 이웃과 친구 중심으로 옮겨졌고 이제는 트위터, 페이스북 등 SNS 관계로까지 진화하고 있습니다. 이렇게 사회가 복잡해질수록 외로움을 느끼거나 홀로 남는 사람들도 늘어나고 있습니다.

미국에서는 지난 20년 동안 속마음을 터놓고 얘기할 수 있는 막역한 친구가 없다는 사람이 3배나 증가했다고 합니다. 결론은 사회적 관계가 건강과 사망에 미치는 영향이 흡연, 음주, 운동 부족, 비만 같은 건강 위험 인자와 동등하게 취급되어야 한다는 의미입니다. 오래 살고 싶으면 담배를 끊고 술도 적당히 마시고 규칙적으로 운동하고 체중 관리를 해야 합니다. 그런데 여기에 나이가 들어도 끊임없이 새로운 친구를 사귀려는 노력이 추가되어야 한다는 것입니다

행복한 사람은 많은 시간을 다른 사람과 보내고, 그 사람과 관련된 것에 돈을 많이 쓴다고 합니다. 또한 친구 수도 중요하지만, 진정한 친구가 몇 명이 있는지가 더 중요합니다. "평생 모든 것을 얘기할 수 있는 친구가 단 한 명만 있어도 성공했다."라는 말이 있습니다. 친구라는 존재 자체만으로도 큰 힘이 되어줄 수 있기 때문입니다.

리더십과 파트너십

2018년 들어 대통령이 판문점과 평양에서 북한 김정은 위원장을 3번이나 만나고, 민족의 영산이라 불리는 백두산을 같이 오르는 등 남북관계의 화해가 세계적인 이슈가 되고 있습니다. 우리 한반도가 평화의 분위기로 가는 데는 남북 정상의 리더십의 영향이 크다고 해도 과언이 아닙니다.

리더십(Leadership)은 조직의 목적을 달성하려고 구성원을 일정한 방향으로 이끌어 성과를 창출하는 능력, 즉 조직을 이끌어 가는 힘이라고 합니다. 그러나 파트너십(Partnership)은 하나의 조직을 혼자서 이룰 수 없는 것을 상호 간의 이익과 성과를 위해 가능한 목표를 공유합니다. 두 조직 간 의도적인 전략적 관계를 말하는 것으로 조직의 목적 달성을 위해서 조직원의 재능을 끌어내는 것이라 할 수 있습니다.

북한의 사회주의 이념은 이론적으로는 훌륭할지 모르나 남한의 자본주의 사회를 따라오기는 어렵습니다. 그 이유는 북한은 독재자 한 사람의 리더십에 의해 다스려지는 나라이고, 그 리더에게 불복종은 곧 죽음을 의미합니다. 남한은 다소나마 파트너십의 방법을 사용하고 있는데, 파트너십은 반대 의견을 제시하고 뜻이 안 맞으면 자료 등을 통해 설득한다는 점에서 리더십과 다릅니다.

요즘 '파트너'나 '파트너십'이란 말은 어디에서나 쉽게 들을 수 있는 말입니다. 그 누군가가 우리에게 최적의 해결책을 제시하면서 그에게 특별한 지위를 부여할 때 우리는 파트너(협력자)를 구하는 것이라고 합니다. 현대의 다양한 조직들은 살아남기 위해 공급업자, 노동조합은 물론, 경쟁자 및 고객과도 파트너십을 형성하려고 합니다.

그러나 보통 협업이나 업무 제휴의 성패를 가르는 것은 협약의 건전성보다는 상호 협력하는 '시너지의 성패'라고 합니다. 대부분의 제휴는 형식적이며 실망으로 그치고, 공정한 경우가 별로 없습니다. 어느 연구소에서 '훌륭한 파트너십을 구축하는 조건이 무엇인가?'라는 주제로 파트너십을 맺었던 사람을 대상으로 조사해본 결과, 그들 대부분은 다른 사람으로부터 '우리 함께 힘을 합쳐 좋은 결과 기대해 봅시다.'라는 제안을 많이 받았다고 합니다. 그러나 그 결과 성공한 경우보다는 실패한 경우가 훨씬 많았다고 합니다.

혼자서 목표를 이루는 사람은 없습니다. 분명한 사실은 다른 사람들의 도움 없이 어떠한 목표를 이룰 수 있는 사람은 아무도 없다는 것입니다. 만일 어떠한 목표를 이루기를 원한다면, 본인이 리더십을 발휘하건 파트너십을 발휘하건 간에, 그 목표를 이루도록 돕는 누군가가 반드시 있어야 합니다.

21세기 현대 사회는 리더십보다 파트너십에 의해 움직인다고 합니다. 파트너십의 핵심에는 사람들의 마음을 사로잡는 리더가 있어야 하는데, 사람들의 마음을 사는 방법에는 여러 가지가 있습니다. 그러나 사람들은 결코 거짓된 행위나 뻔히 들여다보이는 술수에는 마음을 주지는 않습니다. 피치 못할 조건 때문에 그 사람의 명령에 움직일 수는 있지만, 마음까지 움직이게 하기 위해서는 반드시 '진실'이라는 중요한 재료가 들어가야 합니다.

사람의 마음을 얻기 위해서는 '동기 면에서도 진실'해야 하고, '행동의 일관성을 통해서도 진실'함이 증명되어야만 합니다. 이 둘 중 어느 한 가지라도 결핍된다면 결코 다른 사람의 마음을 얻을 수 없습니다.

위나라의 병사들이 오기(吳起) 장군을 위해 죽음을 무릅쓰고 싸웠던 것은, 진심으로 병사들을 위하는 오기 장군의 마음뿐만 아니라 병사들의 눈에 보인 오기 장군의 일관성 있는 진실한 행동 때문이었습니다.

'진실'이란 '거짓이 없이 바르고 참된 것'을 말하는데, 파트너십의 관점에서 보면 중요한 것은 리더가 아니라 조직원입니다. 리더는 조직원이 가진 역량과 능력을 최대한 계발하고 발휘할 수 있도록 항상 진실하게 조직원을 도와주는 마음을 갖고 있어야 합니다.

서로 닮아가기

누구나 어릴 때 가끔 주변인들에게 "넌 아빠 닮았니? 엄마 닮았니?"라는 말을 종종 들어 보았을 것입니다. '어떤 것과 생김새나 성질이 서로 비슷한 것'을 닮았다고 하지요. 또 "형 좀 닮아라."라는 말과 같이 '어떤 사람을 본받아 그 사람을 따라 하는 것'을 뜻하기도 합니다. 가끔은 학교 선생님이 "위인 중에서 닮고 싶은 위인은 누구입니까?"라는 질문도 들어 본 적이 있을 것입니다.

'닮는다'는 것은 동질감과 좋은 의미를 내포하는 경우가 더 많습니다. 비단 사람뿐만 아니라 모양이나 도형에서도 많이 쓰입니다. 닮은 평면도형은 대응변의 길이의 비가 일정하고, 각 대응각의 크기가 같으며, 닮은 입체도형은 대응하는 면이 각각 닮은 평면도형이고, 대응하는 모서리의 길이의 비가 일정한 것을 말합니다.

예부터 우리는 "부부는 닮는다."란 말을 들어왔습니다. 함께 사랑하며 평생을 살아온 금실 좋은 노부부가 매우 닮아 있는 것을 우리는 가끔 봅니다. 만나기 전부터 어느 정도 닮아 있었을 수도 있지만, 함께 살아가면서 더욱 닮았지 않나 싶습니다. 평생 희로애락을 함께하면서 같은 집에서 같은 생각을 하고, 같이 기뻐하고 같이 걱정하며 같은 음식을 먹고, 같은 공기를 마시며 같은 자식을 같은 마음으로 사랑하고…. 이렇게 같은 생활 습관을 갖다 보면 어딘가 인상이 비슷해지는 건 당연할 것이고, 어찌 보면 닮지 않는 것이 오히려 이상할지 모릅니다.

가장 많이 시간을 보내는 '부부'는 비슷한 표정을 짓고 같은 얼굴 근육을 움직이다 보니 오래 살면 닮게 된다는 거지요. 한 가지 재미있는 것은, 금실이 좋은 부부는 더 많이 닮고, 사이가 좋지 않은 부부는 그리 닮지 않는다는 말도 있는데, 이건 얼마나 과학적인 근거가 있는지는 모르겠습니다. 주변에 서로 성격과 얼굴이 닮아 가면서 비슷하게 곱게 늙어가는 노부부를 보면 마음이 참 포근해집니다.

사람들은 '나와 닮은 사람에게 마음이 끌리고 친밀감과 신뢰를 느낀다'고 하는데 그 이유는 '카멜레온 효과' 때문이라고 합니다. 카멜레온은 도마뱀류의 동물로 몸 색깔을 자유자재로 바꾸는 것으로 잘 알려져 있습니다. 더 강한 동물에게 먹이가 되지 않기 위한 생존의 방편으로 주변의 환경과 비슷하게 몸 색깔을 바꾼다는 것이 과학자들의 설명입니다. 이러한 행동 심리적 현상을 '카멜레온 효과'라고 하는데, 사람들은 누구나 주위 사람과 비슷하게 행동을 한다는 뜻입니다.

'봉생마중 불부자직(蓬生麻中 不扶自直)'이라는 말이 있습니다. 이는 '굽어지기 쉬운 쑥도 삼밭에서 자라면 붙들어 주지 않아도 저절로 곧게 자란다'는 뜻입니다. 또한 '근주자적 근묵자흑(近朱者赤 近墨者黑)'이란 말은 '붉은 인주를 가까이하면 붉게 물들고 검은 먹을 가까이하면 검게 물든다.'라는 말입니다. 좋은 환경에서 훌륭한 친구들과 친교 관계를 맺으면서 생활하다 보면 거기에 동화되어서 올곧게 자라기 때문이죠. 나와 통하는 많은 사람과의 이야기가 즐거운 것은 서로에게 공감대가 높기 때문입니다.

아기가 엄마의 행동을 따라 하는 것, 연인들이 서로를 닮아 가는 것은 모두 상대와 더 친밀해지고 싶기 때문입니다. 또한 '유유상종(類類相從)'이라는 말도 있고, '모난 돌이 정 맞는다'는 말도 있습니다. 사람들은 주변 사람과 비슷하게 행동해야지 튀지 않고, 그래서 사회생활을 잘하게 된다고 알고 있습니다. 자신과 비슷한 사람과 어울리는 '유유상종'을 해야 편하고, '모난 돌'이 되지 않으려 노력합니다.

좋은 만남이 좋은 인연을 낳고, 좋은 인연이 좋은 인생을 낳고 서로 닮아 갑니다. 내가 누구를 닮고 누구와 함께하느냐에 따라서 그 사람의 일생이 바뀔 수 있습니다. 지금 친해지고 싶은 사람이 있는데 '어떻게 친해져야 할지 모르겠다', 사랑하는 사람을 즐겁게 해주고 싶은데 '어떻게 해야 할지 모르겠다' 이런 사람이 있다면, 가장 기본적으로 '닮아 가기', 즉 '따라 하기'부터 시작해 보면 어떨까요?

야명조의 울음

하루를 가만히 보면 여러 가지 일정 속에서 중요하지도 않은 불필요한 일로 인해 분주하게 지낼 때가 있습니다. 그러다가 정작 더 중요한 일은 놓쳐버리거나 미룰 때가 많이 있음을 알게 됩니다. 삶을 되돌아보면 계획대로 이루어진 일보다 놓친 일들이 더 많습니다. 해야 할 일은 태산같이 많은데 실천한 일보다 차일피일 미룬 일이 더 많은 우리의 모습을 볼 때 부끄러울 때가 많습니다.

세계의 지붕이라 불리는 히말라야는 인도와 중국 사이에 해발 7,300m 이상의 고봉이 30여 개나 분포하고 있습니다. 정상 부분은 항상 만년설로 하얗게 덮여 있으나 산간 지방은 낮에 해가 따뜻하게 비치고 있지요. 그곳은 온갖 꽃들이 만발하며 다양한 종류의 벌레들이 있으며, 히말라야의 만년설이 녹아 흐르는 맑고 아름다운 냇물 속에는 물고기가 뛰노는 아름다운 곳입니다. 그렇지만 해가 지고 밤이 되면 히말라야 정상에서 차가운 바람이 불어와 한여름에도 아궁이에 불을 때고 자야 할 만큼 춥고 바람이 거세게 붑니다.

히말라야의 설산에 가면 밤에만 우는 이상한 새가 살고 있다고 합니다. 이 새는 밤이면 밤마다 숨이 넘어갈 듯 애절하게 울기에 히말라야 사람들은 '밤에만 우는 새'라 하여 '夜鳴鳥(밤 야, 울 명, 새 조)'라고 이름 붙였다고 합니다. 이 야명조는 밤에 히말라야의 혹독한 추위를 이기지 못해 떨면서 내일은 꼭 집을 짓겠다고 결심하며 운다고 합니다. 날이 밝아 햇살이 비쳐와서 밤새 얼었던 몸이 녹으면, 어젯밤의 일을 까맣게 잊어버리고 온종일 날아다니며 논다고 합니다. 또 밤이 오면 낮에 집을 짓지 못한 것을 후회하며, 내일은 꼭 집을 지어야겠다고 다짐하며 또 웁니다. 야명조는 이처럼 후회와 결심을 매일 반복하면서 날마다 추위에 떨며 울면서 밤을 지새웁니다.

야명조의 이러한 탄식의 울음 속에는 두 가지 이유가 있을 것입니다. 첫째는, 정말 집이 없고 너무나 추워 떨려서 우는 것이요, 둘째는, 자기 자신이 자기에게 약속한 것을 이행하지 못한 것에 대한 자책의 울음일 것입니다.

이렇게 세월을 다 허송하고 후회하는 동물은 비단 어리석은 새 야명조만이 아닙니다. 만물의 영장이라고 하는 우리 인간 역시 야명조처럼 인생을 허비하고 살 때가 얼마나 많은지 모릅니다. 어려움에 처할 때면 늘 "잘해야지, 잘해야지" 하며 이 어려움을 극복하면 열심히 살겠다고 다짐합니다. 그 일이 해결되고 나면 금방 어려웠던 상황을 잊어버리는 어리석음을 반복하는 경우가 많습니다.

해마다 연말이 되면 사람들은 신년 계획을 세우고 다짐합니다. "좀 더 열심히 노력해야지. 새해엔 이것도 하고 저것도 할 거야." 하며 여러 가지를 작정합니다. 정작 새해가 밝으면 작심삼일(作心三日)처럼 어영부영 미루다 실천하지 못하는 경우가 허다합니다. 이런 똑같은 행위를 두 번 세 번 반복해서 하는 것은 자기 자신을 다스리지 못하는 나약한 의지 때문입니다.

신라 고승 원효대사는 "중생들의 병중에서 가장 무서운 병이 내일로 미루는 습관"이라고 했습니다. 사회나 조직 생활을 하면서 주변 사람들을 겪다 보면, 미루는 습관을 지닌 사람은 마감 당일이나 마감 시간에 허겁지겁 어설프게 일을 마무리하는 경우가 많습니다. 어떤 모임 장소에 갈 때도 여유 있는 시간을 가지고 일찍 출발하면 과속하지 않아도 됩니다. 그러나 시간 여유 없이 출발하다 보면 과속하게 되어 안전 운행을 담보하지 못해 큰 사고로 이어지는 경우가 많습니다.

성공과 좌절, 고통과 행복, 희망과 실망 등 우리의 삶은 어느 한 가지로 이루어지는 것이 아니므로 지혜가 필요합니다. 그날이 오기 전에, 정말 영원한 후회의 날이 오기 전에 튼튼한 인생 집을 지어야 합니다. 일을 미루기 위한 변명을 하지 않도록 자신을 격려하고 살아야 합니다. 미루는 습관은 우리를 게으른 사람으로 만들기 때문에 주어진 일은 내일로 미루지 말고 오늘 최선을 다하도록 노력해야 합니다. 이번 주도 야명조처럼 후회하며 울지 않도록 미루는 습관을 버리는 한 주를 기원하며 힘차게 파이팅합시다.